定本 柄谷行人文学论集

柄谷行人 著
陈言 译

中央编译出版社
ICCTP Central Compilation & Translation Press

图书在版编目（CIP）数据

定本 柄谷行人文学论集／（日）柄谷行人著；陈言译. —北京：中央编译出版社，2021.9（2024.8重印）
ISBN 978-7-5117-3983-4

Ⅰ. ①定… Ⅱ. ①柄… ②陈… Ⅲ. ①日本文学－文学评论－文集 Ⅳ. ①I313.06-53

中国版本图书馆 CIP 数据核字（2021）第 139849 号

著作权登记号：01-2021-4935
TEIHON，KARATANI KOJIN BUNGAKURONSHU
by Kojin Karatani
ⓒ2016 by Kojin Karatani
Originally published in 2016 by Iwanami Shoten，Publishers，Tokyo.
This simplified Chinese edition published 2021
by Central Compilation & Translation Press，Beijing
by arrangement with Iwanami Shoten，Publishers，Tokyo

定本 柄谷行人文学论集

责任编辑：景淑娥
责任印制：李　颖
出版发行：中央编译出版社
地　　址：北京市海淀区北四环西路69号（100080）
电　　话：（010）55627391（总编室）　　　（010）55627310（编辑室）
　　　　　　（010）55627320（发行部）　　　（010）55627377（新技术部）
经　　销：全国新华书店
印　　刷：北京文昌阁彩色印刷有限责任公司
开　　本：880 毫米×1230 毫米　1/32
字　　数：214 千字
印　　张：11.625
版　　次：2021 年 9 月第 1 版
印　　次：2024 年 8 月第 2 次印刷
定　　价：58.00 元

新浪微博：@中央编译出版社　　　　**微　　信**：中央编译出版社（ID：cctphome）
淘宝店铺：中央编译出版社直销店（http://shop108367160.taobao.com）（010）55627331

本社常年法律顾问：北京市吴栾赵阎律师事务所律师　闫军　梁勤
凡有印装质量问题，本社负责调换，电话：（010）55627320

序 文

　　自 1969 年起，我就开始作为一名文学评论家而写作，陆续出版了数十部著作。但是自从撰写了《日本近代文学的起源》①（1980）之后，我就慢慢远离了文学批评现场，转而专注于思想研究。现在我的读者大概大多不知道我曾经是个文学批评家，也不曾读过我的那些书。即使读了，也是为了了解我过去在想些什么，并非

---

　　① 这本书国内目前都译为《日本现代文学的起源》，但"近代""现代"这两个词在日文中的内涵不同。日语中的"近代"作为时间概念，指的是明治维新开始现代化之后的时代。在翻译时，往往根据具体语境来确定是译为"近代"还是"现代"。比如伊藤虎丸在《鲁迅——亚洲的现代与"个人"的思想》一书中，就没有对二者加以区分，他是把这两个词作为"西洋化"的同义词来使用的，理由是"将现代课题作为近代课题的继续来思考，并且将近代的普遍性作为西洋这一具有个性的文化的产物加以限定"；而柄谷行人在本书中则对"近代""现代"加以区分使用，对"近代"课题与"现代"课题之不同进行了深入的探讨。鉴于如上复杂的情况，又考虑到日文、中文都使用汉字，怕造成混淆，故本书保留"近代"二字，在翻译时依照原文直接使用"近代""现代"这两个词。——译注

出于对文学批评本身的兴趣。此前我就在想，为了节省这些读者的心力，还不如把那些文学批评文字辑成一本书。

本书的编排分两部：第一部收录的是 1960 年代后半期至 1975 年的作品，第二部收录的是 1985 年至 2005 年之间的作品。这两个时期之间的作品没有辑录。我作为真正的评论家所进行的写作到 1973 年就停止了，故而将这一时期的作品放入第一部。到了 1974 年，《柳田国男试论》与《马克思，其可能性的中心》同时开始连载，其中无论是哪一种，都脱离了狭义的文学批评。然而至于我自己，则把这样的工作看作是文学批评。

其后到了 1975 年，我到耶鲁大学做客座教授，讲授日本近代文学，并在那里开始撰写《日本近代文学的起源》，不过这仍然是在《柳田国男试论》的延长线上写作的。授课之余，我为了让在耶鲁结识的保罗·德·曼看我的《马克思，其可能性的中心》，又开始对书稿进行修改，而这件事则成了我后来从事理论研究的契机。

1977 年回国之后，我还在继续从事那两个系列的工作，然而重心开始逐渐转向理论研究。关于文学，我很少写了。到了 1990 年代末，我完成了《跨越性批判：康德与马克思》一书的写作。我自己是把它视作文学批评的，尽管这样想的人很少。因为这本书是通过文本解读，而引出了那个"可能性的中心"。但是其后我放弃了那种方法，开始构建自己的理论框架。因此不妨把它看作是我最后的批评作品。

不过那个阶段发生了我未曾预料到的事情。1993年《日本近代文学的起源》出版了英译本，之后其他语种的译本也在陆续出版。我在海外的声望，首先是作为文学批评家获得的，虽说后来我不再是个文学批评家了，却不得不去做很多回应和解答。于是在那个过程中，我又重新介入文学批评，并且进一步从世界史的观点来看"近代文学的起源"。只是再也回不到最初那种对于文学热切关注的程度了。

第一部里的我作为文学批评家气概豪迈，生机勃勃。而到了第二部，更多的则是自我否定和阴郁。不过即便是在第一部里，我也不认为近代文学是永恒的。我把《〈亚历山大四重奏〉的辩证法》（1967）这篇论文放在开篇位置，并非仅仅因为那是我写的第一篇文学批评，而是因为它某种程度上涉及了"近代文学的终焉"。

据说劳伦斯·达莱尔（1912—1990）在创作《亚历山大四重奏》（简称《四重奏》）时，受到了爱因斯坦对"时空连续体"思考的启发。不过我注意到，达莱尔的四重奏与黑格尔在《精神现象学》中说的四个阶段具有对应关系，即直接意识、反省意识、理性和绝对精神。比如，达莱尔的四重奏中，第一卷《贾斯汀》和第二卷《巴萨泽》用的是第一人称，第三卷《芒特奥利夫》用的是第三人称的客观视点，终卷《克丽》

回到了第一人称，但与第一卷和第二卷又不同。而终卷则与黑格尔的"绝对精神"相对应。也就是说，最后，"我"超越了近代文学的自我意识，抵达了"很久很久以前"（Once upon a time）那"过去的故事"的世界。我曾经很是疑惑：为什么达莱尔没有读过黑格尔，却能够根据爱因斯坦写出那样的作品？后来我才恍然大悟，难道不是只有黑格尔在思考时空连续体这个问题吗？

无论如何，在这个文学论集编成之际，我把这篇置于开篇，而把《文学的衰灭》置于末篇。后者围绕漱石的《文学论》展开讨论，是在美国学会上发表的讲演稿的基础上完成的。我在该文中指出：漱石在转向小说家之前作为学者撰写的《文学论》，在追问文学起源的同时，也考察了文学是如何终结的。而漱石的盟友、近代俳句和短歌的创始者正冈子规则认为，俳句和短歌将于不久消亡。不过这些与他们作为日本近代小说与诗歌的创始者的身份并不矛盾。我想，毋宁说，他们之所以成为开创者，是因为他们思考了"终结"这个问题。

《〈亚历山大四重奏〉的辩证法》于我自身而言具有纪念性的意义。那是我在东京大学大学院的英文科写的硕士论文。我本来是经济学部的学生，大学毕业之后进入了大学院的英文科。这看上去是个巨大的转换，然而事实并非如此。我从中学时代开始，就耽读法国文学和俄国文学。文学于我不可或缺。然而说到创作则是另外一回事。我一向认为自己没有什么天分。说到数学，也还过得去吧，所以在高考前，我的志愿是考入数学科。但是当然，在数学面前，我同样要面对"天分"问题，于是最终放弃了文学，也放弃了数学，选择了作为二者中间项的经济学。

但是学着学着，我就明白了：经济学并非是文学与数学的中间项。本来就不存在什么"中间"。我虽然对马克思的《资本论》抱有浓厚的兴趣，但是我并不想作为经济学家对它进行研究。于是我又想，虽然没有什么天分，我还是做文学吧。我那时能够找到的出路，就是文学批评。而那并不限定在狭义的文学范畴。我以为不论对象是什么，只要是对所写之物进行批评，都可视为文学批评。

我虽然放弃了经济学，却没有扔下《资本论》，因为《资本论》本来就不属于"经济学"，而属于"经济学批判"。所以若要对《资本论》做些思考，倒不如远离经济学家的观点为好。我当初试图用文学批评的方法对它进行重新思考。当然那并不是我最初的想法。而是到了我被公认为是批评家之后才这么想的，因此才有了文艺杂志上开始连载的《马克思，其可能性的中心》。

就这样，我早早地决定做起了文学。因此对我而言巨大的转换，就是决定进入英语文学科，那是我在大学期间留了级、进入第五个年头之后的事儿。而在那之前，我曾考虑过进法国文学科，因此去雅典·弗兰塞①学习法语。不过很快我的想法就改变了。我突然对英语文学产生了兴趣。在那之前，我并不认为英语文学是文学。说到英语文学，从小学时代，就读了笛福、斯威夫特、莎士比亚等，但我们知道，那些毕竟是被改写了的面向儿童的读物，与原作是有差别的，我产生不了阅读第二遍的兴趣。

可以说，这种现象在夏目漱石（1867—1916）那里也一样。他的小说很受大众欢迎，《我是猫》《哥儿》等在孩子们中间也耳熟能详，但是他却被文坛瞧不起。我也没有仔细地读过。这与夏目漱石是个英语文学学者并非毫无关系。自明治末期以来，法国文学就占据了日本文坛压倒性的统治地位。我记得对这一文坛现象加以反拨，是开始意识到英语文学或者夏目漱石是有趣的，而后两件事发生在同一时期。我发生转变的一个契机，就是阅读了福田恒存和江藤淳那样的英语文学系批评家们的研究，视野被打开了。简而言之，于我而言的巨大的转换，并非是"从经济学转向文学"，而是"从法国文学转向英语文学"。

---

① 1913年，东京帝国大学文学讲师约瑟夫·科特在东京神田区东京外国语学校里开设名为"高等法语"的法国文学讲义课程，后来发展成为日本最古老的的法语学校雅典·弗兰塞，提供高品质的法语讲座。到了1916年，又开设了古希腊语、拉丁语和传统英语讲座。1962年搬到如今的所在地御茶水，之后开设有180余种法语讲座和大约80种英语讲座，汇集了东京都内和东京近郊不同世代的学习者。——译注

不过所谓的英语文学，并非仅指英国的文学，它涵盖了爱尔兰、美国等区域广泛的英语圈。比如，不论是《亚历山大四重奏》还是劳伦斯·达莱尔，要与普鲁斯特＝法国文学对抗，依据的是爱尔兰的文学传统。就这一点而言，这与夏目漱石的英语文学研究相通。夏目是在滞留伦敦时构思他的《文学论》的，而他在内心感到共鸣的，只有乔纳森·斯威夫特与劳伦斯·斯坦因。而这两位都是爱尔兰人。简而言之，让我着迷的"英语文学"，并非是限定在哪一国的文学，毋宁说，它意味着对那种限定的拒绝。

事实上我在大学院的专业是美国文学，我甚至想在硕士论文中做关于福克纳的研究。但最终还是选择了达莱尔的《亚历山大四重奏》。那时还没有博士制度，硕士论文很受重视。将来要是想做英语文学学者，那么作为硕士论文的对象，要选择有定评的古典作品，应该投入更多的时间。而我那时并不想成为英语文学学者。因为我已经想到要成为一名批评家。于是我开始向新人文学奖投稿。那以后就开始作为批评家而写作。因此《〈亚历山大四重奏〉的辩证法》是我作为英语文学学者最初的工作，也是最后的工作。

前面说过，那个时期，在法国文学占统治地位的日本文学界，夏目漱石是受到轻视的。漱石的作品之所以受到大众欢迎，是因为它们展示了不属于近代小说的多样性的风格。而我注意到这一点，是后来很晚的事儿。

我模仿米哈伊尔·巴赫金，把漱石的作品称为"文艺复兴风格"。然而关于漱石，我首先注意到的，是他准备真正开始创作长篇小说时所遭遇的问题。

在《漱石试论——意识与自然》中，我指出了如下这一点。在他的长篇小说中，主人公往往中途放弃他一直以来所直面的问题，很突兀地转移到了其他次元的问题。很早以前，漱石的这一方面就从各种角度遭到了批判。而我所考虑的，则是如下另外一个维度的问题：主人公们本来就想把伦理性的问题作为存在论的问题来理解，而把存在论的问题作为伦理性的问题来理解的，其结果，是让小说在结构上破绽百出。

但是我们并不应该去非难这种失败，而是要看到其间难以避免的必然性。于是，这就与 T. S. 艾略特批评莎士比亚的《哈姆雷特》缺乏"客观的相关物"的问题联系在了一起。艾略特指出：哈姆雷特本来是要为亡父复仇的，却被莫名其妙的内面问题所纠缠，偏离了本来的路径，从而使本来的道德剧结构遭到了破坏。然而我认为，正因为这种失败，《哈姆雷特》才得以流传至今。

哈姆雷特这个人物，一方面存在于封建的中世纪的世界里，另一方面又是游离于那个世界的，并且我也不知道所处的那个世界是怎样的，但是人们能从中寻觅到近代性的自我意识，或者说，能够找到近代文学的先驱。但若仅止于此，《哈姆雷特》就失去了魅力。哈姆雷特的世界始终是近代以前的世界，同时它又露出了解体之后的那个世界的面目，然而那终究不是近代世界。故而哈姆雷特的世界无法还原为前近代，然而同时它也无法还原为近代世界。

《哈姆雷特》所展示的世界无疑是历史性的，它并不长久，且不具有持续性。如果将其称为文艺复兴的世界，那么，说漱石的作品世界也是文艺复兴式的就能够成立了。他的长篇小说建基于封建性的或曰儒教世界的骨架，与此同时那些主人公却拼了命地要从中逃逸出来，并且他们自己也不明白那样做本身的意义何在。从中滋生的分裂是未曾有的，并且无法用现成的语言来描述。

回过头来看，我初期的文学批评涉及的所有对象，都是文艺复兴式的文学。《意义这种病——麦克白论》，当然也就是莎士比亚论。这是我深受发生在 1972 年的新左翼（联合赤军）事件的触动写下的。那是自 1960年代以来，新左翼运动以极端方式呈现的自我破灭。但我并不只是为批判同时代的状况才写的。到不如说，我是在写作《漱石试论——意识与自然》的时期，把它放在一直以来思考的延长线上来写作的。

在第一部里，除了以上各篇，我还选取了批评森鸥外、坂口安吾和武田泰淳的文章。不论是浪漫主义，还是自然主义，森鸥外都被视为日本近代文学鼻祖一样的人物。然而我关注的是他后期的"历史小说"。那些小说都试图去把握前现代，即封建社会中的人物。而鸥外是从根本上脱离近代小说结构的。此外，他还是医生，并且是军医总监，身处明治国家的政治中枢；然而与此同时，又与文学家、哪怕是像石川啄木那样年轻的无政府主义诗人也有亲密往还。如此举动堪称文艺复兴式的。顺便一提，农学家、农政官僚同时又是文学家、民俗学家的柳田国男（1875—1962）从年轻时起就与鸥外过从甚密。

接下来的坂口安吾（1906—1955）是非同寻常的小说家。坂口安吾是以写"滑稽戏"出道的作家。他本来是个佛教僧侣，苦苦修行，后因受挫而转向文学。他广为人知的，是关于16世纪日本文化和政治的随笔和历史小说。可以说他是真正试图去理解日本文艺复兴时代的作家。那个日本是17世纪以降锁国体制下逐渐衰败的日本，是其后被称为"日本文化"传统的那个传统形成的日本。而到了1930年代，那个日本成了被意识形态所动员的日本。他的《日本文化私观》对此进行了痛彻的批判。

我还论述了战后文学中与安吾并列的作为异质性存在的武田泰淳（1912—1976）。他是个佛教僧侣，也是中国文学研究家。他直面的最为痛苦的事态，大概就是被征兵、上了中国大陆的战场。由这种体验出发，他读了司马迁的《史记》。他还以《史记》的视点来看现代。泰淳的《司马迁——史记的世界》的出版是在

1943 年，而京都学派的哲学家们论述"近代的超克"和"世界史的立场"也是在那个时期，泰淳就是为了批判这些论调而写这本书的。在战后文学中，我还写过关于岛尾敏雄的批评，不过后来又加以修正，把它收录到了第二部里。

在做完上述工作之后，我于 1975 年去了美国（只是把收录于第一部的武田泰淳论写成了滞留美国期间听闻他的讣告之后的追悼文了）。如开头所说，我在耶鲁大学修正了我在日本所做的工作，那就是《马克思，其可能性的中心》（1978）和《日本近代文学的起源》。其后我也在同时继续着这两个系列的工作。只是进入1980 年代之后，我将重心转移到了以前者那样的理论工作中了。此外，即便我的工作与文学有关，也会从不同的观点来思考文学。具体而言，就是从语言论或者是风格论的视点来思考那些作家的文艺复兴品格。

在那个时间节点，我最为关注的，是正冈子规（1867—1902）。众所周知，子规是俳句改革的先驱。此外，他还将短歌改革成俳句式样，进而将散文改革成俳句式样。那就是所谓的"写生文"。不过由于"写生文"这个概念具有两义性，很容易滋生误解。事实上，近代现实主义小说就是由此诞生的，但是子规所谓的写生文则距此很远。那是一种非现实主义的滑稽文，融贯了输入进来的包括汉语、英语在内的所有语言。而真正将这种写生文付诸实践的，则仅有他的盟友漱石。

就上述意义而言，漱石最初的作品《我是猫》就是典型的写生文。实际上他把最初的一章写成了俳句的融汇，并且进行朗读。由于收到的反馈都是褒奖，所以他就接着如是创作。因此他与那些以法国近代小说为圭臬创作的同时代作家们迥然不同。或许毋宁说，虽然同样是法国文学，如果是拉伯雷，距离就不那么远了。简而言之，漱石是文艺复兴式的作家。学者漱石在三十八岁写了《我是猫》之后，就一气呵成地创作了不同类型的多姿多彩的作品，十年之后离世。这样的作家应该不会再度出现了。

另一方面，与俄国的果戈里产生共鸣的二叶亭四迷（1864—1909），正如其笔名（Goto Hell，见鬼去吧）清晰显示的，他也是个文艺复兴式的作家。日本文学史通常会清楚地记载，作为第一部言文一致的小说，他创作的《浮云》影响极大。然而实际上基于江户时代的戏作（滑稽）文学而创作的这部作品对于日本近代小说几乎没有什么影响，并且二叶亭本人在那之后也搁笔不写了。他对后世所产生的影响并不在于他的小说，而是他翻译的屠格涅夫的小说那样的文字。这与子规所谓的"写生文"并非朝着漱石的方向发展，却唯独对现实主义小说产生了影响的情形相仿佛。

由于有了这样的认识，我就想从新的视点，就此前关于坂口安吾的论述进行重新思考。那就是坂口《坂口安吾，其可能性的中心》。此外，还有一篇没有收录进来，邨就是以帝国日本的军队为对象、仅仅被当作左翼小说阅读的大西巨人（1916—2014）的《神圣喜剧》，我把它视作文艺复兴式的文学进行重新评价。从某种意义上来说，它是新版《我是猫》。

最后，我想简单地论述一下中上健次（1946—1992）。这个近代小说家同样非同寻常。我是在1960年代后半期与中上相识的，我劝他一定要读福克纳。他很快就读了《押沙龙，押沙龙！》，还说"我要成为日本的福克纳"。那还是拉丁美洲作家马尔克斯被介绍到日本之前的事儿。那之后，中上读了马尔克斯的《百年孤独》，为了与之对抗，他写了《千年欢愉》。话说回来，1960年代的福克纳文学，被移植到了美国以外的其他地域，并且在各自的文脉上开了花，这是个值得考察的现象。

至于第二部终篇的《文学的衰灭》，我还想多说一句。如开篇所述，关于漱石的《文学论》是我在美国学会上的讲演稿基础上完成的，在同一时期，我在日本以《近代文学的终焉》为题作了一次讲演。关于这件事，有人产生了误解：曾经写了近代文学的"起源"的我竟然宣告了它的"终焉"。然而那是因为我在对近代文学的"起源"加以追问时，已然感受到了某种"终焉"。

比如，在《日本近代文学的起源》里，我最初提到的，是国木田独步的短篇小说《忘不了的人们》。如果用达莱尔的《四重奏》来说的话，大概对应的是第二卷。也即反讽性的自我意识的出现。与夏目漱石、二叶亭四迷、森鸥外、樋口一叶、柳田国男那样的人物相比，国木田独步一直被认为是二流作家。当时的事实或许如此，然而结局却是：国木田独步的文学成了主流，并且从某种意义上说，今天文学的主流仍然在国木田独步文学的延长线上。在那样的近代文学的起源上，我发现了文艺复兴式的文学的终焉。当然后者在以某种形式回归，我也没有放弃这种可能性。而我之继续"文学批评"，也仅仅是在这个意义上。直到今天我仍然相信这种可能性。

目　录

序　文　/ 001

I　/ 001

《亚历山大四重奏》的辩证法　/ 003

漱石试论——意识与自然　/ 033

意义这种病——麦克白论　/ 087

历史与自然——森鸥外论　/ 136

关于炗口安吾的《日本文化私观》　/ 190

关于历史——武田泰淳　/ 235

II　/ 255

漱石旳多样性　/ 257

坂口安吾，其可能性的中心　/ 273

梦的世界——岛尾敏雄　/ 290

中上健次与福克纳　/ 305

翻译家四迷　/ 317

文学的衰灭　/ 328

初刊·底本一览　/ 338

译后记　/ 342

柄谷行人：移动的文学批评　/ 342

I

《亚历山大四重奏》的辩证法

※

达莱尔写道："所谓艺术中的古典，就是有意识地与时代的宇宙论并驾齐驱的东西。"他还对《亚历山大四重奏》的方法作了如下说明：

> 近代文学中没有三一律（三一致）法则。因此我想借助科学，在相对论的基础上来完成四重奏的小说形式。
>
> 空间的三面与时间的一面是制作连续体这道料理的秘诀。四部小说遵从的就是这个配方。(《〈巴萨泽〉备忘录》）

在这里，他并没有把《四重奏》说成是古典性的作品。因为古典不是有意识地去实现的，这是自明之理。恐怕作为"古典派"的他（"古典派"一般都是这样）希望，通过赋予近代小说那种无形式的形式以明了的形式，从而使小说从形式意识本身的束缚中解放出来。由于小说形式是完全自由的，小说家反而不得不执着于形式。因为所谓"自由"，就是形式约束下形成的被动观念。小说形式中的这种僻论全部与近代精神中自由的僻论相关联，故此小说形式的这种困境中横亘着难以轻易克服的普遍性。当想要摆脱这种困境的时候，小说家往往陷入自我欺瞒的境况。达莱尔有这样一个误解：他误以为自己的小说形式是基于自身的要求，并不是被某种必然性所捆绑。比如，三一律（诗的韵律也如此）就是从已经完成的作品中提取出来的法则；那么与此相对，"相对论"则只是从文学形式以外提取出来的。但是文学在文学形式中要表现"宇宙论"，而外在的宇宙论则没有介入的余地。20世纪的"古典作品"应该已经在无意识中表现出了现代宇宙论。亦即达莱尔从来没有要求以"相对论"的现代宇宙论为形式来从形式中获得自由。这让人认为他在要求另一种形式的努力。在这种情况下，"相对论"仅仅承担着《四重奏》的外部框架的功能。换句话说，虽然说《四重奏》是"古典派"作品，并不是因为它取代了三一律，从而使用了基于相对论的法则。现在如果拘泥于"古典派"概念，那么应该说它与瓦莱里所下的定义最相吻合。

　　任何古典主义必有一个浪漫主义的前身。（中略）古典主义的本质是后来产生的、秩序必先有某一种为它所恢复的无秩序为前提。结构是人工的，它继承着直觉和自然发展的原始混沌。纯粹是对于语言的无限淬炼的结果，而对形式的担心，则是表现手法经过深思熟虑之后的重组。

……古典派遵从人和艺术的明了而理性的概念，去修正一种"自然"所产生的，包含着基于意志进行反思的行为。（《波特莱尔的地位》）

将瓦莱里的定义限定于19世纪的浪漫派是错误的。如果把《四重奏》视作古典派作品，那么"浪漫主义的前身"是什么，"直觉和自然发展的原始混沌"或者"'自然'产物"意味着什么？不用说，这里指的是乔伊斯、普鲁斯特、纪德、米勒，也包括年轻的达莱尔本人这一批20世纪初期的实验性小说作家。《四重奏》中过度的主知性说明了对结构的偏执，无非是对乔伊斯和米勒的"'自然'产物"（不管是多么有意识去实现的）、"原始的混沌"的"基于意志的反省"的修正，是"经过深思熟虑的重组"。因此把《四重奏》视作才子的充满技巧的作品没有什么意义。我们不莼拿对待乔伊斯和普鲁斯特的态度去对待《四重奏》。《四重奏》本身就是批评性的作品。但是这种"批评"的意义，不是乔伊斯的作品对19世纪方法的批评的那种意义。

这种"批评"不是破坏性的,而是"重构性"的。

亦即《四重奏》中的批评性,在于保存了"基于意志的反省"。就我阅读所限,这部小说既没有新的文体,也没有新的实验,甚至没有新的思想,但《四重奏》融汇并保存了 20 世纪实验小说的破坏性尝试(甚至包括此前所有的小说和传奇故事)。因此在这一点上,像乔伊斯那样创造"形式"的努力在这里完全看不到。达莱尔的"形式"意识与乔伊斯的在范畴上有所不同。在达莱尔那里,如果有新的东西,那就是他的统合性的意图,他是包括他自己在内的 20 世纪文学的集大成者,创造了保存自体即是批评的"形式"。故此这种创新无法模仿,也不具有影响力,就像是拿艾略特的《四个四重奏》与《荒原》相比一样。

将《四重奏》与《四个四重奏》这两部作品加以比较绝非偶然。因为从达莱尔的评论《现代诗的钥匙》中就能容易推导出,他创作《四重奏》,是想要与《四个四重奏》进行比较。只是对达莱尔而言,无论是所面临的困难还是其独创性,都源于他没有采用诗的形式,而是采用了小说形式,而小说形式也可以说是两难困境中充斥着现代精神的象征性的形式,这可能会使达莱尔直面散文化语言表达的普遍性悖论。

在《现代诗的钥匙》中,达莱尔确立了这样的视角:从诗的历史中来领悟现代的时空本质的历史,这是他获得的启示。从丁尼生到《荒原》,从《荒原》到

《四个四重奏》，他从这个过程中发现的，是"主观性（时间性）弯曲与客观性（空间性）弯曲"① 融合统一的过程，因此他说："现代文学在无意识之中完成了时空连续体。"相对性原理是"时空连续体"的比喻性概念，而不是超越性的概念。在《四重奏》中，他想要有意识地去实现的"时空连续体"，已经在艾略特诗歌的无意识之中实现了。如此一来，问题似乎会集中到达莱尔所采用的散文化语言的问题上。但在这之前，值得注意的是，《现代诗的钥匙》中的达莱尔几乎已经站在终末论的观念上去回顾过去了。用他的话来说，过去就是依凭"肯定的＝否定的态度"来观照的。这个时候，他就获得了有可能直观过去的全体性的视点。也可以说，这种观照式的回顾性的性格直接决定了《四重奏》的结构。他的那种终末观在如下的艺术论中有所揭示：

> 现代诗带有浓厚的道德观念意味。艺术家们将目光转向他们想要探索的新的角色——圣者的角色。

---

① 这里可以参考爱因斯坦的时空弯曲理论。1915 年，爱因斯坦提出一个理论，把空间和时间结合为一种叫"时空"的东西，它不是平直的，而是由于其中的物质和能量弯曲（或卷曲）了。详见夏普·S. 索恩：《黑洞与时间弯曲——爱因斯坦的幽灵》，李泳译，长沙：湖南科学技术出版社 2000 年版。——译注

艺术家在逐渐成为新新人类——观察者。

这是《现代诗的钥匙》的结论，它与"写作的目的是使人成熟，最终超越艺术本身"这个《四重奏》的主旨是相通的。总而言之，它除了是一种"艺术之死"的告知以外，还是什么？也并非是说无论艺术是否死亡，艺术家都在逐渐成为新新人类。就像艺术被黑格尔的绝对知识所扬弃是虚伪的那样，达莱尔的理解本身就很武断。但是这里包含着艺术的自我否定这种现代性问题。亦即 20 世纪的文学或多或少包孕着对自身的否定，而《四重奏》只不过是其中的极端形式。艺术通过自我否定来达成自我维持。关于这中间的事情，奥尔特加·伊·加塞特说："艺术之所以能够展示其魔术般的魅力，就在于对自我的嘲笑，若失去了自嘲，艺术的魅力则难以想象。因为艺术是通过否定自我来保存自我的，借助出色的辩证法之力，艺术经由自我否定来维持自我，结果艺术取得了胜利。"可以说，《四重奏》就悖论性地完成了将"艺术之死"转换为"艺术的胜利"的表达。但是达莱尔关于"艺术之死"的看法，是由他透彻的回顾性赋予的。这种回顾性确保了他能够从"全体性"的、"肯定的＝否定的"视角来鸟瞰诗的历史或近代精神的历史，那就是批评性视角。在达莱尔回顾性的视野中，"全体性"看似被清晰地把握了，但是要将其表现出来，他不得不面对完全不同的困难。

※

因此问题又转移到了前面所说的表达上的悖论①。一般来说，这与用分析性的语言如何表现"全体性"的问题相重叠。在诗中不存在这样的困难，是因为诗（隐喻）本身就应该能够超越那种悖论。而散文家达莱尔所面临的问题，是用散文化语言来表现"全体性"的，这无疑具有先验式的不可能性。他也比任何"全体小说"作家都清楚这一点。可能正是这种情形迫使他在结构上寻求独创，那种独创性的结构抑或可称为"辩证法式的叙述"结构（我先说一下，为了避免误解，我认为，辩证法并不存在于存在当中，也不是基于反馈式

---

① T. W. 阿多诺正确地把握了哲学表达中的悖论，他说："所谓哲学，就是努力去言说难以言说的。"他说，对真理和语言表达的悖论真正进行艰苦探索，并解开了它的人只有黑格尔。《精神现象学》其辩证法式的叙述就源自黑格尔的根本意图，即"真正的东西永远不会在一个一个分析性的命题或者有限的积极表达中被理解"，无论是直观主义还是实在主义，只要是限定于语言表达，就不可能超越黑格尔式的问题。在这方面，哪怕是柏格森的哲学式直观，在语言表达方面也无法避免芝诺的悖论。毕竟柏格森是一位投身于诗歌的哲学家，而不是与概念性语言表达进行格斗的哲学家。而以《四重奏》为例，它不是想要去写"真相的相对性"。登场人物常常像是恍然大悟一样，高喊着"事实的相对性"和"真相的主观性"，但这还停留在直接的语言表达上，只是抽象的区分。正如随着小说的发展最终揭示的那样，它被当作怀疑主义式的臆断而被扬弃了。

的对象识别方法，它只是一种"创造"。象征派诗人所做的尝试，就是当语言首次被发现的时候，他就将它呈现出来。尼采执拗地主张，所有的认识论都犯了"透视法"式的错误，误以为这种语言的"创造"从最初就是作为道具而存在的。正因为如此，所以到了瓦莱里那里，他才会说，"哲学的解决之道在于书写方式，最后会归结为五六个问题")。

在《现代诗的钥匙》中，达莱尔这样写道：

> 这从根本上说是辩证法式的问题——如何去表达那种无法用语言来表现的状态？一旦被名辞赋予特征就不再是其本身了，这种现实该如何命名呢？如何去描述在基于对立物的语言中超越对立物的事物呢？

象征派诗人所直面的，就是这样的"辩证法式的问题"，它与"努力去言说难以言说的"相互交叉。亦即所谓隐喻，就是浓缩了的辩证法。或者这样说更好：辩证法是稀释了的隐喻。不是作为诗人而是作为小说家来表现"全体性"，达莱尔采用的这种方法当然是辩证法。

首先是在"视角"的处理上表现得很有特征。所谓"视角"，用达莱尔的话说，就是所谓的"主观—客观"之间的关系，它成了哲学上的认识论问题。萨特那篇题为《弗朗索瓦·莫里亚克先生与自由》的论文表明，到 20 世纪"视角"受到了近乎偏执的重视，因而与认识论上的危机形成尖锐的对应。之所以不能把"视角"问题作为技术琐事来处理，是因为借由小说形式，它与近代精神的形式问题关涉了起来。近世小说从《鲁滨逊漂流记》开始就具有了象征意义。它意味着一种唯我论的主观—客观关系命题的确立。这个唯我论的世界无非是现实的市民社会中孤立分散的人的自我表象，所以观念内部的唯我论批判绝不是对现实的唯我论的扬弃。现象学方法之所以最终不能解决"他我（other self）如何可能"的问题，是因为必须在观念内部扬弃人类现实中的孤立。小说形式还在《鲁滨逊漂流记》的延长线上，萨特对莫里亚克的批判包含着对唯我论的反省，但并没有解决"视角"问题。而达莱尔对"视角"的处理是我所能想到的唯一的且不可模仿的。

主客观的关系对于相对性而言非常重要，我尝试着让这部小说突破主客观的双重面貌。第三卷《芒特奥利夫》是正经的自然主义小说，在那里《贾斯汀》（第一卷）与《巴萨泽》（第二卷）的叙述者成了一个客体，亦即成了一个登场人物。（《〈巴萨泽〉备忘录》）

我想如果把前面说的"主观性—客观性的维度"

也考虑进来，就很容易理解。在《现代诗的钥匙》中所展现的全体性的回顾，乃是借助"视角"（主观—客观关系）的质的发展而得以实现的。或者，在这里也可以找到小说史本身的再现，如果可以把在孤岛上默默地创作着《贾斯汀》，不久在完成《克丽》之后返回欧洲的达利比作鲁滨逊·克鲁索的话，上述的再现就有了可能。不妨说，小说的世界从根本上说就是鲁滨逊·克鲁索的世界。只是今天的克鲁索并不像笛福笔下的那样能够做到自给自足，他拼命地渴望回去，却又无法回去。也因此，今天的小说不能不具有内在的否定性，并且小说否定并不是否定小说，而是对小说的维持。就连《四重奏》也不例外。只不过在《四重奏》中它是被极度自觉地实现的，这一点与他的其他小说不同。

《四重奏》就是经由"视角"如此质的发展构成的。如果模仿黑格尔的《精神现象学》来说的话，可以说《贾斯汀》《巴萨泽》《芒特奥利夫》《克丽》分别对应着悟性、自我意识、理性和精神。而黑格尔把《精神现象学》称为"意识的经验之学"，那么应该说《四重奏》的构成就是主人公作家达利的"意识的经验之学"。《贾斯汀》中的叙述者达利深信自己拥有真的知识，即自然意识。海德格尔在《黑格尔的经验概念》中这样说道：

　　如果说精神现象学是意识的经验，那么这种精神现象学究竟是什么？它就是彻底的怀疑主义。所谓经验，就是自然的意识与绝对知识之间的对话。所谓自然的知识，是在任何时代里都历史性地此在着的精神。

自然的意识在每种情况下都不是真的意识，是在它的真理性中被拉拽的强力所压迫的意识。（着重号为笔者所加）

在《贾斯汀》中，叙述者从最初就说"事实是相反的"，这只是抽象的怀疑。自然的意识就是每次坚信是真相的时候都不得不遭遇被否定的命运；对于自我来说，直到他者消失，在此之前，都必须不停地经历"被压迫的意识"（后面会论述，在这种情况下，压迫着的"强力"乃至"绝对知识"就意味着作家珀斯华登）。

《贾斯汀》是极为主观的世界，在《巴萨泽》中，我们第一次见到了达利的自我相对化或曰"自我意识"。《贾斯汀》完全缺乏具体的他者。达利周围所聚集的人物对他而言并不是他者，只是他自我意识中反映出来的自身的主观产物。如果说在《贾斯汀》那优美的叙事和抒情中有什么令人讨厌的东西的话，那就是达利的自我幻想被毫无顾忌地暴露出来这一点（这只能在与《四重奏》全体的关系中来谈论，而《贾斯汀》本身就是一部独立的作品）。因此《贾斯汀》的文体失去了紧张感，成为停滞的、自慰性的东西。《贾斯汀》的文字像物一样被过度地装饰和爱抚着，但是其文体却恰恰相反，它象征着《贾斯汀》的世界，并赋予了某种意图。

巴萨泽来到了否定《贾斯汀》世界的小岛上。"我想，你说的病，（中略）那是过度的自我怜悯造成的"（《巴萨泽》）。达利开始书写，以重新构建自己的体验。"为了到达真实的核心，我必须重新塑造自己的经验吗？"（《巴萨泽》）。在《巴萨泽》中，像《贾斯汀》那样忧伤的抒情逐渐销声匿迹了，主观色彩有所减轻，因此在《巴萨泽》中，几乎都是用来自巴萨泽的问句或者注释的形式写成的。以此为开端，向《芒特奥利夫》的自然主义手法过渡就很容易了。不过《芒特奥利夫》的视角，绝不是萨特所说的关于莫里亚克那样的神的视角。它实际上只是在否定主观性，试图完全客观地看待自己的"理性"。如果说《芒特奥利夫》区别于其他三部作品在于它拥有"神的视角"，那么《克丽》这最后一卷就是毫无意义的补充，只有《芒特奥利夫》被绝对化了。《芒特奥利夫》在《巴萨泽》之后获得了更多的信息，本应推进自我客观化的作家达利以将自我客体化的"理性"视角来写作，如果看不到这一点，就只会认为这是奇妙而又唐突的一卷。如果以这样的观点来看问题，那么《芒特奥利夫》则只是一个相对性的解释，并且无法了解以《芒特奥利夫》为契机，达利到了《克丽》那里变得成熟了这一点。至少如果能把《四重奏》作为达利这个作家的"意识的经验"来把握的话，就会明了，说《贾斯汀》、《巴萨泽》和《芒特奥利夫》是空间性的，而《克丽》则是时间性的，进行这种物理式的类推是错误的。

丸谷才一在其题为《通往守灵前夜之路》（《季刊世界文学》6，1976）一文中指出，在《一个青年艺术家的肖像》中，乔伊斯随着问题的推进描写了个人意识的发展，亦即呼应斯蒂芬·迪达勒斯的成长，文体也随之变化。实际上而言，这一点在《四重奏》中表现得相当明显。那就是：视角的质的发展以及随之相应的文体的变化。但是丸谷才一又说，《一个青年艺术家的肖像》不仅是教养小说，同时还是全体小说："对乔伊斯而言，所谓多样性文体，就是为了全体小说而准备的手法"。而我则认为，那并不是乔伊斯的创作手法，而是达莱尔独有的。多样性文体会保证"全体小说"吗？这种想法似乎是因为对所谓的"全体小说"的理解比较模糊。比如关于萨特尝试创作《自由之路》那样的全体小说，结果却失败了，就其原因，竹内芳郎这样解释道：

> 《自由之路》第二部的全体小说乃失败之作，不就是因为作者的自我欺瞒吗？虽然给出了全体，但好像又没有给出，从这种个人意识出发导致了作

者的自我欺骗；或者反过来说，如果个人意识是重层的，因此就以为达到了全体的程度，这是作者本人的自我欺骗——萨特也曾说过，认为从"行动的人"能够直线性地抵达"政治的人"，这是一种自我欺瞒，两者是相互重叠的。(《萨特与马克思主义》)

可以说上述失败的共通之处在于：都是从文体的重层中去寻找"全体小说"。本来我对于"全体小说"并没有什么特别的兴趣。但是如果"全体小说"有可能成立，那么只能表现视角（主体）和包括视角本身的现实总体之间相关的关系全体，这在理论上是不言自明的。后面我会论述，《四重奏》绝不是一种传奇，也不是像达莱尔所暗示的那样，是n次元小说的压缩版。那样的尝试与萨特所犯的错误相同，不去表现"全体性"，而是陷入"无限的恶性循环"中，却对自己所犯的错误并不自觉，这无非是"自我欺瞒"。"全体小说"应该必须去表现主观—客观之间关系的总体。要去全体性地表现客观世界（以及被对象化的内面世界），需要无限次元的小说，并且即便如此仍然不够充分。那是因为"写作主体"一直被全体所疏远。但是主观—客观关系的相关变化所获得的质的形态在最大限度上并没有超越《四重奏》。达莱尔说："如果四部曲中的基轴被牢固地固定着的话，就不会失去连续体的严密性和适恰性，它可以向任何方向辐射。"达莱尔从"相对论"中寻求根据是不正确的，也没有这个必要。简而言之，我们别无选择，比起达莱尔的解说，我们只能去看已经完成了的《四重奏》。

在《四重奏》中，除了作家达利的"写作"这一行为外，似乎没有其他行为。达利开始写作的时候，一切就都结束了。没有任何新的事情发生。也许看起来发生了，但那只是对过去的解释发生了变化而已。只是通过"写作"这一行为，达利变了，同时世界也变了。除了"写作"，达利没有任何其他行为。当他在孤岛上想要重新构筑自己的过去的时候，现实就停止了，他完全在向后回望。这种观照式的回顾与《现代诗的钥匙》具有相同的意义，但它与"全体性"都是过去性的，因此主体剥夺了一切主观性和能动性，换句话说，主体只有通过完全向后回望才能暴露出来。就像萨特对普鲁斯特和福克纳所做的那样，从伦理上进行批判也是无可奈何的事儿。究其原因，一般而言，文学者都是"退向未来，再继续前进"（瓦莱里语）的，如果不从中看到转化为过去性的辩证法，文学者的"荣光'就不存在。除了将对未来性的放弃转化为更大的未来性的那些瞬间之外，作家并不"参与"其他事务。

毋宁说，在《四重奏》中，就因为一切都结束了，除了作家达利的"写作"以外，其他行为都不存在，那么反过来可以说，"写作"的意义受到了纯粹的追问。也就是说，达莱尔并不认为"写作"这一行为只是主观对客观的表现。在达利那里，在把世界对象化了的同时，也把自己对象化了，固定的主观—客观之间的关系并没有分离。就因为小说的主体是向后回望的作家，对他来说，自我对象化（外化）同时意味着对象世界的创造。世界并不外在于他而存在。因此，《四重奏》不仅是描述了作家的成熟的"教养小说"，还成为"全体小说"。如果反过来，那么应该说，"全体小说"同时必须是（作为艺术家的）"教养小说"，否则难以逃脱"无限恶性循环"的命运。

达莱尔讲述《四重奏》的方法大致分为两种。其一，"对我来说最为必要的，不是把自己的经验按照顺序记录下来——那是历史要做的事儿——而是按照经验对我来说开始具有意义的顺序将其记录下来"（《贾斯汀》），也可以说这是一种现象学式的方法。还有一种，就是"写作的目的是使人成熟并最终超越艺术本身"，这两者相互缠绕。因此对达利来说，所谓"写作"这一行为是将自我外化，或者是对象世界的创造，这用黑格尔之辈的话来说，就是通过回归自身来改变自己的本质。因此，《四重奏》的视角获得了质的发展，并且它并没有选择像约翰·多斯·帕索斯、萨特等其他作家的"全体小说"那样肆意的视角，这种视角是"写作"这一行为的必然的结果。"只有写作才能使作家成长"（《巴萨泽》）。

我们追问"写作"的意义具有怎样的普遍性，这个问题很朴素，不过并非不可以去尝试对它进行牢固的反向设定。但是普鲁斯特和达莱尔都被逼到这样的境地：他们认为写作就是活着，去追问活着的意义，无非就是追问写作的意义；有必要知道，在对他们的"写作"意义进行追问的过程中，人类生存的普遍意义就反过来凝缩到了那里。一般而言，达莱尔对普鲁斯特的批判，只有在对艺术至上主义的批判这个延长线上才能成立。如果没有考虑到艺术至上主义的倒错即扎根于现实人生一般性的倒错（自我异化），那么达莱尔的"超越艺术"的意愿只能说是外在的否定。比如当罗兰·巴特说"对作家而言，写作这个动词是自动词"的时候，这与其说是表现出了作家在写什么，不如说表现出了作家被强迫应该去写什么。也可以把它叫作"对象性"（受苦性）。当有着"不幸意识"的达利扬弃了这种"对象性"的时候，对他来说，"写作"的冲动停止了，"超越艺术"得以完成，《四重奏》也完结了。在《现代诗的钥匙》中，达莱尔认为，"无附加"（非对象化）才是人类真正的行为方式，是所有宗教的根基。从这里可以看到达莱尔似乎深受东方神秘主义的影响，但我对西方人的这种关心并不感兴趣。实际上，他只是在那种神秘思想中发现，就像"写作"就是自我目的，是自动词那样，那是对"对象性"扬弃的比喻。"艺术家正在将他的目光从艺术上移开，并寻求新的角色——

圣人的角色"①。"对象性"的扬弃，亦即《四重奏》大团圆就这样来临了：

> 是的，有一天，我意识到我在用颤抖的手指写下四个词（是四种文字！四副面孔！）。自从世界开天辟地以来，所有的物语作者为了用语言来吸引听众的注意，不惜任何代价。那语言，只是在预告一个成人艺术家的老故事。我写道："以前，某个时候（Once upon a time）我觉得整个宇宙都很亲密地伤害了我。"（《克丽》）

可以把它叫作"预言性的宇宙"（《给未来的书简》），也可以叫作"笑与永远失去希望者的骇人浪漫"（《傻兄弟与我的对话》《克丽》）。但是，这种成熟是达利的意识所达到的"绝对知识"，是否定小说的小说，是以艺术超越艺术，是以这样的矛盾为原动力而展开的《四重奏》的必然性的终末。之所以说它是必然的，是因为原本在写出来之前就已经决定了的。因此《四重

---

① 我反复要说的是，虽然关于达利可以这样说，但是至于达莱尔，是否能这么说还不清楚。毋宁说，我认为我们应该看到《四重奏》中的悖论：对艺术加以否定，通过这种姿态来让艺术获得胜利。在《追忆似水年华》中将普鲁斯特与"我"混淆在一起让人感觉很奇怪，因此必须将达利和达莱尔区分开来。但是与普鲁斯特不同，看着依然活着的达莱尔可以写些什么是另一个有趣的问题。

奏》中没有纯粹的"开篇"。倒不如说，恰恰是因为做出了有开篇的姿态，《贾斯汀》中的达利才经由《克丽》而被媒介化了。"始创者即被媒介化者"（《克丽》）。但是这种"姿态"与比如侦探小说截然不同，侦探小说隐藏了结尾并且假装无知。我们在《四重奏》的构成中并不是没有看到那种故作姿态与显而易见的韬晦。但是这来自《四重奏》的逻辑框架，因此即便"全体已经被赋予，但是从个人意识出发，就好像它没有被赋予"一样，那绝不是"自我欺瞒"，并且不是"自我欺瞒"的唯一途径。换句话说，那是辩证法式的表达。

当把《四重奏》这部圆环式的小说与乔伊斯的《一个青年艺术家的肖像》试着去比较的时候，就更容易理解了。也就是说，《一个青年艺术家的肖像》是以艺术家的成熟（并没有超越艺术）结束的，是因为它是用以下的这个词"Once upon a time"开篇的。这种指责并不是牵强附会，不过很明显，达莱尔是把乔伊斯和普鲁斯特视为应该被继承和被超越的对象的。如果从继承的层面来看，就像是《尤利西斯》和《荒原》那样，达莱尔也把亚历山大选作欧洲的发源地，试图以此唤醒各种文化的和神话的形象。并且他还像中世纪的物语讲述者那样，讲述着："各位，你们不是听到了爱与死的美丽故事了吗？"意欲恢复各种罗曼司。或许这样说比较好：对于达莱尔而言，所谓"全体性"，就是"荷马以来的欧洲文学及位列其中的本国的文学全体同时存在、创建同时性秩序"（艾略特语）的同时现存的文学（语言）的总体。

但另一方面，对乔伊斯和普鲁斯特的否定更为关键性地决定了《四重奏》的面貌。

　　文明使自我随着意识而不断走向死亡。推动文明去认知、失去勇气和无意识的动机的那种力量已经不复存在。文明开始像废物发疯了一样地模仿镜子里的自我。这起不到任何作用。但是这一定有什么陷阱吧？是这样！时间就是陷阱！空间是具体的观念，而时间则是抽象的。从普鲁斯特那伟大的诗篇的伤痕中就能清晰看到这一点。他的作品，就是有关时间意识的伟大学院。但是由于他并不喜欢去动员他的时间意义，所以他不得不把它放在记忆中和希望的祖先身上！

　　啊！但是由于他是犹太人，他抱着希望——而在抱着希望的同时，又生出了难以遏制的想要干涉的欲望。而我们凯尔特人又伴随着绝望。从那里生出来的，只有笑，和永远失去希望者的骇人的浪漫。我们在追求着难以达到的高度。我们唯有在没有终点的路上不断探求。（《克丽》）

正如《现代诗的钥匙》所显示的，达莱尔的思想是在追求主观性（时间性）的扬弃。在他的眼里，普鲁斯特、乔伊斯、伍尔芙等人看起来就像是在主观性的镜子中，或者是在时间意识中苦苦地挣扎着。如果从达莱尔的观点来看他们的作品，无论是多么有意识的创作，都是"自然的产物""原始的混沌"，都只不过是"自然的意识"。说《四重奏》本来就是批评性的文本，其真正含义并不在于那种批评性台词渗透到各处，而是如上面所说的，它存在于文本的结构中。根据场合的不同，有些地方即便没有那些台词也没关系（但是能够说出这种台词的就是珀斯华登，后面会提到这个人物）。

但是"肯定的＝否定的"这种两面性在《四重奏》中的关系如何呢？如果用一句话来说，那就是：《四重奏》通过扬弃主观性的形式本身来解放主观性（浪漫主义）。换句话说，在达莱尔那里，以乔尹斯、普鲁斯特为代表的主观性文学被原封不动地拿过来，被肯定性地保存为《贾斯汀》的主观性，并且在与《四重奏》的全体关系中受到批评。虽然说《贾斯汀》是一部独立作品，但是对于深谙全体的人来说，那个世界只是病态的主观性幻影。

《四重奏》的罗马风格经由这种批评性的构成反而能够肆意奔放、妙笔生花。达莱尔的真意到底是什么？——是批评性的，还是罗马风格？——这样追问几乎没有意义，因为它们是反向相关的。亦即在批评意识的两极之一端（并不是去批评意识），罗马风格第一次以独立的姿态出现。《四重奏》的独创在于，小说的背反结构（批评性与罗马风格）在半途而废的危险平衡中得以成立，通过使两者成为反向的两极，从而使得两者同时被有效利用。一直以来被羞羞答答地书写着的罗马风格毫无胆怯地现身了，一直以来顾虑重重的批评也公然地表达了出来①。我接下来试着对这两面作各自讨论。

※

真实是什么？在这种追问之中，《四重奏》开始了，又随着这个追问的停止而终篇。也许没有一部小说能像《四重奏》那样去追问，并且提供箴言式的答案。如果将其中关于"真实"的箴言汇总起来，甚至能够编成一个小册子。但是值得注意的是，随着亚历山大景观的变化，这些箴言的基调时常是类似的，但并不同质。首先《贾斯汀》是以这样的风格写作的：

关于那个男人，我到底知道多少。本来别人的

---

① 基于这个原因，我们不能将《四重奏》作为主知的作品加以指责；反之，在回避主知性和批评性的情况下、只愿意去关注罗马风格（不仅不合理）同样是错误的。达莱尔并不是将这些作为矛盾而是作为反向之物来把握的。批评性作为批评性必须彻底化，不够彻底、妥协是不被允许的，并且因此罗马风格也有可能第一次独立出来。

性格等只知道某一面。我们向所有人展示着多棱镜的不同的侧面。

对于这种苍白而抽象的反省，我们并不惊讶。因为当从《四重奏》的全体来看的时候，实际上《贾斯汀》的世界并不那么谦逊。这与经验论者其认识论的严密性在排斥形而上学的同时，经常自行将其转变为形而上学是一样的。"全体小说"从这个观点来看的话，像是棱镜的合成。但是从这一点来看，《四重奏》自身也绝不成功。《贾斯汀》以及与《贾斯汀》在同一延长线上的文学所欠缺的，是真正意义上的经验，或者说是具体的他者。那么《四重奏》里的经验或者具体的他者是怎样的呢？可以看看达利在终卷《克丽》里说的下面一番话。

> "不管这条路走得有多么辛苦，人终究还是不得不与真相和解。"不知珀斯华登在哪里说过这句话。的确如此。然而出乎意料的是，我发现真相能够给人带来滋养——那是冰冷的浪花，总是一点点地把人推向自我实现的方向。

一直以来螺旋式前进的达利对"真相"的探求到了这里，以"和解"告终。而这种"和解"其实与珀斯华登的和解是一样的。而所谓的"真相"探求，实际上就是珀斯华登对生与死的"真相"的探求。达利并不是在追求什么抽象的"真相",而是在追求珀斯华登的"真相"。这是我想反复说的。《四重奏》中最大的谜是珀斯华登这个作家自杀的原因。即便读完全部《四重奏》,也无法确知珀斯华登自杀的真相。不论是《芒特奥利夫》这一卷还是《克丽》这一卷,都没有给出最终结论。与这件事相比,其他人物群的棱镜式变化就逊色很多。通读四卷之后,就连贾斯汀这个女人,也看不到质的变化。姑且不论是否是达莱尔的笔致不够成熟所致。如果没有作家珀斯华登自杀之谜,那么《四重奏》中所塑造的人物群只是达莱尔技巧上的分配,并且分配的笔力并不好,因为我们可以从推理小说中找到更多巧妙的逆转剧情的例子。但是《四重奏》的着眼点并不在此。

那么这个珀斯华登是谁?"真相只有可能传达,而不能叙述,只有讽刺才是这种工作的武器。"如此叫嚣着的讽刺家珀斯华登,其存在本身就是一种讽刺。他死了,但还活着。或者说,他在活着的同时死了。说他死了,是因为《四重奏》开始时他就已经死了;说他活着,是因为《四重奏》全卷,他一直在推动着达利的行动。

死者珀斯华登沉默着。达利并不把他放在眼里;他只在达利追问的时候才用惯常的讽刺腔调去应答。但我们不能忽视这种沉默,因为毕竟达利是艺术家。而珀斯华登则尝试着作各种解释。在《贾斯汀》中，达利对死后声名远彰的珀斯华登充满了嫉妒，因此将他矮小化。他不仅仅不了解珀斯华登之死的真相，当然还无法理解珀斯华登所到达的认知高度。人们不理解超出自己已知范畴的物事，当以为理解了的时候其实只是与自己的面容相遇。所以这种理解对于达利而言，就像从《克丽》里的珀斯华登的笔记本中抄录的《傻兄弟与我的对话》那样，必须经受猛烈的否定才能达成。

珀斯华登的想法与《现代诗的钥匙》中的达莱尔的见解基本相同，甚至引用完全相同的文章。然而尽管如此，我并不想说，他和达利都是达莱尔的分身之类的蠢话（严格地说，就连按照自己的观感立刻说出珀斯华登的想法都是错误的。因为他的反讽与苏格拉底的一样，都是对直接的真理表现的无限否定）。《傻兄弟与我的对话》的意义在于，《四重奏》全体无非是珀斯华登与达利之间的对话。达利的经验，是他与死了的珀斯华登之间的对话，是"自然的意识与绝对知识之间的对话"（海德格尔）。达利一边想要无视和轻视珀斯华登从而显得焦躁不安，一边却又被他所吸引，最终不得不和解。因为"不管这条路走得有多么辛苦，人终究还是不得不与真相和解"。每当达利坚信自己就是真相的时候，珀斯华登都是作为"否定"出现在他面前的他者。如果说"自然的意识在每种情况下都不是真的意识，是在它的真理性中被拉拽的强力所压迫的意识"，那么那

"强力"就是珀斯华登，而"被压迫的意识"则是达利。

所以不要误解，对于达利来说，"真相探求"那种抽象的目的并不存在。推动着他的，是比他更优越的精神，即魔术般的强力，这里有与任何教养小说都不同的要素。《四重奏》并非单纯描述达利走向成熟的小说。说《四重奏》是圆环式的，理由也在此。那么反过来说，达利的"自我实现"无非就是珀斯华登的"自我实现"。在《克丽》中，达利与珀斯华登几乎重合在了一起。那时，真正意义上的珀斯华登死了，而达利则活着。这时也就明白了，从小说的结构来看，珀斯华登之死是必然的。否则我们必须看到，《四重奏》中的珀斯华登和达利是以不可收拾的混乱姿态出现的。与此相类似的例子就是纪德的《伪币制造者》了。若林真在《关于结晶风化作用》（《季刊世界文学》6，出处同前）这篇论文中指出，在纪德那里，批评精神以从内部侵蚀作品成果的形式从而使作品成立。但是在《四重奏》中，就像我之前叙述过的那样，批评精神经由抵达极限的方式，反而从批评精神不利风化作用的自身中获得了自由。《四重奏》的批评性不仅不是从内部去侵蚀作品的成果，反而使作品有了成功的可能。

珀斯华登必须死掉，这是他自杀的唯一理由。但是这个理由是达利所不能理解的。因为达利就是被媒介化了的珀斯华登。当然，读者可以对珀斯华登自杀的真相进行各种推测。比如政治上的打压，或者与失明的妹妹近亲通奸的清算，等等。坦率地说，无论哪一个都不成为让珀斯华登那样的作家死亡的理由。然而实际上，珀斯华登的死亡真相就好像是《四重奏》的结构本身的真相一样。必须从肉体上杀死珀斯华登的作者并没有说出那些理由，而是相反，死亡被当作谜，创作出了各种情节。读完了《四重奏》感觉很是茫然，这就是它所要达到的反向效果。隐情难以说出口，这种读后感使得珀斯华登之死更接近苏格拉底之死的神话。因为珀斯华登的讽刺与苏格拉底的一样，都在被迫的死亡中保全了那种否定性。即便在这一点上，我们也应该能够从珀斯华登之死中发现形而上学。无论如何，到小说形式以外去寻求珀斯华登自杀的理由是不可能的。他完全是讽刺性的存在。并且珀斯华登的讽刺也是《四重奏》的讽刺。因此从批评性的面向上来看，也可以说，《四重奏》就是创作《现代诗的钥匙》的达莱尔为了讲述自己的思想而选择的讽刺性的形式。"自身即拥有一个批评家，使批评与自己的创作紧密相关的作家是古典派"，回到达莱尔的这个定义，可以说《四重奏》的情节是为了让作为批评家的自我不陷入结构破坏的情况下而让其登场的。它与《伪币制造者》的不同也在于此。

但是正如我反复说的，《四重奏》的批评性并不在于让珀斯华登那样的人物活着。通过《贾斯汀》，作者将肯定性与否定性画等号，唤起了沉迷在现代的自我怜悯与病态的主观性的世界。在某种意义上，《贾斯汀》并不单纯是第一卷，它形成了渗透到《亚历山大四重奏》全体的支配性情绪。一言以蔽之，即鲁日蒙所说的"激情之爱"（"此书的中心问题是对现代爱的探究"，《〈巴萨泽〉备忘录》）。我们在《四重奏》中能够找到现代小说中罕见的模拟《一千零一夜》的罗马风格。但是那里所恢复的罗马风格同时又是现代病态的浪漫主义。亦即由《四重奏》所唤起并恢复的欧洲原始形象，同时也作为现代精神世界的象征被唤起。

《四重奏》中所表现的爱的诸种形态，基本上被克丽的如下一番话说尽了。

> 但是我们好像误解了爱的本质。比如，你（达利）对贾斯汀的爱，与对梅丽莎的爱是一样的，也没有因为对象的不同而抱有不同的爱。那就是想要通过贾斯汀这个媒介来塑造自己。（《贾斯汀》）

"想要通过贾斯汀这个媒介来塑造自己"，这个结晶作用可以说是《四重奏》中登场的所有人物。他们的爱并不是对现实中的异性（还有同性）之爱，只不过是将他们作为媒介而使其结晶的自我幻影，是对自己的爱。比如，由于害怕直面染上天花的丑陋的自己，莱拉逃离了恋人，退缩到了幻想中；奈西姆和贾斯汀仅仅由于在政治阴谋中对死亡的恐惧、性的恍惚感而彼此结合；克丽通过达利爱上了阿玛丽尔，等等，不胜枚举。最后，所有这些现代的特里斯坦和伊兹族人都不得不带着伤瘫（肉体上也如此）悲惨地活着。终卷《克丽》以切断了手的画家克丽开篇，无论是肉体还是精神都充满了痛苦。但是对于他们来说，不可收拾的局面发生在他们面对自己的时候。因为"激情之爱"，这种憧憬死与苦恼的奸淫性的爱是一种贫瘠的精神形式，是一种拥抱现实的意志，它一边想要摆脱主观性，结果却以主观性膨胀而收场。他们带着幻灭感和肉体的痛苦活着，这意味着对被忽视的现实的残酷复仇。

"认识是痛苦的！"（《克丽》）当所有人物都沉浸在遭受沉重打击的"苦难"之中时，达利却平静地达成了自我认知，离开了亚历山大。不论是亚历山大还是《贾斯汀》，都只是达利自我幻想的镜子，因为那里除了主观内面的外化之外空无一物。可以说，达莱尔对"现代的爱的探究"的结论，是珀斯华登所暗示的某种客观的爱（相对于"激情之爱"）之可能性。

> 英国人忘记了两句伟大的话。那就是，远比"恋人"伟大的是"伴侣"，远比"恋"甚至"激情"伟大的是"仁慈之爱"。（《克丽》）

于是，《四重奏》的罗马风格对于达莱尔来说，意味着是应该扬弃的主观性。也正因为如此，它是被肯定的，是被肆意解放的。如果他能唤起作为小说原型的罗马风格，那也只是经由否定罗马风格的翻案姿态。应该说，就像为了让达利与珀斯华登的对话成为可能，而使后者死掉一样，为了让罗马风格重生，达莱尔经由对其批评性地结构而使其死掉。

因此，《四重奏》尽管彻底地实践了批评意识，其伦理性的紧张感却很稀薄。毋宁说它洋溢着拉伯雷式的感觉。因为伦理性的紧张感是由小说的批判性（客观性）和罗马风格（主观性）之间的冲突引起的。但是在《四重奏》中，它们在立于反向的两极的同时，却能够各自独立。

附记：《亚历山大四重奏》的引文依据高松雄一先生的翻译（世界新文学双书《亚历山大四部曲》，河出书房新社）。

漱石试论——意识与自然

1

在读了漱石的长篇小说，特别是《门》《彼岸过迄》《行人》《心》等之后，我不禁觉得小说的主题陷入了二重分裂，在情节发展到关键时候，却突然朝着无关紧要的其他方向发展。比如，《门》中宗助的参禅，与他的罪恶感并无关联，《行人》的情节结构到了"来自 H 的书信"这个部分明显断裂了。而《心》中老师的自杀也与罪意识的关联并不紧密，感觉很唐突。我们要如何去理解这种分裂呢？那就首先从这个话题开始来谈谈吧。

当然，如果只把它称为结构上的败笔的话，就只能以贫瘠的批评告终了。这里应该考虑到，无论作者有多么娴熟的写作技巧，他们都受到不可避免的内在条件的制约。这一点让我想起了 T. S. 艾略特对《哈姆雷特》的论述，他指出，这部剧中由于客观对应物的欠缺而导致了失败。艾略特是这么说的：

哈姆雷特受着一种无从表达的情感的支配，因为发生的事实超出了他的情感把控能力。经常有人认为哈姆雷特就是莎士比亚本人，这一点在下面这种意义上可以成立：与哈姆雷特的情感相对应的对象不存在，所以哈姆雷特的困惑，是其创造者面临自己的艺术难题时的困惑，如此一来，无非就是莎士比亚困惑的延长。哈姆雷特面对的问题是：他的厌恶感是经由他的母亲被唤起的，但他的母亲并不是这种厌恶的恰当对应物；他的厌恶感涵盖而又超出了她，因此成了他无法理解的感情；莎士比亚无法使它客观化，于是只好毒害生命、阻延行动。无论怎样的行动都无法满足这种感情，莎士比亚也不能改变情节来帮助哈姆雷特表达自己。（中略）莎士比亚处理的是一个并非他力所能及的难题，他为什么要尝试那样去做，这是一个不可解的谜。我们也无法知道他是在什么样经历的促使下，试图去表达这种无法表达的可怕的情感的。（T. S. 艾略特：《哈姆雷特》，着重号为作者所加）

这种论述完全可以用于描述漱石。比如《门》中宗助的参禅，是通过三角关系被唤起的，然而这种三角关系并不是宗助内心苦恼的恰当对应物，所以只有朝着别的方向发展，这是起因。因此"无论如何改变情节，也不能帮助宗助表达自己"，我想漱石当然能够"处理他力所能及的问题"，尽管如此，漱石能够承担起"在什么样的经历的促使下"的后果吗？并且这样做是否具有本质性意义？可以说接下来我要论述的都与这个谜有关。

《从那以后》中的代助把曾经让与友人（平冈）的女人给夺了回来，这时他说：

> 这或许有些矛盾，世间所规范的夫妻关系与自然而然形成的夫妻关系不一致，存在矛盾，这也是无可奈何的事儿。你是世间所规范的三千代的丈夫，我向你道歉。但是我的行为没有招致任何矛盾。（《从那以后》）

> 平冈，我比你更早地爱上了三千代。（中略）当时听了你的话，我认为应该牺牲我的未来满足你的愿望，这是友情的本分。但是我错了。如果当时的想法像现在这样成熟，我一定会慎重考虑的。但可惜我们当时都很年轻，太过轻视自然规律了。每当我想起那件事，我就非常后悔。（中略）我真正觉得对不起你的，其实是那个时候我没有认真地为你考虑，请你原谅我，你报复我吧，我把手伸到你的面前，请求你的原谅。（出处同前）

这里鲜明地展示了漱石《虞美人草》之后长篇小说本质上的"哲学"。人的"自然"与社会的规范一旦对立，人就会压抑和无视"自然"地活着，由此而使得自我荒废掉。代助说的就是这种情况。值得注意的是，"自然"这个词在漱石那里具有多义性，反过来说，我们今天就是把用各种语言表示的东西都装进"自然"这个唯一的词中。这件事本身恐怕可以说是漱石那个特定时代的教养的产物。

比如，思想史家洛夫乔伊（Arthur Oncken Lovejoy）就曾指出，在 17、18 世纪的思想和文学中，nature 这个词变幻自在、惊人地多义，就像一张王牌，可以指涉任何事物。漱石不是 18 世纪的作家，如他本人所说，是"20 世纪的人"。但是他对 18 世纪的英国文学有很深的亲近感，这是什么原因呢？在 19 世纪，"自然"作为思想原理失去了力量，沦落到了像自然科学和自然主义那样难堪的境地。在漱石深陷日本同时代的"自然主义"包围圈的同时，"自然"这个概念之所以被多义性地使用，不仅因为它与 18 世纪的思想有相通之处，而且为了与现代，即 19 世纪的思想原理进行彻底对决，同样有必要回到这个包孕性很强的"自然"概念。必不可少的并不是"自由"，而是"自然"。

代助所描述的"自然"听起来很像卢梭的描述，似乎都在赋予"自然"一种规范性。但是漱石窥见了代助辩解背后那"自然"的邪恶。

二者无法同时占有同一个空间，要么是甲赶走乙，要么是乙排斥甲，总之是二选一。甲也好乙也罢，强者取胜，不存在是非。谁伟大谁取胜，不存在高级低级之分。厚颜冷酷者取胜，无所谓贤和不肖。使人蒙昧者取胜，无所谓礼和非礼。铁面无情者取胜，冷酷无情者取胜。文明之道具皆为调节自己用的机械，是掌控自己用的道具，也是抑制自我的窍门。为了不伤害他人而把自己的身体涂上防护品，皆为消极之道。借由此文明的消极之道，无法战胜他人——故善人必败，君子必败，有德义之心者必败，清廉之士必败。忌丑避恶者必败。重视礼仪作法者、申人伦五常者必败。决胜负者，不是善恶、邪正或正当与否的问题——而是力量，是意志。(《断片》，明治三十八至三十九年)

这大体接近于霍布斯的"自然"概念。这里我们要注意的是漱石所说的"二者无法同时占有同一个空间"。这时，漱石并不是通过任何抽象（观念）的媒介来看待人与人之间的关系的，而是把它看作肉体空间（space）中赤裸的裸体关系。《梦十夜》的第三夜讲述了这样的故事：背负着双目失明的孩子往前走，孩子跟我说："你杀我的时候，正好是百年以前的今天呢！"我突然回忆起来这件事，背上的孩子突然沉重起来。如果这是暗示"原罪"，那么应该注意，漱石的"原罪"与基督教意识中的原罪是不同的，要把握这一点。即曾经被杀死的背上的孩子，如今就像地藏菩萨那样沉重地压迫着他，漱石通过这种极为形象的肉体感受来理解人的"原罪"。

迄今为止，一般读者都看到了漱石小说中"自我本位"（利己主义）与自我意识的相克。然而与其说漱石把人与人的关系视为意识与意识的关系，不如说将其理解为首先是互相抢占同一个空间而不得的那种形象的身体关系。换句话说，漱石是从存在论的层面来理解人与人之间的关系的。漱石说，"文明的道具"是"用来掌控自己的道具"，是"抑制自我的窍门"。不断使漱石陷入生之危机的，是自我存在感降低的感受。也许这不是一个自我意识的问题，而是在自我存在感降低的情况下，自我意识的无能为力。漱石在他的长篇小说中，无法对这种感觉做出回应。反而是在初期的《梦十夜》和《伦敦塔》这些短篇中有浓墨重彩般的表现。而到了《道草》和《明暗》中，我们又见到了剥去图式、浓密地呈现那种存在感觉的漱石。

"我们也无法知道他是在什么样的经历的促使下，试图去表达这种无法表达的可怕的情感的"，而我想，我也无法正确地回答有关漱石的追问。然而毫无疑问，前面所列举的漱石长篇小说中的那些人物，并不能成为表达漱石自己陷入存在危机的充分的对应物。

漱石真正开始他的长篇小说创作，是在他进入朝日新闻社后写的第一部小说《虞美人草》的时候。既然是真正的创作，就必须有别于漱石此前跟随内心自由的声音所进行的创作。漱石此前说："最后要加上哲学。此哲学是一种理论。我为了解释这个理论就写了一本书"（《致小宫丰隆的书简》，明治四十年）。然而此前漱石的所有创作与他说的这一点都没有任何关系。"如果违背自然的法则，《虞美人草》就不成立。因此无论谁怎么说左拉是自然派、福楼拜是什么派，不管其他人怎么说蚊子之类的，都必须遵从自然的命令来写《虞美人草》"（《致铃木三重吉书简》，明治四十年）。

这个理论，就是"自然法则"，即"道义观念极度式微，万人求生的社会难以维持满足，这时悲剧突然发生了。而万人之眼悉数朝向自己的出发点，开始悟到生之近邻住着死亡"（《虞美人草》）。不过这里所说的"自然"在某种意义上近乎于"天"。可以说藤尾的死亡基本上就是"天诛"。漱石是在对儒学传统的遵循中用了"自然"的概念，所以为了写出煞费苦心的《虞美人草》，他重读了《文选》，这就是他的应对之策。

丸山真男说："朱子学的'理'既是物理，同时也是道理；既是自然，同时也是当然。在此，自然规律与道德规范相互倚傍，不可分离"（《日本政治思想史研究》）。背离自然当然要遭到自然的复仇，这就是《虞美人草》的理论。但是在这里，"自然"其邪恶的冲动与位于善恶彼岸的冲动都没有存在的空间，也难以产生与我们的生之感触直接相连的黏糊糊的感觉。

毋宁说，如果想一想超出古典悲剧范畴的《哈姆雷特》就很明了了。比如，如果哈姆雷特像莎士比亚初期创作的那一系列历史剧的主人公那样毫不犹豫地去行动、结果死掉的话，那么这部剧中应该就没有艾略特所指出的虚无了。如果把贯穿这部剧的理论抽取出来，死去的国王和王子哈姆雷特所代表的中世纪的"规范"，与篡夺王位的叔父和成为其妻子的母亲王后所代表的"自然"处于对立状态，这种对立在莎士比亚的所有悲剧中都存在。也就是说，那是以那个时代的世界形象的转换本身为依据的。这意味着，在不仅是人的伦理行为，从社会秩序到宇宙体系的规范（当然）都在完善的时代思潮中，以"自然"的冲动为旨归的无政府主义倾向在逐渐渗透。比如在《李尔王》中，私生子（注意用英语说是 natural son）说"我跟随自然女神，遵从自然的法则"，"是忍受他人的白眼、在野性的欢愉中生下的孩子"，因为继承了"猛烈的精力"，所以比"在半梦半醒之间与毫无欢趣的老婆制造出来的"嫡生子要更优秀。

这与《从那以后》中的代助宣称的比起"世间所规范的夫妻关系"，"作为自然事实建立的夫妻关系"更具有正当性是一样的。但是哈姆雷特所处的是这样的一种自我意识的世界：如果规范（秩序）是可疑的，那么自然（叔父和王妃的行为是自然而正当的）同样是可疑的。他的自我意识有时倾向于规范，有时倾向于自然，并且无论在哪里都找不到任何必然性。就如艾略特所说，莎士比亚对"规范"和"自然"的缝隙里所分泌的虚无闭上了眼睛，强行完成了这场复仇。

此时从莎士比亚身上能够看到的，是"规范"的秩序与与之相逆的"自然"的秩序的缝隙间蔓延开来的丑恶而怪诞的存在。与其说那是自我意识的怀疑，不如说是内心深处生之威胁的危机感。所谓"无法表达的恐惧"无非就是生之本身的危机。

《虞美人草》的图式结构，与漱石内心所抱的危机感完全不同。尽管如此，漱石的图式结构不仅仅是观念式的，还表现出了使这个世界恢复其应有的秩序的欲求。何谓"应有的秩序"？那就是"自然＝当然"的世界。那不是朱子学或者阳明学，而是维新之前漱石在接触西欧的思想和文学之前就出生的混沌的秩序感。倒不如说漱石是这样的男人：无论是对取代朱子学的大正人道主义所建构的合理体系，还是对自然主义体系，他只是弥缝了在其底部蔓延的怪诞的存在。漱石执拗地说，他也不知道发生了什么。事实上，就像地下水脉那样，大正人道主义和现代主义只能通过非合理的"自然"的冲击才能瓦解。在"战后民主主义"这样一种合理体系之下，我们还压抑着漱石窥见的非合理而丑恶的"自然"的冲动，只是我们看不见它。漱石之所以看到了，是因为他亲身经历了"自然＝当然"那样的世界，不可能看不到它的崩溃将带来什么。

当然那样的秩序实际上并不存在，它只不过是漱石莫名其妙构建的神话。但是这神话又是与真实的体验相连结的。比如在《哥儿》中，正义是恢复世界的感觉，这种感觉极为朴素。《野分》中的白井道也是义人，这里对"义"一点怀疑都没有。妻子认为"想方设法都不能让丈夫按照自己的想法去做丈夫，否则活着就没有意义了"，被这种想法的妻子和哥哥们相对化的男人只有忍受"义人的不幸"了。不用说，这是写作《道草》的漱石所不具有的相对化的眼睛。"义"是直接被信任的，这使得白井道也成为一个自我绝对化的人，但它不仅不会让我们感到太多的共鸣，甚至让我们感到沾沾自喜的揶揄。

相比之下，《哥儿》中的男主角不是像白井道也那样深刻的知识分子。哥儿生机勃勃的朴素的正义感中，任何自我意识都被排除在外，我们得以进入其中。哥儿就是堂吉诃德。也就是说，他是那种把只存在于与女佣阿清间的"正义"和"秩序"在现代社会中毫不怀疑地延续下去的堂吉诃德。本来漱石心里就很清楚，哥儿的内心只是个神话，然而之所以至今《哥儿》对我们来说依旧有魅力，就在于漱石痛彻的自我认识。

对哥儿的行动感到吃惊的，不仅有文学士"红衬衫"和美术史教员"蹩脚帮闲"，还有哥儿的唯一同志山岚。哥儿没有山岚那样的智谋，不像山岚那样意识和存在完全统一、一刻也不能分离。"天诛"这个词毫无邪念地存在于哥儿身上，并且只在哥儿身上能找到；而在《野分》中的道也的内心，意欲将自己绝对化的丑恶的自我意识则与"义"缠绕在一起。然而作者本人并没有注意到这一点，这让我们很是不快。

哥儿周围的那些人被迫生活在不同形式的分裂中，而漱石周围的日本知识人也或多或少地像红衬衫、蹩脚帮闲、老秧瓜、山岚那样地活着。简而言之，我们对于存在和意识之间的乖离无能为力。因此像《虞美人草》里写的像"自然法则"那样单纯明快的事物是不存在的。我们即便从存在（自然）中游离出来，游离的方式也是错综复杂的，不应该机械地去思考。后面我会叙述，漱石在《心》中，细腻地捕捉到了诚实的人因一件事情而陷入欺瞒他人的过程，它不像《从那以后》中的代助那样，突然发现了自己的"自然"那种机械的图式。无论如何，作为小说家的漱石，他的成熟只能表现在自行打破《虞美人草》中的理论上。而打破的第一步，可以说就是从接下来所写的《矿工》开始的。

2

在人的身上，只有身体是整合统一的。就因为身体如此，有人就以为附着于身体的心灵同样整合统一。虽然今天做着与昨天完全相反的事情，自己却毫不自知，并且认为理所当然。不但如此，一旦有人提出责任问题，当自己被追究前后矛盾的时候，没有谁会承认对自己的行为有清晰的记忆，回答的都是一些支离破碎的印象，这是为什么呢？虽然我也经常这样前后矛盾不一致，觉得这样做说不通，但是又感到多少有些责任这么去做。由此来看，人生来就具有成为社会牺牲品的本质。（《矿工》）

漱石在这里并不是要展开"无性格论"。他要讲述的是："此时此刻"的我与接下来的"此时此刻"的我这两者间并无同一性，也无连续性。《矿工》中的自己，不论对自己还是对外界都无法拥有真切的现实感。

感觉心里发虚，不踏实。即便下了火车，即便出了车站，即便站在客栈的正中，可以说内心也是不情愿的，但看在义理的份儿上还要工作。要绝对地认真，作为自己的工作却不能领会专业的指责，那他的意识太迟钝了。于是摇摇晃晃，神志不清，对一切都失去了兴趣，等睁开蒙眬的眼睛一看……（《矿工》）

这个袭击自己的非现实感的本来面目，即"来历不明的原形"是什么呢？比如，我们会感知事物、会把它作为概念去认识，而从根源上来统觉的是"（我）此时此刻"的时间性和空间性。即便"此时"不能作为对象来理解，即便"此刻"也同样不能作为对象来把握。对象认识本身之所以能够成立，因为已经在"此时此刻"这个时间性和空间性之中了。因此，漱石在这里描述的自己的同一性与连续性的问题，并不是作为对象的自己（比如所谓的容貌、名字）的同一性和连续性问题，而是统觉对象的知觉的"我"的同一性和连续性的问题。即漱石不是把作为对象的我，而是把无法对象化的"我"的同一性和连续性当作了问题。

《矿工》中的自己所说的，是感觉自己不是自己、感觉外界不是现实那样的问题。这并不会损害他的反省和感知。虽然是在感知，但总觉得不像是现实；虽然自己明明是自己，但又感觉不到那是自己。所以在违法的日工职业介绍人的诱惑下，满心狐疑的他被带到矿山。毋宁说，他的自我意识是积极运转的、充满猜疑的，但是最后自己被与外界剥离了开来。对于遇到的很多人和事，他会批评，也会反省，但是他自己却轻易地来到了地下，意识与现实行动完全脱了节。

自己或者漱石产生的自身与外界的剥离感因此不能通过反省的意识而被理解，因为这是在不能反省性地对象化的我的次元中产生的。根据场合的不同，那会让对象化的知觉本身产生变化、滋生妄想。漱石的被害妄想，只不过是无法对象化的"我"的次元世界的缩小感将外界的他者转变为迫害者。漱石将通过意志无论如何都无能为力的这种变化以各种形式叙述出来。

> 吾人心中存在一个无底的三角形，该如何处理这个两边并行的三角形呢？（中略）外界有不测风云发生，心底则会涌出意料不到的情绪，会毫不留情地疯狂迸发，海啸与震灾，不仅会发生在三陆和浓尾，也会发生在自己的三寸丹田之中，那里将险象环生。（《人生》，明治十九年）

> 这个来历不明的原形，完全不顾自己的内心，如果注射了烈性药，赶尽杀绝的事儿都能做出来，人世间将发生无数的矛盾和不幸。（《矿工》）

> 你的恐惧，意味着即便使用了令人恐惧的语言也没什么关系，实际上这并不是恐惧，只不过是大脑的恐惧。我的则不同。我的恐惧是心脏的恐惧。是拍打一下脉搏活着的恐惧。（《行人》）

漱石意识到了，只是无法将其高妙地表达出来，因为那是"无法表达的恐惧"。因此在小说中他写了"20世纪的自我意识"的问题。然而由于结果只是"大脑的恐惧"，于是漱石的小说通过触及"心脏的恐惧"，让它转换成某种突发的不可解的场面。所以说那不是结构上的失败，这就很清楚了。因此我们有必要从内部，即存在论的视角重读（被看成是）以自我意识与他者的伦理性纠葛为主题的这些长篇小说。

话说回来，《矿工》中的自己犹豫不决地走到像迷了路的地方，却怎么也找不到出口。

> 去的路暗了下来。煤油提灯只剩下一个。我的内心越来越焦虑，却找不到地方发泄。只是道路在哪里呢？左边右边都有路。我从右边走，又返回来从左边走，再直着往前走，但是都走不出去，眼下怎么也找不到能够走的路，听到的全是咣咣咣的声音。我走了五六步就走到了头，再折回来，有一座建筑工地，一个矿工不停地用锤子敲去着。敲着敲着矿就从壁上落了下来。旁边有稻草包，与扔向帘子的稻草包的大小差不多，堆得满满的。掘子担起来往前走。我想这次正是听了这个家伙的话来这里的。我也拼命地敲着，然而却根本看不到那个家伙。（《矿工》）

这个世界让我想到了《梦十夜》。他想往哪里去？那里不又意味着地上明亮的地方，还意味着要从现实中把被剥离的外界或者是自己给找回来。问题是，虽然他拼命地去寻找出口，但对他者却漠不关心，只是距离他者远远地站着。那是荒凉的心的风景。

比如《行人》中的一郎之所以不信任妻子，是因为感觉妻子就像地下的矿工那样漠然地袖手旁观。但是，不仅是妻子，还有谁能够进入一郎的世界呢？一郎自己与他者之间血脉相通的道路就是隔绝的。我想把这个称为根本的关系（relatedness）。一郎无论是对自己还是对他者都断绝了根本的关系。他能够意识到他者，但却因强烈的猜忌而痛苦不堪。一郎让妻子和弟弟二郎一起去旅行，以此试探妻子的忠贞，这种举止实在是异常。但是这种异常是基于一郎想要通过妻子迫切地恢复自己与世界的关系的情感需求。

比如，爱德华·奥威尔①的《动物庄园》里有如下的会话。"人是必须和什么有关系的。如果不是与人……如果不是与人……就要与什么东西，与床、与蟑螂、与镜子，不，这些都太坚硬了，但这是最后的手段。……"

这个男人终于成功地激怒了坐在公园长凳上那个冷漠的他者，让他砍杀起来。当对方拿着刀杀过来时，这个男人开始恢复了与他者的关系。一郎行为的异常与这个男人类似，因为一郎的举动属于自杀式行为。但一郎是被那种渴望与他者（现实）恢复关系的欲望所驱使才这么去做的。

在《行人》的前半段，我们至今仍然能感受到三角关系即将完结的紧张感。然而结果不仅什么事儿都没

① 此处原文有误，应是乔治·奥威尔。——译注

发生，弟弟二郎却变成了"感到自己与周围完全断绝关系的孤独之中"的男人。小说很突兀地转移到一郎的内心世界，却完全忘记了妻子的事情。这与《门》中的宗助抛开妻子不顾而去参禅是一样的。在《夏目漱石》中，江藤淳批判这是漱石从他者那里逃遁、进行自我抹杀，即自我绝对化的逻辑。然而事实并非如此。这些小说的主人公们虽然本来都在合乎伦理的相对化的场域，但是从某个时间点开始就陷入了漱石固有的问题中，转移到了完全异质性的世界。他们在伦理上放弃了面向他者，但是人为了合乎伦理，首先必须具有自我的同一性和连续性。比如小松川事件中的犯人李珍宇在其书简集中这样描述："我的头脑中总是留有这样的问题，感觉自己的体验就像'梦'一样。如果我们做某件事，感觉它在成为过去的同时就'像梦一样'，不论别人如何说要对它抱有现实感，毫无疑问我都感到困惑，不知该怎么办"（李珍宇：《罪与死与爱》）。

李珍宇否认了他的在日朝鲜人身份这一事实。这不是在反省的层面上做出的否定。他当然是在日朝鲜人，这是众所周知的事实。那是远离"我"自身的作为他者的我的感觉。他所拒绝的不是现实，而是使现实得以成立的他自身的同一性和连续性。他拥有他者，但是无法感受到他者。因此他虽然了解自己所杀的人，却无法感受到他们，即便让这样的人产生罪恶感，也无非是让他"感到困惑"。

《矿工》中的自己在地底下碰到了名叫小安的矿工。自己的"现实感"得以恢复，并不是因为一整天的痛苦和恐惧（结果只感觉"像梦一样"），而是经由与小安这个男人的关系，考虑到"正因为小安活着，我就不能死"。通过现实地与一个人保持关系来恢复全部的现实，比如李珍宇在与通信者的爱情关系中第一次切实地感受到了自己作为被害者的一面，这在书信中也能看出来。这个时候李珍宇一举回到了"世界"，在恢复民族认同的同时，也有了现实的罪的意识，开始重新直面伦理问题。

漱石小说中的人物，大体上与这样的过程相反。《门》中的宗助曾经因为夺去友人的妻子而深陷罪恶感，但为了将这种罪恶感逐渐转化为一般性的（漱石固有的）"不安"，宗助开始参禅。"这块从头顶上掠过的雨云，好不容易躲开了。但是，类似的不安今后还要来的，也许还会一遍又一遍地来"。

这部小说之所以中途忽略了妻子，是因为这种"不安"并非出自罪恶感，而是出自"来历不明的东西"。还因为必须要确认：与他者关系中的疏离与不睦，并非是他者的原因，而是他自身的原因。《矿工》中的主人公对此有这样的描述："终于感到，因为自己很痛苦，所以自己就把痛苦留住，别无他法。然而到现在为止，自己一边痛苦，一边操纵着别人，只要是对自己方便的，任何解决办法都去实施，并且认为那是正当的。"

应该如何‘自己把痛苦留住”呢？《行人》中的一郎说："要么死，要么发疯，再或者就是信教。摆在我面前的，就只有这三条路"。借用一郎的说法，可以说漱石是在从《门》那里寻求宗教，从《行人》那里寻求疯狂，从《心》那里寻求自杀。后面我会论述，《心》中隐藏的主题自杀、对友人的背叛、乃木将军的殉死等成立的理由，都是以自杀为前提导入的。尽管如此，《心》中看不到像《从那以后》《门》《行人》中突兀鲜明的结构断裂。在这个意义上可以说，《心》是一部结构匀称且夹杂物少的佳作，但是《心》中的老师为什么必须要死呢？可能从作品本身看难以理解。与以往作品的图式相比，老师的心理被刻画得很细腻，这本来无可厚非，但不得不说，自杀的情节让人稍稍费解，像是短路反应。与《门》中的宗助一样，抛下妻子不闻不问，只是去自杀，绝不是合乎伦理的行为。借用江藤淳的说法，毋宁说，在自我抹杀，即自我绝对化方面，漱石没有任何变化。

然而《门》中的宗助，如其名字所示，是追求宗教的。"我想自己开门进来，可是门卫就在门里，我怎么敲他都不露面"。这个"门卫"就像卡夫卡短篇小说里的门卫那样，不是他者，而是与自己有关系的自己。这个"门卫"是那个想开门进去但因为自身的原因却关着门的这样一个存在。这就是克尔凯郭尔所说的"绝望地自我反抗"。

如果他只打算通过他自己来消除绝望，而他当然处在绝望之中，那么自己越是奋斗就越是会陷入深深的绝望。绝望的不一致不是单纯的不一致，而是一种关系性的不一致——这种关系是使自我与自身发生关系，并且处在由他者安置之中。所以那种不一致在自我关系中以及与他者构成的力量关系中无限地反映着自身。（克尔凯郭尔：《致死的疾病》）

不过克尔凯郭尔在这里所说的"他者"指的是神。因此他的理论从做自己开始到信仰有一个质的飞跃，并且他的著作都在阐释那种飞跃。而宗助和一郎所追求的则是肉身的他者。威胁他们的生之危机的是基于"与自我关系的不一致"，并非是单纯的自我意识问题。是来自身体本身的难以名状的"不安"。克尔凯郭尔所谓的"不安"是"大脑的恐惧"，而他们的"不安"则是"心脏的恐惧"，因此他们无法通过宗教（信仰）来获得救助。

《矿工》中的主人公与地底下叫小安的男人相遇，小安"二十三岁时跟一个女人好上了——但没有具体讲，总之因此而犯了罪。之后回过神来一看，发现自己已经不能融入社会的身体了"。那么这个小安就是《从那以后》中的代助、《门》中的宗助、《心》中的老师那样的男人。主人公自己是这么想的：

也许是偏爱小安的缘故，我认为小安没有犯下必须逃跑的罪行。社会上认为如果不杀了小安就不甘心。什么叫社会，我无法理解。我觉得是人。我更不理解为什么要杀了小安那样的好人。因此我断定社会很糟糕，但是社会并没有变得可恶。只是小安太可怜了。如果能够，我真想代替他。我真想在这里随手杀掉自己。如果厌倦了，回去也没关系。小安是被人所杀的，没有办法，只能活在人世间，他想回去，却没有回去的地方。无论如何我都觉得小安很可怜。（《矿工》，着重号为笔者所加）

这样看来，小安是被社会驱逐的男人，而自己则是驱逐了社会——以无法切实地感受社会作为社会的形式来驱逐社会——的男人。小安有着痛切的伦理感受，但自己只是感受到了遭到外界的疏远。可以说《矿工》中的这两个人物意味着《门》《心》等的主人公的分裂。如果说《从那以后》中的代助最初展现的是自己，其后转换成了小安，那么《门》中的宗助最初展现的则是小安，不久转换成了自己。

简而言之，漱石的小说具有伦理的位相与存在论的位相这二重结构。换句话说，就是作为他者（对象化）的我与无法对象化的"我"这二重结构。如果将作为他者的我，即反省层面的我完全抽象化，从纯粹的内在来了解"我"的话将会怎样？对此加以阐释的是《梦十夜》。此部《梦》纯粹地暗示的只有漱石的存在感，事实上不管从漱石的哪部作品中，我们都能够找到"梦"的部分，也就是漱石的存在感觉本身的彰显，比如《矿工》中在没有出口的地下迷路、《从那以后》的开头与结尾所表现的"红色"的幻觉。

在《伦敦塔》里，"梦"的部分与"现实"的部分同时存在，不过如果说有一方能够胜出，那很明显是"梦"。现实中的"塔"被空无化了，而象征性的"塔"反而成了一面镜子，这反映了漱石固有的存在感。因此漱石这样写道：

> 至今我都没有弄明白当时是走了哪些路到达"塔"下的，又是穿过怎样的街道回家的。我无论如何也回忆不起来。但有一点毫无疑问：我参观了"塔"。关于那座"塔"的情景，至今都历历在目。如果问及此前的事儿，我会感到困惑；如果问到那之后的事儿，我还是无从回答。撇开前后，中间的景象却让我刻骨铭心。它宛如一道划破夜空的闪电转瞬即逝。伦敦塔，仿佛成了我前世梦幻中的一个焦点。（《伦敦塔》）

这段描述表明"塔"的世界是与现实的世界完全异质的异次元世界。在漱石那里，伦理的位相与存在论的位相并不呈现顺态接续，而是逆态接续的。虽然在

《漾虚集》中，从内部观看的我与从外部观看的我保持着平衡，但是到了长篇小说中，这种平衡完全被打破了。主人公们把本来属于伦理的问题作为存在论来解决，而把本来属于存在论的问题用伦理的方式来解决，其结果使得小说在结构上表现得破绽百出。

3

此前我说过，《心》隐藏的主题是自杀。即老师的自杀并非作品的必然构成，它只是作者愿望的表达。因为很明显，背叛友人的罪恶感或者是明治时代结束的那种终结感，与覆盖这部作品的幽暗和老师的自杀行为并不相匹配。老师是"伦理之人"，然而同时又是"内面之人"（秋山骏语）。尽管如此，这部小说不存在像《门》和《行人》那样明显的断裂，它们彼此叠合形成了一个暗喻图像。

> 正如我不清楚乃木死的理由，你恐怕也难以理解我自杀的理由。果真如此，那是时移世易所造成的人之差别所致，自是奈何不得。如果说那是人之性格差别使然则更为贴切。为了使你最大程度地理解这个不可思议的我，我打算在以上叙述中尽最大努力。（《心》）

这个"不可思议的我"是什么？它同时意味着作

为他者的我（从外部看的我）和作为他者无法对象化的"我"（从内部看的我）。如果人只是作为他者的我，比如他就是红衬衫、蹩脚帮闲，那就单纯明快得多。所谓"自然主义"持的就是这种认识。

比如，老师说："一看到钱，不管是什么样的君子都会瞬间变成恶人"。但是《心》所写的并不是那种自然主义式的认识。老师自己虽然不为金钱所动，却为女人所动了。如果是这样，那是否可以写成"一看到女人，不管什么样的君子都会瞬间变成恶人"呢？当然不该这样。

老师很诚实，并且因为有过痛苦的经历而决心将诚实贯彻到底。然而以诚实为人生信念的人，最后却背叛了他的诚实。这意味着什么？我们要贯彻自己的信念就一定要以牺牲他者为代价吗？并非如此。漱石所看到的，并不是那种不证自明的道理。如果我们误解漱石，就不会理解他为什么要把小说的题目叫作《心》了，并且会把漱石降格为一个庸常的伦理学家。比如，实际上如果老师在某个时刻向友人 K 坦白，就不会发生什么问题了。然而即便如此，老师还是肯定会伤害友人 K。只是后来老师陷入了 K 是否因为恋爱问题而自杀的疑惑当中。同样，也可以说老师是否因为导致友人 K 死亡产生罪恶感而自杀的呢？因此《心》所要表达的，与人的利己主义、对利己主义的执着等主题没有什么关系。漱石凝视的仍然是"来历不明之物"，否则老师对他的妻子很冷淡、不顾妻子就去自杀，都应该被视为利己主义而遭到非难。

> 我的良心的复活，是在打开家中格子门从玄关穿过榻榻米房间的那一刻，也就是像往常那样正想穿过 K 的房间的那个瞬间。（中略）我问："病好了吗？要不要去看医生？"就在那一刹那，我很想拱手向他道歉。我当时受到的冲击并不小。如果只有 K 和我两个人立于旷野上，我一定会听从良心的命令，当场向他谢罪的。可是家里还有他人在，我自然地抑制住了自己的冲动。于是悲剧永远无法挽回了。（《心》）

他后悔了。而《心》中的遗书部分，充溢着为什么那时没有说出真相的后悔。然而我们或许不应该这么说，因为真相总是常常以比应该说的时刻晚一点的方式到来。那么这种偏差中有某种本质性的意义。

讲述真相就是告白。不管是谁都可以说的真相就不是真相。然后，告白就像是撕裂自己；然后，如果把它写出来，这种行为就像是纸燃烧起来那样（E. A. 坡）。老师无法告白，因为告白总是会迟到一瞬间。应该说，我们总是在告白中迟到一瞬间。不论我们的内心多么真诚，总是会有小小的偏差产生。如果这个偏差不是我们自我欺骗的产物，那它到底是什么呢？

老师的告白姗姗来迟。不过不止是迟的问题。倒不如说因为应该要去告白，这个使告白的勇气产生的过程本身随着对小姐的爱的不断加深。这也是无可奈何的过程。比如，《从那以后》中的代助也告白了，但是他的告白显得突兀又机械。他意识到自己一直自我欺骗而不自觉地"自然"（真实），于是抢回了曾经让给友人的女人。但是这里所展现的只是单纯的图式。也就是说，只是自己的本心（自然）与自我欺骗（人工）这种二元对立的图式。

不过在《心》中就没有像《从那以后》中那种张冠李戴的唐突感，它不是图式化的。因为心里想要这样去做最终却那样去做了，无论如何也做不到行动与内心一致，人内心波动的合理性被理解了。本心与欺骗这种对立图式在这里并不成立。无意识与意识这种图式也不成立。我们只要想想晚年弗洛伊德把注意力转移到语言问题上就可以了。他试图去弄明白关于意识和无意识的机械化的图式无法理解的瞬间的偏差。"超我"压抑着我们的"自然"之类的不能说是在开玩笑。如果去探索告白的不可能性，我们就只能把目光转向这个世界存在方式本身，而不是欺骗和自尊心。换句话说，我们在这个世界上的存在是不是让我们与真相（自然）隔绝（产生偏差）了呢？所谓"不可思议的我"，无非就是如此存在的人的不可思议性。

漱石一点都不相信告白。不过在岛崎藤村的《破戒》中，告白却被单纯地相信着。濑川丑松不能告白，是自尊心和虚荣心使然，如果抛开这些，所谓的告白只不过是事实的陈述而已。据说把《罪与罚》垫在底下的这部作品中完全不存在陀思妥耶夫斯基式的问题。藤村以后，日本的小说关注的一点是：如何抛弃自然主义式的"真实"，去真实地"告白"。在他们眼里，漱石等人不过是"余裕派"，只会说谎。但是能够告白的真相是微不足道的。很明显，漱石必须告白，他有一些无法告白的东西。我不知道那是什么，也不想知道。就算是秘密证据暴露了，也不过是自然主义式的"真实"而已。而漱石或者我们所抱有的真相并不那么单纯。读过《心》的读者都很清楚。漱石的眼睛并不擅长暴露人的心理，只是转向了不可避免地强加于我们生存的东西。而这个时候，漱石所凝视的，只有人类的孤独。

妻子每每问我读书是为了什么之类的问题，我唯有苦笑。连这世上我最为信任、挚爱的人都无法理解自己，我不禁悲从中来。然而一想到我有让她理解的手段却无让她理解的勇气，更觉悲哀。我很寂寞。我常生出一种离群索居、孤单一人在世的感觉。

同时，我反复不断地去想 K 的死因。当时他的大脑或许只受"爱"这一个字支配吧，我的观察毋宁说简单且是直线式的。我满脑子想的都是 K 正是因为失恋才死掉的。但是渐渐冷静下来之后，再去看同样的情景时，却发现事情并不如此简单。说他自杀是因为理想与现实的冲突——仅仅这么想还不够充分。我怀疑自己最后会不会也像 K 那样，独自一人，孤独无助地突然结束生命。想想就不寒而栗。因为那一种仿佛走在 K 走过的路上的预感，像风一样吹过我的胸口。（《心》）

老师并不是作为"明治的人"而死的，他是在"不寒而栗"那样的风景中死去的。不用说，他在那样的风景中所看到的是"明治的人"。漱石从来没有说过自己是个"旧的人"，他只是想向"新的人"传递他必须看的，又是白桦派的青年们没看到的东西。漱石的伦理感觉是历史性的，他对人类存在的洞察于我们而言是切实的。他所看到的，是人的"原罪"吗？据我所知，在我们共同阅读的福音书中是找不到"原罪"这个概念的。也就是说，"原罪"只不过是神学家编造出来的空疏概念。荒正人把《心》视作"耻文化"（鲁丝·本尼迪克特语），将其与日本人的心性结合起来。而泷泽克己则反过来，把《心》比作福音书，把老师比作耶稣。然而这些论述都没有触及《心》的本质。西欧人有原罪观而日本人则没有，这种看法单纯明快。但是当人与人是经由关系建立起来的存在时，我们那种无能为力的虚伪和违和感就产生了，那就不是观念或者心理问题了，而成了我们的生存条件问题。说老师是耶稣也并没有什么不好。只是基督从来都不存在，更何况老师和基督教没有任何关系，也没有必须建立关系的理由。

《心》描述了人的"心"，但它并不是心理小说。就像是陀思妥耶夫斯基的小说那样，无限地挖掘了人的心理，却并不是心理小说。如今人的心理、自我意识的奇怪的波动，皆可以借助深层心理学得以看透，然而《心》中老师的"心"被看透了吗？看透了的东西不会吸引现在的我们的。恐怕漱石是对人的心理看得过于透彻，自我意识深陷困惑，因此对看不见的东西心怀畏惧。不知道发生了什么——这是漱石经常写的。漱石所看到的，是超越了心理与意识的现实，是不能够成为科学对象的"现实"，是不能够作为对象了解的人的"心理"，是人作为关系性存在时所发现的"超越了心理的东西"。

人一死就不能注视着太阳了，这是拉·罗什福柯（François VI, duc deLa Rochefoucauld）说的。他又说，人因为虚荣会什么都去做。所有心理（小说）家所依据的，就是这种朴素的前提。然而当人类被某种现实的契机所强迫的时候，也有可能看到太阳。有可能这件事情的可怕之处，是漱石在"不寒而栗"那样的孤独中体会到的。"精神世界也完全相同、何时和怎样变化不知道。而我看到了改变的地方"（《明暗》二）。漱石看到了什么？用不着去追问。唯一值得记住的是，他是一生都被那种（发现的）惊喜困住的男人。

4

> 健三从遥远的地方归来，在驹込一带的深巷处组
> 建了家庭，是在他离开东京的多年之后。（《道草》）

《道草》的这种开头具有象征的意味。因为借由
"遥远的地方"的书写，健三道出了所归来的地方不
仅在空间场所上相距遥远，心理观念上同样感到遥远。
不过如此开篇在整部小说中所具有的意义还不止于此。
比如，"如今的自己是怎么形成的"（九十一）这个追
问在不停地发出。也就是说，"遥远的地方"这个词，
意味着时间上的遥远更甚于空间。换句话说，它暗
示着这样的追问："我从哪里来，我是谁，我要到哪
里去"。

在开篇一章中具有象征意义的，是健三在散步途中
遇到了"没戴帽子的男人"，因此感到不安。

> 这时健三意识到对方正在向自己靠近，他想像
> 平时那样机械地、像完成任务一样地走。然而对方
> 的态度却截然相反。那人凝视着健三，那双眼睛无
> 论是看谁都会让人不安。从他那阴郁的眼神中能够
> 感觉到，只要是有机会，他就会朝着健三走过来。
> 健三毫不迟疑地从他旁边迅速走过，心里生出了奇

怪的预感。

"事情不会就这么轻易了结的吧?"

不过他回到家的时候，并没有把没戴帽子的男人的事儿跟妻子说。(《道草》)

那个男人叫岛田，曾经是健三的养父，如今来向健三死乞白赖地要钱。而健三所说的"奇怪的预感"并不是寻常小事。必须注意的是：健三遇到的不是岛田，而是"没戴帽子的男人"。用妻子的话说，养父母的问题只不过是用钱就能够"解决"的事务问题；而在终章中，健三却嘟囔着："世间真正能够解决的问题几乎不存在"，"没戴帽子的男人"所造成的不安与生活上的麻烦有着某种性质上的不同。可以说，"如果不是那个没戴帽子的男人突然出现，挡住了他的路，他仍然会像往常那样，每天有规律地沿着千驮木街道往返，暂时不会想到要去其他的地方"。

这里健三所感到的不安，不是作为知识人的不安，而是作为赤裸裸的人的不安。"没戴帽子的男人"突然间开始追问他"你是从哪里来的"。我的脑海中浮现的，是索福克勒斯的剧作《俄狄浦斯王》里让俄狄浦斯感到不安的预言者。俄狄浦斯不仅有能力偷偷地杀死这个预言者，而且能够把所有与他的出生的秘密相关的人全部杀掉。或者说，如果他没有"把我的出身探究到底"的这种可怕的意志，事情就不会暴露了。健三也同样如此。

在最初一章中我们发现，由于"没戴帽子的男人"的出现，健三遇到了不可回避的追问。不用说，在《道草》这部小说的表层，如果只是岛田这个男人的出现，所发生的只不过是琐屑的日常性纠纷，那么在小说的深层，"没戴帽子的男人"出现了，则引出了"你是谁，你从哪里来"的这种令人不安的追问。因此，《道草》是由自然主义式的表层以及它与《梦十夜》相联系的深层这二重结构组成的。

> "世间真正能够解决的问题几乎不存在。事情凡发生过一遍，就会不断发生。只不过会变换成各种形式，让自己和他人都弄不清楚。"
>
> 健三的口气像是在发泄，显得很痛苦。妻子默默地抱着孩子。
>
> "噢，噢，乖孩子，爸爸在说什么呀？完全听不懂。"
>
> 妻子一边说着，一边不停地亲着孩子的红脸蛋。(《道草》)

关于《道草》的最后部分，江藤淳是这样写的："这是对日常生活方面获得全胜的认可。"也就是说，从知识（观念）这个"遥远的地方"归来，知识人接受了"妻子＝生活者"的理论。然而并不能简单地说健三的"痛苦"是对妻子的理论的屈从。对于健三而言，尽管岛田的问题解决了，但是没戴帽子的男人的问题还没解决。

在《道草》的表层，在"知识"这个东西什么力量也发挥不了的场所，即在家族内部，健三这个知识人被彻底相对化了，还原成了一个丈夫、一个父亲和一个儿子。所谓的社会性的存在，就是自己作为他者活着。因此健三就带着"健三"这个名字，无可奈何地生活在各种人际关系中。然而另一方面，在作为无名存在的"没有解决"的问题面前，健三感到震惊、愤怒而恐惧。

漱石一直以来都是把那当作"梦"或者"幻影"来理解的。正如我前面提到的那样，在以现实主义为基调的长篇小说中，主人公突兀地脱离了现实，而使作品产生了分裂。《道草》则不存在那样的分裂。尽管如此，我们不能不感受到《道草》中渗透了现实主义的黑压压的沉重。说到《道草》，那是与《伦敦塔》的世界相反的世界。在健三日常性的社会生活背后，有着不知道入口、也不知道出口的内部世界，即"塔"一样的世界。健三一边面对着"塔=岛田"这个现实的同时，一边面对着"塔"="没戴帽子的男人"。因此，即便岛田夫妇的问题作为事务解决了，健三仍然逃脱不了"解决不了"的问题。

健三（漱石）是从哪里来的？放在漱石身上，那就是生于庆应三年旧历一月五日江户牛込马场下的名主之家这样的客观事实，是个没什么关系的问题。这种事实是从他者那里知道的，只是"作为他者的我"。如果那些证人都说了谎——漱石对亲生父母的了解，是在从养父母家出来后由女佣告知的——那么他自己的身份认同就没有保证了。

> 风平浪静的日子又持续了几天。这样的日子对他来说只不过是沉默的日子。
>
> 在那段时期，他不由得又追忆起自己的过去。他虽然觉得自己的哥哥可怜，但不知不觉间，自己与哥哥一样都成了过去的人。
>
> 他试图把自己的生命分成两段，然而本该被彻底抛弃的过去，却紧追着自己而来。他的眼睛望着前方，脚步却在往后退。
>
> 于是在路的尽头他看到了一座四方形的宅子。宅子是有着宽宽的楼梯的二层小楼。在健三眼里，上下两层的房屋是一样的，在走廊里，被包围着的中庭也是四方形的。
>
> 不可思议的是，在如此宽敞的宅子里没有一个人住。对于感觉不到寂寞的幼小的他来说，还缺乏对家的经验和理解。(《道草》)

那是空落落的寂寞的光景。那里什么都没有。这种

"寂寞'，与袭向《心》中的老师的"寂寞"是同质的。那不是没有人的寂寞，是人活着却找不到理由的孤独。"幼小的他"把这视为"感觉不到寂寞"，但更重要的是，"幼小的他"被没有理由地扔到了"宽敞的宅子"里。健三的记忆中如闪光般浮现出来的这个风景，无疑是漱石自己关于生之独特印记。健三（漱石）所保持着的这个幼时记忆，被赋予了某种意义，这个"意义"，就是毫无理由地生存着的这种存在感。

> 有一天，他趁着宅子里谁也不在的时候，在一根粗糙的罗汉竹上绑上一根细绳，挂上鱼饵扔到水池里。很快绳子被某种可怕的东西拽住了，像要是把他拖到水底，力量非常大，他感到非常害怕，立马扔掉鱼竿跑了。就这样，到了第二天，平静的水面上浮着一条一尺有余的红鲤。他一个人在那里，感到很害怕……（《道草》）

这只不过是把单纯的存在理解成了面对自己的瞬间恐惧。大概也可以说它暗示了原始人对宗教发生的感受。并不是因为感受到了自然的威胁，就有了宗教。因为动物也会感到恐惧。他对红鲤所感到的恐惧，投射了他对于与自身存在（自然）所产生的乖离与违和感。作为对象的红鲤无论怎么说都是无关紧要的，那时他所感到的不安并没有对象。我所称的漱石的"梦"的世界，就是这样不具有对象性的"我"的世界，如果以漱石作品的二重结构为例来说明的话，那就是单纯地基于无法与红鲤相对应（匹敌）的恐惧的二重性。

"健三最终无法忘掉自己背后的那个世界所发生的事情。"但是不仅是背后。"你要去哪里？"当这个追问发出的时候，他只能窥伺着黑暗。

第三个孩子也不会生长得有多好吧。

"接二连三地生，到底是为了什么呢？"

我感觉自己一点都不像父亲。不仅仅是孩子，就是自己和妻子，这样做又有什么意义呢？（《道草》）

"我可不光是在说别人的事儿，其实我的青春时代都是在牢狱里度过的。"

青年的脸上露出吃惊的神色。

"牢狱指的是什么？"

"学校啊，还有图书馆。一想起来，就觉得那两个地方都像牢狱。"

青年没有作答。

"但是如果我不经历那么长时间的牢狱生活，今天的我也不可能在这个世上存在。"

健三的语气中一半是辩解，一般是自嘲。在过去牢狱生活的基础上铸就了今天的他，就必须要在现在的自己的基础之上铸就未来的自己。这是他的方针。在他看来，这无疑是正确的方针。然而如果按照这个方针向前走的话，看起来除了徒增衰老，不会带来任何其他结果。

"一辈子做学问直到死，人生就太无趣了。"

"不会呵。"

他的意思青年没有领会。他边走边想：如今的自己与当初结婚时的自己发生了怎样的变化了呢？这从妻子的眼中或许能看出来。妻子每生一个孩子都要变老，头发都会稀疏到羞于见人的程度。如今又怀了第三胎。(《道草》)

健三的妻子、姐姐和养父母都只是在毫无意义地消耗着自己的生命。即便"在活着的时候，考虑为了什么而活着，又必须怎样活着的男人"健三，结局也并不例外。生子、逐渐衰老的自然过程既无意义也无目的。人就像动物那样，只是单纯地作为"自然的一部分"存在着。那么赋予生命以意义意味着什么呢？

比如健三在生孩子的时候，想着哪里有一个婴儿出生，就会在那里有一个老人死亡这样的"统计学上"的理论。"'也就是必须有人成为替身'，(中略)那么为了什么而活着，意义几乎不能确认的这个老年人(岛田)无疑是做替身最合适的人选"。这种"想象的残酷性"在于：某个人的生取代了另一个人的死并不是普通的事实，而是必须要有特定的人去死。不是健三去死，而是岛田应该去死。但是这样的依据和特权没有谁能够赋予。

这时，漱石距离无常观很远。这并非说他做任何事情都是徒劳的。他是把自己作为与不懂"为了什么活着"的他者对等的存在来考虑的。接着，在找到"自然"这个无情的平等性的时候，他第一次承认周围的他者是对等的存在。这并非来自"人的平等"这种空想的观念。《道草》之所以成为可能，换句话说，知识人漱石彻底的相对化之所以成为可能，是因为拥有这种"自然"的无情之眼。

一个人的出生，必须换取另一个人的死亡，漱石从这个残酷无情的认识出发，发现了对等的他者；而从"人的平等"这种人道主义观念出发的文学家却反而要求牺牲大众并认为理所当然，这种想法并不具有讽刺意义。在《道草》中，"大众存在"没有被赋予任何理想化或者理念化的东西。但是另一方面，也没有被卑微化。简而言之，他们只是顽强地活着，深受不安的折磨，并且把不安投射到外界。

因此，他的不安中一点都没有《从那以后》中的代助那样的特权性格，只是个人的不安而已，并且那不同于游离现实的强烈的不安。比如，面对癔病发作后睡着的妻子，健三的心头袭来一阵不安：

然而如果她睡得过长，他反而会不安起来，到后来会为了看一下她那紧锁的睫毛下的眼睛，会故意将熟睡中的妻子摇醒。当妻子困倦地睁开重重的眼睑，脸上露出"你就不能让我多睡一会儿吗?"的神态时，他又后悔了。但是如果他不那样去确认一下妻子是否还实在的话，他那敏感的神经又不答应。(《道草》，着重号为笔者所加)

认为妻子可怜，这是他的理性；然而如果不确认妻子的"实在"又不可能，这是他的"神经"。这种"神经"无非是他者距离自己遥远的不安神经，但已经没有了《行人》中的一郎那种异样的激烈程度了。但是毋宁说，值得我们注意的是：这部被视为自然主义的作品渗透了不安，但这种不安不如一郎那样强烈。对健三来说，要如何表现"实在"呢? 比如在妻子分娩之际，由于接生婆来迟了，他自己动手接生。

这时煤油灯细长的灯罩里发出死寂般微弱的亮光，房间里很昏暗，健三的眼前一片模糊，连被褥的条纹都看不清。

他很狼狈。他想移动一下煤油灯看一下，又怕照到那个男人不该看到的地方，结果不得不在黑暗中摸索。他的右手忽然碰到一种异样的、迄今为止也没碰到过的东西，丰满而富有弹性。轮廓也不是很清晰，只是那么一小团块。有一种不快而又让人害怕的感觉倏然传送到全身，他用手指轻轻地碰了一下那个东西，那个小团块既没有动也没有哭，只是摸的时候，那个充满弹性的、像冻粉一样的小东西像是要剥落一样。如果稍微用点劲儿，他感觉那个小团块就会被揉碎的，所以害怕地立即把手缩了回去。（《道草》）

健三这个时候所感到的恐惧，与他幼年被红鲤拉拽时的经历很相似，可以说是漱石独有的存在感，那也无疑是萨特所说的"恶心"。他的恐惧在于他的意识被物吸引，即将被物同化。那个物令人害怕且又丑陋，"像冻粉一样"。不用说那既不是婴儿也不是红鲤。它不是物理性的存在，而是非存在。《道草》中各个角落里所存在的，都关系到非存在。

健三"把手缩了回去"，由此他的生活得以继续。虽说"缺乏信心的他不管做什么'神都能帮忙解决'，不过那样的事情终究没有发生。然而果真如此的话，我却并不觉得那是多么好的安排。他的道德无论何时都始于自我，也终结于自我"（着重号由作者所加）。但是"神"这个概念在《道草》中是不起作用的。并且在《道草》中，"天""自然"这些词也不是作为具有超越性的概念来使用的。因为《道草》通篇都不具有超越性，始终都是物质性的世界。尽管如此，物质性之物却像"没戴帽子的男人"那样原封不动地变成了形而上学之物。

否定了健三"始于自我终于自我"的意识的，并不仅仅是妻子、姐姐、岛田那样的他者。如果仅仅是他们，那么《道草》的世界就只是自然主义式的物质世界。打破健三自我完结式的意识，使他成为暧昧模糊化的存在的，是"自然"。本来这个"自然"就没有被写成概念式的，他只有通过物质性的东西来表现。

对于意识而言自然是什么？漱石并不是依靠抽象的概念来对此进行追问的。"自然"是蔓延到始于自我终于自我的"意识"之外的非存在的黑暗，漱石并不把它称作"神"或者"天"，它始终都是"自然"。这是因为漱石只能通过物的感触，换句话说，即通过生命的感触来发现超越性。

通过相互贯彻"始于自我终于自我"的逻辑，健三和妻子之间无休止地争斗着。不过其间也会有一定的和解，爱也会侥幸到访。那么这是经由什么做到的呢？

> 每当不愉快发生，作为调解员的自然就会出现在夫妻二人面前，使二人不知不觉间又像正常时候的夫妻那样开口说话了。（《道草》）

> 幸好自然让妻子患上癔症，成为二人关系天然的缓和剂，而且常常是在夫妻关系紧张的时候发作

的。（中略）

　　只要是那个时候，她的意识就像平时做梦那样模糊。瞳孔放得很大，映现着宛如是幻影的外界。

　　健三坐在枕边，盯着她的脸，眼神中始终闪现着不安。有时怜悯之心压倒一切。有时他会给可怜的妻子梳梳蓬乱的头发。（《道草》）

　　不过两个人的关系就像是有弹性的皮筋，有时在特殊情况下伸缩性就会显示出来。当紧张到快要崩断时，又会沿着自然之势慢慢地回到原状。（《道草》）

　　他们的关系，依靠"自然"给予的癔症得到了缓和。试想一下，妻子的癔症只不过是因为夫妻关系的不睦才产生的，然而又只能靠癔症的发作来恢复亲密关系。面对借助意志无论如何都无法亲睦的关系，健三只能指望祈祷些什么。他并没站在科学的立场上来考虑什么是癔症，而是通过阅读弗洛伊德来思考，然而这毫无意义。不管是癔症还是其他什么，对健三来说，夫妇关系就像"皮筋"那样，凭各自的意志无能为力，处在相互规定之中，而面对伸缩性的支配者只有恐怖以及依赖性，漱石将其称为"自然"，不用说它与《虞美人草》中所写的"自然"毫不相干。

　　在《道草》中，健三已经不可能是"始于自我终于自我"的个人了。因为在他无能为力的意志中站着他者，甚至他与他者的关系也被他们无能为力的东西所支配。即《道草》的物质世界被形而上学之物的感触所包围，溶到了'开始"与"终结"之间的巨大黑暗中。我反复说，《道草》具有二重结构，不具有漱石一直以来的作品那种明显的分裂。而在接下来的一节中，我会讲述，如果不经由《道草》这部作品，《明暗》在任何意义上都不可能成立。

5

医生做完检查，让津田下了手术台，说：

> 果然是肛瘘连到了肠子。之前检查时，发现中间出现了一个隆起的瘢痕，我以为那就是尽头了，所以才那样告诉您。可是今天再疏通一下，把那个瘢痕咯吱咯吱地刮了一通，刮掉了一看，肛瘘还往里面通着，到了尽头，里面仍然很深。(《明暗》一)

到了尽头，里面仍然很深，这种开头写尽了《明暗》的主题。接下来要说的是，整体而言，漱石小说的开头都是有象征意义的，我前面已经论述过《从那以后》和《道草》，《矿工》也同样如此："刚刚路过松原，松原这个地方比绘画中描述的路程更远。无论走多远，都是松树，就是不知道什么时候能到松原。然而如果不沿着松树走又不行……"它暗示了外界很远、总是无法接近的人物的心像。而《门》中也如此，"不知何时坍塌的"山崖下的人家里住着一对夫妇，这个情景则暗示了不可收拾的残局。

津田这个男人，是"直到现在，还没有意识到自己的行为已经受到了他人的牵制。而大家都是以自己的力量在做事，在说话"。不过不只是津田，如果看一下来历不明（因为还是未完成的稿子）的清子这个女人，就发现所有的登场人物都是"始于自己终于自己"的。然而那并不是《道草》中健三的哥哥姐姐和养父母所表现出的庶民的自私自利，而是具有某种观念性。并且这种观念性，拿《道草》之前的人物与诸如漱石那样的知识分子、哲学家相比，一点也不显眼。在《道草》中，漱石通过对哲学一无所知、"始于自己终于自己"的顽固的他者（妻子），首次将知识人健三相对化；而到了《明暗》中，知识人与大众之间的断层已经被拆除了。

津田自己也是这样。他的妻子阿延、妹妹阿秀、吉川夫人和小林等虽然不是什么特殊的知识人，讲起道理来却总是一套一套的。他们并没有脱离具体的生活、说些空洞的话，但是在明晰地表达自己的主张方面毫不让步。这些人物是实在的吗？漱石所生活的现实社会充其量是像《道草》那样的社会，而《明暗》所描述的社会哪里都不存在。可是，大正、昭和时期的现代小说看起来明明是虚构的，《明暗》却有着不可思议的真实感，这是为什么？因为从《道草》到《明暗》，漱石把现实中不成熟的市民社会拉到了虚构中成熟的市民社会。《明暗》的意义首先在于这一点。小说虚构的不是真正的现代人。如果说那种人，《我是猫》以来已经写了很多了，然而《明暗》中的人物已经与"二十世纪的自我意识"那种空洞的东西没有什么关系了。

"令人不可思议的是，健三在这一方面倒是很旧派。他想践行自己必须为自己活着的主义，又毫无顾忌地从一开始就假定妻子只为了丈夫而活着"（《道草》）。这种矛盾在现在的知识人当中也没有多大的改变。比如，不论打开战后的哪部小说来看都可以找到仅为特殊的知识人设定的通用的高级（虽然一点都不高级）对话和独白，但是像《明暗》中的人物那样用平凡人的逻辑分明地自我主张的，则几乎不存在。而我们只能把它归咎于市民社会的不成熟。如果是那样，那么舒适的时代不是更困难吗？实际上这就是《道草》这部作品的重要性所在。以"一战战后派"为中心的战后文学说起来是绕过《道草》生成的文学，即没有在内心经历过将《道草》相对化的文学。

《明暗》正是通过《道草》才生成的世界。作者指出，只有表达才能成熟。《明暗》虽然是从当时的生活意识状态中抽象出来的世界，但并不是以银座或者轻井泽为舞台的现代主义者人为虚构的空想世界。这在语言本来的意义上是"抽象的"。比如《从那以后》中的代助迷醉于"近代"这个观念，这与今天的作家陶醉的"近代"的观念并没有多大差异，唯一的区别在于后者使用了精心设计的手法。然而《明暗》中的人物则为"近代"这个实质所苦。本来那里并没有"近代人"，只是有人而已，那些人是称作"近代"呢，还是称作"现代"呢，总之与观念没有关系，只是努力地活着的人而已。那样的作品将现代的实质具象化了，而不是将现代的匠心镶嵌其中的实际存在的文学。

阿延的世界、津田的世界，以及彻底颠覆了他们的世界的小林的世界，最大可能地得以将"大正五年"的现实和社会抽象化了。这里所理解的"社会"，并不是后来基于"社会科学"的冷酷精神创造的模拟社会。此外，《明暗》的"社会"还在其"深处"藏着巨大的黑暗。如果说在昭和文学家里，唯有小林秀雄看到了那个黑暗也不为过。而今天的我更加惊讶于漱石的小说射程达到的深度和广度。

而《明暗》的会话之所以极富魅力，不仅在于会话展现了每个人的思想，还在于它们相互交错着，暴露出每个人的本性。比如，阿秀在和阿延争论关于爱情的基督教理论时，"突然"说出如下这番话：

可是除了你自己以外，再也不去看一眼别的女人，世上应该没有这么老实的丈夫吧？

阿秀平时只靠杂志和书籍获取知识，这时突然摇身一变，成了世俗的实干家，出现在阿延的面前，而阿延甚至没有工夫注意到这个矛盾。

"有啊！怎么会没有？既然被称为丈夫。"

"有？哪里有这样的好人？"

阿秀马上冷笑地看着阿延，而阿延则不敢大声说出津田的名字，没办法，只好喏喏地回答：

"那是我的理想啦。我也知道不可能的。"

正如阿秀变成了实干家，而阿延不知不觉间则变成了理论家。到如今两个人的地位颠倒了过来。然而两个人都完全没有注意到这一点，而是被自然的趋势推着继续向前。（《明暗》一百三十）

这就是颇具辩证性的会话，会话中存在着这样的"颠倒"：发表高迈言论的理论家阿秀完全暴露在卑俗的现实主义者面前，同时实干家阿延则成了热情的理论家。阿延是个理想主义者，真正的理想主义者指的就是她那样的人。陀思妥耶夫斯基说过爱人类很容易，然而爱一个人很难这样的话，在这个意义上，阿秀是一个把理想从与现实接触的地平线上隔离开来的女人。简而言之，可以说她是个日本理想主义的知识人的典型，所以她会对阿延那样的理想主义者报以"冷笑"。对阿延来说，没有应该安放的理想，不存在脱离实际的观念。

阿秀是博览群书的知识女性，有着老成的面孔，然而她那副理想主义者的姿态却把阿延当作了轻侮的对象；而另一方面阿秀老成的样子则让阿延心生厌恶。在阿延看来，所谓的理想主义者和现实主义者都只是在绕过最重要的事情。毫无疑问，漱石想要从那里找到人的伦理意义。阿延并不是个绝对主义者，也不是个与之相反的相对主义者。她只是一个除了相对性的场合以外不承认任何伦理学的女人。而她从实干家反转成为理想主义者，就是在这样的场合。而与阿延相比，津田和阿秀在这方面都要暧昧得多。

但是漱石并没有忘记将这个可谓是他的分身的女性相对化。碍于自尊心，阿延受不了自己的丈夫的心已经离开了自己。她的自尊心与对爱的饥渴很难分开存在。前者使她看起来精致漂亮，后者则使她成为热情的理想主义者。

而有可能与阿延形成对抗的，恐怕就是小林这个人了。

夫人，我这个人是为了遭人讨厌而活着的。会故意去说让人讨厌的话，做让人讨厌的事儿。如果不那样做我就受不了。我做不出来让人承认我的存在的事情。我是个无能之人。不管多么受人轻蔑我都不能随便复仇。没有法子，虽然让人讨厌，我还

是想去这么做。这是我的志愿。(《明暗》八十五)

实际上,小林"想让人讨厌"是因为想"让人承认他的存在",无非是在寻求爱和关注。过于强大的自尊心只不过是有选择的心理倒错。阿延是个特别骄傲的女人,同时又是个实践能力强的理想主义者,而小林也是个激越的理想主义者。最初他任由他人讨厌和轻蔑,如今在津田面前艰难地讲述着想要摆脱自我矛盾状态的"理想"。所谓的"自我矛盾",一边是把津田和阿延的苦恼说或是"衣食无忧的伙伴"的"余裕"中生出来的"奢侈"的游戏,而一边则是拜他们的"余裕"所赐,他才能够拿到钱。他做不到不怀矛盾地谈论"理想"。他是被警察标记为"社会主义者"的人,或许他的"社会主义"与后来帝国大学的秀才们作为科学真理,或者有"余裕"的人因为罪责感讲述的社会主义有所不同。就像阿延把小林当成傻瓜那样,小林也会把那样的秀才们当成傻瓜吧。倒不如说小林让人想起了明治的社会主义者石川啄木。我推测,漱石是从陀思妥耶夫斯基的作品中得到小林这个形象的。比如《罪与罚》中的醉汉马美拉多夫,让女儿去做了卖春妇,还像是自虐一样洋洋得意地讲述着。

"要来了吧。"

正在打量着小林的津田这时微微一惊。

"谁?"

"也不是谁。是比我更缺少余裕的人要来。"

小林径直把纸币塞到自己的钱包里，还故意轻轻地拍了一下。

"余裕把这个从你手里转给我，它就不会叫我再还给你，而是命令我交给比我更缺乏余裕的人。余裕就像是水，从高处流向低处，不会从下往上倒流的。"

津田是了解小林的说话方式的，但是却没能理解这句话，因此陷入半醉半醒的不安状态。就在这时，小林又连珠炮似的说了一通：

"我在余裕面前低下了头。我承认我的矛盾。我承认你的诡辩。不管怎样都没关系。我向你道谢！感谢！"

说到这里，他突然开始啪嗒啪嗒地落泪。津田本来就感到不安，这突如其来的变化让津田更加不安了。(《明暗》一百六十一)

小林的话总是充满了讽刺挖苦，是因为他做不到像理论家阿秀那样去讲述"真相"。只有在羞愧的、进退两难的地方才能讲出"真相"，否则真相云云只是堵在其穷奢极欲的伙伴头脑中的知识。最理解阿延的恐怕是小林，她也能不顾体面地抛掉自尊心，甚至是"低下头，做可怜状，显得很痛苦"。

我巴不得靠近你，巴不得安下心来呢。你简直
想不到我有多么想靠近你，多么想安下心啊。
（《明暗》一百四十九）

阿延说出的这种话，是没有"余裕"的人才能说
出来的。然而津田只把这理解为"毕竟女人是好哄易安
抚的"，就很放心了。因此小林对津田说的下面的话，
是暗示津田自己会像小林和阿延那样被逼到穷途末路。

"现在你被逼到那种程度，什么事儿都干不了
的时候，想起了我的话。虽然你想起来了，却完全
不会按照我说的去做，所以倒是觉得尔不如不听那
些话。"（中略）
"傻瓜，你想去哪儿？要做些什么呢？"
"没做什么。不过从现在开始，我才能够为
你对我的轻蔑开始向你复仇。"（《明暗》一百五
十八）

什么是"复仇"？我们不知道。因为《明暗》快要
写到结尾时，由于漱石的死亡而中断。毫无理由地抛弃
了津田而结婚的清子这个女人，大概是能够把津田逼得
走投无路的。他应该知道，在他认为是"走到尽头"
的地方还有一个更"深处"。于是津田为了见清子，去
了温泉旅馆，他就预感"在光照不到的地方横亘着巨大

的黑暗"。

　　我如今就是在继续走向梦境。从东京出发之前，更严格地说，早在吉川夫人劝我去温泉旅行之前，不，更准确地说是从与阿延结婚之前——这样说仍然不够准确，实际上是突然和清子分手的那一瞬间开始，自己所走的路就注定被这个梦所困扰了。如今我只是在追逐那个梦的途中。过去延续下来的这场梦，在到达目的地的时候，就会醒过来吧。（中略）映入眼帘的低矮的房屋、刚刚用碎石子铺好的窄路、昏暗的灯影、屋檐倾斜的茅屋、黄色的幌子下的一辆马车——分不清是新还是旧的色调，都杂乱地混合在一起，就像梦一样装点着肌肤的清冷、夜的寒冷和黑暗——从所有朦胧的事实中所感受到的，不就是一直以来自己的宿命的象征吗？从前是梦、今天是梦、从今以后也是梦，然后抱着这些梦回到了东京，说不定这就是事件的结局。不，多半是这样的。是为了什么从东京冒着雨来到这个地方？就因为蠢吗？然而，如果是这样，那不就马上可以回去了吗？（《明暗》一百七十一）

　　《明暗》映照出漱石的内心的就是这一部分。津田在温泉旅馆迷路了，四处徘徊，从这里我们也能够确认《矿工》的主题。津田与清子相会基本就是"梦"的世界，是异次元的世界。在空旷的旅馆没有一个客人徘徊，这个现实的小说则变成了暗喻性的东西。那时我们不禁感到漱石所呈现出来的鲜活的存在感。"当山上的冷空气与笼罩着山的神秘的夜的黑色以及自我的存在完全与夜色中的津田一度重合在一起时，我不禁感到恐惧，觉得毛骨悚然。"（《明暗》一百七十二）

这种"恐惧"与阿延和小林之间所产生的伦理纠葛不同，它是存在论范畴。不用说，《明暗》也在终章（未完）开始显露出漱石的二重主题。但是，漱石没有打算像《门》、《行人》和《心》那样去结束小说。

在写《明暗》之前的大正五年元旦，漱石写了《点头录》这样的随笔。其中，漱石写道："回首往事，简直如梦一样"，感觉"一生到了最后比梦还虚幻"。同时在下面这段话中，漱石还这样说：

　　令人吃惊的是：与此同时，我现在的天地被严严实实地覆盖住了，这是确凿的事实。举手投足的最后，都是不可动摇地回到了那个'我'不断去认识的过去。因此如果回过头去看自己，就发现过去并非梦境，是像探照灯那样把我照得通透的东西。因此每逢新年来临，我就不得不与这个世界同时变老、衰朽。

　　对生活的这两种看法毫无矛盾地和谐共处着，而关于这种超越了普通理论的异常现象，如今我不打算作任何说明，并且也没有什么剖析的手段。唯在年初之际，自己抱着这两种矛盾合一的见解，做好了把自己的全部生活托付给大正五年的潮流的觉悟。（《点头录》）

　　我不想把这段话当作开了悟的人说的话来解读。因为我们能感受到其中令人心痛的"觉悟"。《明暗》果真能实现"矛盾见解的合一"吗？谁也不知道。然而毫无疑问，在《明暗》中，漱石将"自己的全部生活"注入到了"大正五年的潮流"当中；并且若假漱石以天年，我们或许能够在《明暗》中拥有一个总体的世界像。从这一点来看，毫无疑问，漱石以后的文学与人类的分裂和丧失形态将更加鲜明地凸显了出来。

意义这种病——麦克白论

1

《哈姆雷特》中有这样一段有名的台词："该知道演戏的目的，从前也好，现在也好，都是仿佛要给自然照一面镜子，给德性看一看自己的面孔，给荒唐看一看自己的姿态，给时代和社会看一看自己的形象和印记。"这也可以看成是莎士比亚自己的艺术论，它与今日的现实主义这种文艺思潮当然没有什么关系，但也并不是说，以空灵之心来观察自然达到澄明之境就可以了。因为这种朴素的说法中隐藏着唯有像陀思妥耶夫斯基那样的作家才拥有的深刻的洞察力。

写下上面这段话的时候，可以说莎士比亚表达了某种觉悟。看起来他是在说，这次采取了与此前不大相同的写法。在"自然"这个词中，他要强调的显然是人的内部自然，即把精神作为自然。这里当然包含着对既有的"道德剧"结构的反拨，更包含着他本人无法回避的某种经验。恐怕这是一种有关奇怪事态的体验：

"自己"不仅超出了任何分析的范畴，它还束缚并摧毁着自身，这种事态本不应该存在，但它不仅存在着，而且从来没有如此地具有现实性。

《麦克白》中的巫女说："美即肮脏，肮脏即美。"与其说这意味着时代价值观的混乱，不如说是莎士比亚如实描绘了他所看到的精神世界。即莎士比亚认为，在精神这一场域，任何奇怪的分裂和倒错都有可能发生。他的这一视野无人企及。这双眼不是想要去观察人的内部的眼睛。对观察和分析来说，这个自然实在难以对付。不，正因为它难以对付，莎士比亚才称其为"自然"。

这是与把精神作为事物一样对待的心理学家完全不同的姿态。当然，我所说的也包括存在主义心理学家。他们或许能找出哈姆雷特和麦克白的思想、性格、病理，等等，但没有任何一个方面可以做这样形骸化的分解。而莎士比亚所要努力摒弃的，正是这种形骸。

例如，对哈姆雷特形象的关注自 18 世纪以来发生过重大的改变。那未必有错。某种意义上，它们就像镜子一样映现出了各个时代的"活生生的本质"，令人惊讶的是，不管允许哪个时代的光芒如何聚焦，哈姆雷特和麦克白这样的人物始终坚定不移地活着。把这说成是古典的生命力，那很简单，然而事实上一点都不简单。

我们把《麦克白》视作现代作品。扬·科特也说"莎士比亚是我们的同时代人"。但是没有比这种说法更懒惰和傲慢的了。莎士比亚并没有给出有关"现代"（或者对他而言的同时代）以任何诊断和指南。不过这意味着，如果是时代的混乱，他不会从某种超越性的视角来看待混乱，而是不容置疑地将混乱视为现实。除此之外，莎士比亚所觉悟到的无疑还有"活生生的时代的本质"，换句话说，除此之外是否还有"人类"……他并不想要试图去了解人的内部。而是相反，看起来他似乎只相信精神这个被自然所强迫的生存结构。所谓的"实事求是"就是这个意思。在关于人的种种观念中，没有必要对此加以歪曲。按照看到的写下来就可以。并且把所看到的写下来没有什么神秘的意义。这与蒙田的《随笔》的写法基本相同，不过写"悲剧"的莎士比亚则看到了别的东西。他自己并不写随笔，而是让麦克白这样的男人走到舞台上让人看，这不仅因为莎士比亚是剧作家，恐怕还因为他是把自己作为"自然"来看的。我们不明白他为什么要这样做。但是我们知道，在与蒙田不同的意义上，他深知描绘"自然"之像的困难。

今天的莎士比亚研究缺乏对反映这种"自然"之像的困难的自觉，基本上都是用现成的概念、精神分析、不合逻辑的叙述、个人惯用的格调、巴洛克等道具在做分析。而其中我想首先谈论的是"悲剧性的死亡"这一主题。

关于悲剧的讨论极为混乱。这是因为我们在讨论"悲剧性的死亡"时丝毫没有论及什么是悲剧。在这一点上仍然没有超越尼采的论述。有人说，扼杀了悲剧的是"近代"，这是自 T. S. 艾略特以来的主流观念。我想要质疑的就是这种看似不证自明的观念。艾略特对《哈姆雷特》的批判，绝不是因为他希望恢复悲剧精神。他所希望的，是以但丁为代表的中世纪欧洲世界像的恢复，这里原本就没有尼采那样的主题。对尼采而言，但丁式的世界并不仅仅是他厌恶和应该打倒的对象之外的东西，他批判的射程不仅仅是"近代"，而是涉及整个信仰基督教的西欧。

如果把希腊悲剧作为悲剧典范的话，悲剧早就死了。虽然中世纪的欧洲面临着世界像的混乱，也完全想不到悲剧会重现。尽管如此，说造成"悲剧之死"的是欧洲的"近代"，这真是个奇怪的说法。我们必须重新追问：在所谓的欧洲，悲剧本来不就是不可能有的吗？并且为什么让不可能的悲剧死掉呢？催生"近代"（我很讨厌这个说法）的，无非是中世纪欧洲精神的内在要素。如果说没有西欧，"近代"也不会存在，这样说并不为过。多尼·道尔·朱蒙说，所谓的西欧，就是一场不间断的冒险。那不是像进步的观念那样直线式发展，也不是永恒回归之圆环式的发展，它在不断地回归，沿着一定的方向运动着，在显出向一个点收敛之势的同时又打开新的局面，永远也达不到终点那样地呈螺旋式上升运动，正是这个螺旋所包孕的矛盾性结构成了西欧文明的原动力。或许是这样，也可能并非如此。无论如何，西欧精神是独特的东西，这一点毋庸置疑，它与希腊悲剧中的那种精神完全没有关系。

关于这一点，苏珊·桑塔格这样写道：

> 众所周知，基督教的悲剧严格说来并不存在。理由在于：基督教价值的内容（中略）与悲剧的悲观主义视野是不相容的。正因为如此，但丁的神学式的诗作是"喜剧"，弥尔顿的也与之相同。换句话说，不论是但丁还是弥尔顿都是基督教徒，因此对世界赋予了意义。（中略）所有的悲惨事件和不幸都导向了更大的善，否则就应该视作那些牺牲者所应受到的完全正当的惩罚。基督教所主张的这种世界伦理的正当性才是悲剧所要否定的。因为悲剧告诉我们，世界上存在着无端遭受的不幸，也存在着最终的不正当。如果是这样，可以说在基督教的统治之下，悲剧的再生之所以受到阻碍，是因为支配着西欧的宗教传统的本质上所具有的乐观主义，也就是想要赋予世界以意义的意志。就像在古希腊，尼采所说的理性，也就是苏格拉底的精神根基中的乐观主义扼杀了悲剧。（高桥康也译：《悲剧之死》，收入《反对解释》）

桑塔格认为莎士比亚的"悲剧"并不是悲剧，这当然是尼采一派的观点。至少可以从围绕"悲剧之死"

的纷争中摆脱出来。因为无论如何西欧本质上都是与悲剧无缘的世界。

但是我并不打算拘泥于词语的定义。问题不在于戏剧形式，而在于其中所潜藏的精神形态。所以我宁愿这样说，莎士比亚的"悲剧"虽然如此，仍然是真正地道的"悲剧"。《哈姆雷特》并非如艾略特所说是失败之作，也不是包孕着"悲剧之死"的悲剧，而是无懈可击的"悲剧"。不过，这是西欧固有的"悲剧"，它实际上根本没有死。正如桑塔格所说的乐观主义以各种各样的形态渗透到全世界那样，那是与乐观主义相伴随而渗透到全世界的悲剧性。那是"赋予意义"的悲剧。被这个意义所附体的病，并非始于"近代"，毋宁说，它孕育了"近代"。

我更想说的是，这并不仅仅是始于西欧的一种思潮的问题。即便是这样，这里也隐藏着一些只能说人类本来就如此的问题。我们已经不能追问它的起源了。因为对起源的追问中就已然包含了那样的问题。

日本的许多莎士比亚研究者都是在艾略特所设定的框架内进行思考的。近年来莎士比亚研究中称得上是杰作的野岛秀胜的《近代文学的虚实》，就是有代表性的例子。他以罗曼司、伊丽莎白王朝戏剧、詹姆斯王朝戏剧、悲剧之死等方式，追溯了中世纪欧洲的解体与变质的历史。被完美而"伟大的存在之链"所覆盖的世界正在走向解体，这样的观点只不过是把黑格尔颠倒了过来。也就是说,这种试图否定"近代"的反历史主义史观不仅太"近代"了,甚至缺乏对此的自觉。

但是,人为什么不能赤手空拳地面对如《麦克白》这样的作品,而要采取思想史这样的静态抽象物套用方式呢?为什么不把《麦克白》看作是"自然",而一定要将此作为思想史和风格史的一个场面来看待呢?为什么那些批评家虽然看到了哈姆雷特分裂的内心所具有的矫揉造作、过剩的自我意识和存在论的瓦解,却仍然对哈姆雷特这个人物作如此陈旧的理解,对他消化掉上述那些规定的事实毫不吃惊呢?这是我感到疑惑的地方。有人说哈姆雷特和麦克白丢失了个性。的确如此。但是丢失了个性的人作为一个角色而显得活灵活现、生机勃勃,这更为重要。或许我对"西欧"的论述的确值得怀疑,然而毋庸置疑的是,麦克白这个男人切实感受到了超越文化和时代的异质感,并且我本人也有这样的感受。时代和场所之类的透视法奇妙地消失了。我不认为这是自我欺骗,只能说《麦克白》这部作品具备这种性质。

比如说,我对19世纪的英国小说有一种距离感。但是为什么《麦克白》会使这种透视法模糊不清呢?并不是因为现代与莎士比亚所生活的年代相似。实际上,认为现代与莎士比亚时代同样混乱,这样的想法不具有任何生产性。指责混乱与相信混乱的现实完全是两码事。人们在从外部强调莎士比亚的身份丧失之前,就已然相信那种状态本身的真实性了。也就是说，除了"活生生的时代本质"以外，人们不会关注任何其他问题。在莎士比亚决心如实地反映自然的自觉中，有的不是指出时代混乱的那种小聪明的态度，而是相信时代混乱的姿态。相较之下，很显然，只能说那些以超越时代的超然姿态来批判"近代"的论调有多么空疏了。或者说，那些轻易地说近代现实主义比起莎士比亚的现实主义多么矮小的人们，他们没有注意到，莎士比亚相信时代混乱，他所持的姿态绝不是那个时代的产物，而是基于他固有的认知和意志。照亮"活生生的时代本质"的，正是这样的精神自觉，绝不是思想史和社会史状况的被动产物。

在这里我还要提起的，是那些把莎士比亚的"悲剧"与时代状况和他自身的经验结合起来考虑的观点。他所谓的"悲剧"为什么到了1600年前后突然出现，并且急剧地大量爆发？这的确是个问题。这里应该有这个时期固有的某种东西，历史学家是这样推测的。这个推测和认为莎士比亚个人发生了什么事情的看法一样，似乎有些根据，但也只是似乎而已。之所以说只是有些根据，因为我是从相反的方向来看的：不是因为这个时代的某些东西照亮了"悲剧"，而是因为"悲剧"的存在照亮了"活生生的时代本质"。

关于这个时代，大概可以指出如下的一些面向。不过我想事先说明一下，下面所说的并不是对"活生生的时代本质"的什么解释，只是对时代的说明而已。

　　1588年对西班牙的无敌舰队被英国海军打败，从而让伊丽莎白王朝到达了隆盛顶峰。然而与此同时，英国王朝经济衰迷、内部分裂的征兆也日趋表面化。也就是说，在绝对王权的内部，女王权力与市民阶级（清教徒）之间的乖离开始滋生。女王的权力本来是在市民阶级狂热的拥趸下确立起来的，因为对旧贵族和天主教会势力（这些势力很快又意味着是西班牙、法国的外国势力）的压制与市民阶级的利益是一致的。莎士比亚的《亨利四世》和《亨利五世》对女王的赞美，是在1590年代的时代氛围当中。但是，那个扩大王权就意味着扩大民权、遏制贵族和教会的时代，是个人主义和国家主义利益一致的时代，这样的时代到达顶峰之后，很快就开始了内部的分裂。直到1648年清教革命市民阶级取胜，内部分裂情势日趋加剧。

　　李顿·斯特雷奇在其《伊丽莎白与埃塞克斯》一书中细腻描述了"与英国结婚"的处女王——我的意思是，在伊丽莎白女王成为一个人或者一个女人之前她首先是国家——在其晚年人格上发生奇怪变化的样态，女王在猜疑心的驱遣下开始进行严厉的镇压，这绝不是她本人的性格所致。由于这个受市民阶级支持而建成的绝对王政其平衡被打破，到了岌岌可危的边缘，女王则努力地要去维护它的存在，因而表现得紧张不安，仅此而已。而据说由于莎士比亚本人也参与了1601年对埃塞克斯女王的叛乱活动，因而也深陷政治危机之中。

同样的情形也发生在市民中间，因为他们也开始脱离王权和国家而努力维持自主自律。这表现为清教徒主义的渗透。清教徒主义并非作为单纯的宗教，而是作为激进的政治思想俘获了人心。但是在这种情况下，已经有人说，讨论"悲剧"是一种极其简单的做法。那么接下来，关于莎士比亚本人又是什么状况？比如《麦克白》（推定是 1606 年）的首演是在苏格兰迎接詹姆斯一世的宫廷中，可以想象到这部剧在那里是如何被观看的。詹姆斯一世的母亲玛丽被女王处死，女王死后，他受到了苏格兰的欢迎，英格兰上演了《麦克白》。在《麦克白》这部剧中，麦克白就是伊丽莎白女王，而詹姆斯一世就是被麦克白杀死的班柯的后代，剧作暗自把两者同一化了，这也不足为奇。这种观点并不是现代风格的读解，所以在埃塞克斯起义的前一天上演了《理查二世》，把被杀的理查二世比作女王，以此来提振士气，这是众所周知的事实。因此，莎士比亚也陷入了危险的境地，但不仅仅是他，他的戏剧演出也经常因这种解读而遭到政治监控。

包括让·科特在内的诸多学者都说，写下了《麦克白》的莎士比亚一定有某种深刻丰富的政治经验。而我并不这样认为。再举一个例子。弗朗西斯·培根（Francis Bacon）背叛了埃塞克斯之后，很快就在詹姆斯一世的宫廷里飞黄腾达了起来，因此莎士比亚设法去了解这一情况，甚至追随到詹姆斯一世的宫廷，于是写下了《麦克白》，这件事对他来说不是什么特别重大的经历。他并不是活在斯大林主义下的知识分子人文学者，背信也好屈从也好，大概都不是什么值得特别关注的事情。他的政治经验丝毫没有我们想象的那样重要，他只不过是把家常便饭当作家常便饭。如果把这种事情当作家常便饭来处理的人中有"重要的经验"，那就是我们可能知道的史实中找不到的东西。

莎士比亚说，写悲剧的人在现实生活中是回避悲剧的。真实的莎士比亚恐怕拥有一种无从捕捉的自在感。这种自在感与《麦克白》中无法想象的他的深刻经验并不矛盾，而是相反，他的自在感使得"如实地反映自然"成为可能。关于他有着怎样的信仰，有着怎样的意识形态，貌似很有道理的说法是存在的，然而我并不相信。大概是因为他有着跟那个时代共通的平凡的信仰和平凡的意识形态吧。而这与他的作品所展示的世界没有丝毫扞格。

毋宁说，与"悲剧"相连的，是开始渗透进那个时代的清教主义。毫无疑问，清教徒是反对戏剧的。1642 年，他们关闭了剧场，直到后来的王政复古，英国都没有戏剧。但是与"悲剧"相关的，并不是清教主义的教义内容，其根本之处，是无限蔓延的自信的崩溃，和不能安顿自身的阴郁。这种阴郁的气氛来自何方并不重要。无论是清教主义，还是女王晚年的政治，其共通之处都在于：由于丧失了外部的生存基础，他们的精神状态开始转向内敛自律，这种内敛自律就能够与阴郁的气氛连结了起来。

与其他剧作相比，《麦克白》这部剧显得与众不同，恐怕是因为它具有清教主义严苛的内在性质。所谓清教主义，它预先表明，不会因为地狱里的忏悔而获得宽恕，不能获救者无论如何也无法获救。进而也可以说，他作品中所有的"和解"主题，唯独在《麦克白》中没有，从这一点上看，二者也有相似性。但是莎士比亚既不是清教徒，也不以清教徒为模特儿。相反应该说，正是莎士比亚看到了"活生生的时代本质"，他告诉我们为什么在这个时期清教主义尤其在英国深入人心。

关于《麦克白》，波兰出身的莎士比亚研究者让·科特将斯大林主义的经验拿过来做叠加对照，未必毫无道理。比如《麦克白》中有诸如《理查三世》那样的历史剧中绝不可能出现的诸种惨景，是因为它让人想起了克伦威尔的革命政治，而不是莎士比亚所经历的伊丽莎白王朝末期的政治。

清教革命展现了后来革命所包含的所有要素。因为这是一场为"民众"而进行的革命，同时也是第一次尝试用自律观念来衡量现实的观念革命。就像历史学家克里斯托弗·比尔所说的，在这场革命中，一切都出动了。如果说它是宗教革命，那么无论是法兰西革命还是俄国革命，无疑都是宗教革命。

然而，莎士比亚并没有预见到四十年后这场革命的本质。不过，在精神上有所承续的那个时代，恐怕他已经经历过某些事情了。当然或许并没有与那种经历相对应的具体的事件，但是"自然是对艺术的模仿"这种事态只有经由"如实地反映自然"这种艺术才得以发生。他的想象力并不是为了预见未来而延长现在的皮相，并将其展现出来的那种。毋宁说他是不去想象的。我之前说过，他似乎只相信所谓精神这一自然所强求的生存，这才是他无可置疑的经验。

不过可以说，莎士比亚最早描述那种"悲剧"征兆的，是《威尼斯商人》（1596）。也可以换句话说，《威尼斯商人》是第一部让那种阴郁气氛渗透到了字里行间的作品。比如在开头，安东尼奥说了如下这番话：

> 真的，连我自己都不知道我为什么这样郁闷。你们说见我这个样子心里很厌烦，其实我自己也很厌烦呢。可是我怎么会让忧愁惹上了身，这种忧愁是怎么一个东西，它是从什么地方出来的，我却完全不知道。忧愁已经使我变成了一个傻子，我简直无法了解自己了。

他的朋友们以为他如此忧郁，是因为他把自己的商船押赌给放债人，而对商船是否能如期运营感到担忧，而他否定了这一点，因为的确"连我自己都不知道我为什么这样郁闷"。通常，这部剧是以犹太人夏洛克为中心来看的，但如果把视角对准安东尼奥，就会给人一种难以言喻的非现实感。的确，安东尼奥由于被夏洛克要求割下一磅肉而面临着死亡的威胁，但丝毫看不出他为此动摇的迹象。他总是沉浸在对其他事情的思考中，甚至对因鲍西娅的诡计得以活命的事都毫不关心。用艾略特的话说，安东尼奥的忧郁中缺乏"客观的相关物"，所以一旦这样的人物成了主角，恐怕就会像《哈姆雷特》（1601）那样。重要的是，在喜剧作品《威尼斯商人》中，与主线毫无关系的莫名的忧郁潜入进来。莎士比亚这时就在喜剧中滴下一滴毒液，眼看着它就像黑色的污迹一样快速地扩散开来。

安东尼奥的存在之所以没有搅乱整个剧情，是因为他向来都是个被动的人物，没有什么行动。然而若是成了《裘力斯·恺撒》中的布鲁图斯，情形就不一样了。因为他成了主角，为了暗杀恺撒这个"正义"的目的而开始行动。

布鲁图斯一登场，就说了一番跟安东尼奥一样的话。

凯歇斯，不要误解我。如果你看到我愁眉苦脸的，那是因为我自己心里很烦恼。

实际上最近，我的心里有好几种感情交缠争斗着。我只能让自己沉浸在苦思冥想中，它让我的行动拖着影子。

但是尽管如此，我还是不想让亲友担心。——凯歌斯，你也是我的好朋友，请您不要因为我的冷淡而不快，别过多地猜疑。也不要因为可怜的布鲁图斯和他自己交战，而忘记了对别人的礼貌。请别责备我的怠慢。

这部剧的意味深长之处在于：内心忧郁的布鲁图斯本来不会投入到彻底的行动中，或者只有可能"让自己沉浸在苦思冥想中"，这个内向的人竟然突然要对恺撒展开暗杀。就阅读所及，可以说布鲁图斯是"悲剧"的第一个主角。之所以这么说，是因为虽然布鲁图斯是出于主观的"正义"采取了行动，然而实质上无非是因为他想要逃脱邪莫名的忧郁而已。这一特质与哈姆雷特、奥赛罗和麦克白等有共通之处，从这个角度来看，就很明了《哈姆雷特》这出"悲剧"并不是突然发生的。当然布鲁图斯并没有那么鲜明；但毫无疑问，开始在《威尼斯商人》中渗透的那个莫名其妙的毒液在《哈姆雷特》中占据了戏剧的核心。因此可以说"悲剧"的根本色调是安东尼奥所抱有的"莫名其妙的忧郁"。

然而正如前所述，《哈姆雷特》之后的莎士比亚具有与以往不同的姿态。也就是说，前后的区别并不在于"历史剧""喜剧"和"悲剧"这几种样态的不同。无论莎士比亚出于怎样的理由，"莫名其妙的忧郁"都不是一种单纯的特殊的心理现象（就像他同时代的罗伯特·伯顿的《忧郁解剖》那样），它甚至是被当作一种内在的"现实"来把握的。换句话说，无论人被怎样奇怪的观念所缠绕，莎士比亚都不会把它看作是一种病理或者是道德的扭曲，他是想把它作为一种"现实"，也就是"自然"来理解的。他在《哈姆雷特》中夹杂了不少讽刺"道德剧"的话，这并非偶然，这等于是在宣布他要排除掉以往戏剧中所附带的先验观念。

但是在"四大悲剧"中，似乎只有《麦克白》显得与众不同。之所以这么说，是因为这部作品几乎感受不到作者在其他作品中所保留的透视法，如果说它是"现代的"还不够。把《麦克白》改编成的现代剧和电影很多，只是这些作品很快就褪色了。恐怕莎士比亚在《麦克白》中最为彻底地贯彻了把精神视作"自然"这一观念。《麦克白》之所以与其他"悲剧"不同，是因为在《麦克白》那里，甚至所谓"悲剧"的框架也被打破了。这在后面会论述，比如比较一下麦克白与其他"悲剧"主人公的结局就知道了。只有麦克白拒绝把自己视为"悲剧"的主人公，即意味着拒绝最终的"和解"。

在《麦克白》中，一切都是从精神这个奇怪的活的东西中诞生。如果作者对这个活的东西没有坚定的把握，《麦克白》是写不出来的。只要坚信是这样，就会明白那里不可能有任何"和解"。

然而最重要的是，莎士比亚并没有试图展开那种思考，比如他想让麦克白那样的人走上舞台。正是在这个时刻，莎士比亚消失，麦克白诞生了。而我们却不去谈这个诞生了的男人，那么还谈什么莎士比亚呢？

2

《麦克白》是以女巫预言麦克白将要成为国王的这个预言揭开了序幕。一切都从这里开始。据说当时的观众相信女巫是真实存在的，不过它跟这部剧作的生命没什么关系。毋宁说莎士比亚相信女巫是真实存在的这件事很重要。他并不是在这个寓意上让女巫登上舞台的。有观点认为莎士比亚为了避免《哈姆雷特》的混乱，他的视线再次回归道德剧，这是不准确的，因为《麦克白》中的女巫身上并不具有 Vice（这个词含有与色情业、卖淫行为相关的犯罪活动、恶行的意义）那样的道德寓意。我们将此称为莎士比亚的"现实主义"，这向来没什么问题，《麦克白》中的女巫、亡灵、鲜血、城堡、黑夜和瘴气等令人惊恐的中世纪舞台装置丝毫不失新鲜，就是因为坚信女巫存在的莎士比亚距离中世纪的思考还相当远。

女巫本不存在，但是，不存在的东西不仅存在，而且一切都从那里开始，这就是《麦克白》的特质。我们不能把女巫说成是麦克白潜意识的外化或者象征，那不过是毫无道理的心理解释。

自从听了女巫的预言，麦克白就变得心神不宁起来。重要的是：我们从他的心神不宁中没有看到人对权力的野心，没有看到人因此而迷失，而是看到了人背负上了不明所以的忧郁。在常常被拿来与《麦克白》作比较的《理查三世》中，主人公就很明确地抱着现实的野心，毫不犹豫地策划着阴谋。然而麦克白的第一反应却是心神不宁。让他产生这种变化的，不是他心中的野心，毋宁说，他是没有野心的，换句话说，我们发现他的内心空无一物。

女巫预言麦克白将能成为国王："如果靠运气当上国王的话，哪怕不动手，运气也会来。"这让麦克白陷入思考。如果成为国王是必然的，那么不论自己是动手还是不动手，结果都是一样的。实际上这么想的时候，麦克白就失去了他眼下作为考德堡城主这一事实的确定性，失去了他一直作为武将而存在的确定性。除了他还不是君王以外，他是一个什么都不是的存在。现实褪了色，他作为武将而存在只是偶然的，作为君王则是必然的，于是这种意识就使得他的现在变成了偶然。

女巫的义务仅在于此。不如说不论女巫是否真实存在都是一样的。莎士比亚有必要在开场时让心神不宁的麦克白这个男人登场。麦克白感受到难以忍耐的倦怠。

然而只有在这个男人身上，女巫的预言才有意义。若是换作理查三世，他会一笑了之。

他难以忍受的，是无论做还是不做结果都一样的意识，而这与将来确定无疑地成为君王这件事没什么关系。如果说他为了从这种意识摆脱出来，他会做任何事情。他并不是想要成为君王，但是如果不成为君王，他就无法摆脱这种状态。而"杀人"这个想法突然涌入脑海就是在这个时候。

这莫名其妙的诱惑应该不会是凶兆，不过也应该不会是吉兆。假如它是凶兆，为什么要用一句灵验的预言，保证我未来的成功呢？我现在已经是考德堡的城主了呀。假如它是吉兆，为什么我会屈从于那样的诱惑，那句话让我生发出恐怖的想象，让我毛发悚然，心脏怦怦怦地跳个不停？我活到现在都没怕过什么。不论多么让人恐怖的东西，与眼睛所看到的恐惧等可怕的想象相比，它都是有过之而无不及的。杀人，我的心里突然萌生出这个妄念，这让我浑身发抖，无论是智力还是想象力都不见了踪影，只能看到不存在的虚幻的东西。

"杀人"，一想到这里，麦克白不禁感到毛骨悚然。他所感到恐惧的，并不是这个想法本身令人恐惧，而是因为他在跟眼下有可能抱有任何想法的自己作战。并且，也没有人告诉他不应该将"杀人"这个念头付诸行动，这同样让他吃惊。

不过麦克白的吃惊中还包含着把自己想成是他人的成分。当杀人念头涌上来时，麦克白并不相信那是真的。尽管他不相信，却又无法从那个念头中逃脱出来。麦克白说："与眼睛所看到的恐惧等可怕的想象相比，它都是有过之而无不及的。"不过"可怕的想象"并没有什么了不起。麦克白说的另有所指。他已经在想象中一次又一次地杀死了邓肯。而另一方面又任何事儿都没有发生。想象中杀死邓肯这一行为的明确性与不相信它的意识在麦克白身上形成了奇怪的平衡。可怕的反而是他活在这种状态中。

从某个地方涌上来的这个念头在麦克白的内心不断强化着，但他丝毫不想去付诸行动。那只不过是"自己一个人的念头"而已。"杀人"这个念头开始杀掉麦克白自身。

只是因为麦克白夫人——关于她容后再述——这个念头才开始变得现实。夫人是这么描述麦克白的："希望做一个伟大的人物，不是没有野心。但是却缺少和那野心相匹配的邪恶之心。无论如何他都希望用正当手段去实现这样的野心。"（着重号为笔者所加）不用说这是误解。因为麦克白并不胆小，他也没有受到良心的谴责。

麦克白夫人开始坚定不移地相信麦克白的想法。然而于麦克白而言，虽然那是自己的想法，但是他做不到仅仅因为那是自己的想法就去相信它。这两者间的关系可以说是对他们后来命运的暗示。因为夫人以发疯终结了她的马基雅维利主义，她的目的只是麦克白的思想的外套。

无论如何，麦克白那始于自我终于自我的念头经由转移到他人之手而开始变得现实起来。对于麦克白夫人来说，到哪里为止是想象，到哪里为止是现实，二者间的界限很清晰。麦克白对夫人的勇敢感到吃惊只是因为这个原因，而不是因为他缺乏勇气。他要想付诸行动，需要比勇气更多的东西。也就是说，只要有外力介入，行动就将付诸实施，成就这最低限度的可能性的就是麦克白夫人。他大体是相信夫人所作的解释的。比如，他希望能成为君王，但是出于良心的谴责，他总是提心吊胆。

他一次又一次地被夫人的现实性水准所吸引。他必须接受这个现实。换句话说，他必须确认此时此刻的自己千真万确。然而他一方面觉得的确如此，另一方面却又觉得那是梦，并且他无法从那种确定无疑是梦的感觉中逃遁。因为他无法从内心找到任何意志支撑。他并不想成为君王。如果他下定决心要付诸行动，那是因为他无法忍受只在自己的内部完成的梦幻般的状态。然而他去行凶仅仅是在那梦幻般状态的延长线上。

不是一把短剑吗？我能看到剑柄正对着我的手。来，让我抓住你——我抓不到你，却总是能看见你。不祥的幻影，难道你只能看到却无法用手感知？或者，你不过是想象中的一把短剑，是狂热的大脑生出的幻影？但我仍能看见你，你就像我现在拔除的短剑一样清晰，似乎还能抓住。是你引领着我走向现在的路。原来我是想用这件武器。只是眼睛怎么了？还是只有眼睛看到的才是确切的？我还是能看到。……（着重号由笔者所加）

上面这段的意思并不是说麦克白受到短剑的诱惑走出君王的寝室。说的并非是这个意思，而是表明麦克白决意已定的无可奈何。他抱着杀死邓肯王的意志，但是这种意志在关键时刻就会完全进入梦游状态。

他朝着幻象之剑叫"你"，然而这其实是他对自己的呼唤。换句话说，面对如此行凶的自己他无法拥有任何现实感。他觉得自己手里握着短剑，就像做梦一样。他不需要被幻象之剑所指引。至于杀人是怎么想到的，这件事在他的内部已经完结了。也就是说，他只不过是在模仿他内部已经完成了的行为，所以行凶就像是在尽义务一样。

明明杀人是他的意志，但他却感觉自己像是个木偶。这就是现实，杀死邓肯的是我——但是麦克白无法接受。不过在行凶结束的一瞬间，麦克白的现实感复苏了。不，与其说是现实感，还不如说是某种强烈的违和感。麦克白身处此处，却不明白自己为什么会身在此处，为什么会杀人。

从作案现场回到家的麦克白对夫人说：

麦克白 一个人在睡梦里大笑，还有一个喊着"杀人啦！"，所以两个人都惊醒了。我呆立不动地听着。可是两个人念完祷告，又三马去睡了。

夫人 两个人一块儿呢。

麦克白 一个人喊着"上帝啊，保佑我们！"一个喊着"阿门！"，好像他们看到了我那杀了人的手。听着他们恐惧的声音，当他们说这"上帝啊，保佑我们！"之后，我想要说"阿门"，却怎么也说不出来。

夫人 你多虑了。

麦克白 可是我为什么说不出"阿门"这句话呢？我才需要上帝垂恩，可是那两个字就是堵在喉咙里出不来。

夫人 既然如此，就不要多想啦。那样我们会发疯的。

麦克白 好像哪里有声音，叫喊着"不要再睡了！麦克白已经杀死了睡眠"。

麦克白中途放弃了计划就回了家。他说："我不想再去了。只要一想到自己所做的就毛骨悚然。我都不能再去看一眼。"他的反应，并不是如夫人所说的胆小。他之所以感到毛骨悚然，并不是他做了连想都没想过的事情，而是做了连自己都不相信的事情。夫人对此无法理解。麦克白本来是日思夜想要杀掉邓肯的，但当这件事成了现实，他却无法相信。

他"已经下手了"（I have done the deed.），"我才需要上帝垂恩"，这句话就衍生自这里。他之所以大声叫着"阿门"，并不是因为良心感到了愧疚，而是因为他如今虽然站在这里，让人感到是一种奇怪的根本性错误。让他站到这里的并非野心和邪恶之心，他被一种毫无理由的情绪裹挟着推到了这里。如果是这样，那么需要上帝垂恩的不是被杀的邓肯，而是杀了人的我，不是吗？于是在那一瞬间，这个叫麦克白的杀人犯看起来很可怜。

自己头脑里涌上的"杀人"的念头最终毁掉了麦克白自己。麦克白远远地看着自己的手杀了人。如果可以的话，他一定想继续远远地眺望着。是另一个男人杀了邓肯。全部都是别人干的。尽管这么想，但的确是他自己干的，麦克白无论如何也无法处理这种矛盾的意识。他发了疯并非是因为罪恶感，而是衍生自这种矛盾的意识。

麦克白 要是我在一小时前就死掉，我就可以过上一段幸福时光了。因为从现在开始，这个世上已经没有什么严肃重要的事情了。一切都是儿戏。荣名、美德，一切都已经死了。生命的美酒已经喝完，还当作珍宝的，只不过是酒窖里剩下来的残渣。

这种绝望感并不是犯了罪的人才有的。值得注意的是，麦克白的这番话里没有一丝悔意。他对于自己杀了邓肯这件事没有什么思考。他所思考的只有他自己。这就是这种杀人的性质。

即使在他一心想着杀人的时候，他也不相信这一点，他清醒的自我意识在行凶时毫无愧疚感地被毁掉了。他杀死了'严肃重要的事情"。换句话说，他最终失去了本应有的 conscience（意识＝良心）。所有的一切，连他自己的存在都像儿戏一样东倒西歪地毁掉了。而麦克白本来'可以像大理石那样坚固，可以像岩石那样完整，像包孕着万物的空气一样自由阔达"。

咱们已经把蛇弄了个死去活来，但却没有杀死它，如果它的伤口能愈合，还会缓过气来。如此一来，我们将面临这样的危险：它将会用它的毒牙来反噬我们。让一切事物的秩序都分崩离析吧！让天地都毁灭掉吧！为什么反倒要提心吊胆地吃着饭，在夜夜使人战战兢兢的可怕的梦境中入睡呢？与其让心灵总是在无穷尽的迷乱中饱受拷问的折磨，还不如和那些死人一起更好些。我们本来是为了自己的安宁和平，结果却把别人送去享受永久的和平了。邓肯躺在了自己的坟墓里，经历了人生的种种癫狂之后，他睡得很安然。叛逆使他遭逢了最凄惨的命运。但是如今无论是刀剑、毒药，还是内忧、外患，都再也不能对他有丝毫伤害了。

"我们本来是为了自己的安宁和平，结果却把别人送去享受永久的和平了。"麦克白的这番慨叹，正好对应了前面他说的"我才需要上帝垂恩"这句话。这种颠倒的表达也表明麦克白所深陷的窘境。他已经没有"睡眠"了，也不会安息。因为他突然被抛入无尽的黑暗中。连死亡都无法将那黑暗关闭。而他也无法把死看成是唯一的希望。麦克白羡慕死去的邓肯，并不是因为无论是谁只要死了就能"安宁和平"，而是因为他如今所陷入的窘境即便是死都无法使他得到救赎。也许这近似于清教徒的内心世界，即不被拯救的人是无法得到救赎的。另外，无论如何也得不到救赎的想法并非单纯地来自罪恶感，而是源自自我意志决定性地崩溃。我此前说麦克白没有一丝悔意，无非就是这个意思。麦克白失去了"睡眠"，并不是因为他杀死了邓肯，而是因为他杀死了自己。如果他能够做到"我就是我"，哪怕是对杀人抱有罪恶感，他的"睡眠"应该也不会永久地被剥夺。不如说他杀的不是邓肯，而是自己。

为什么事态会发展到这种程度？这里没有任何原因。麦克白非常清楚：女巫的预言没有责任也没有能力。这一切都发生在他的内部，发生在吞噬了自我的他那自主性的尽头。就像麦克白夫人说的，也没有"邪恶之心"。也就是说，麦克白与理查三世、伊阿古、埃德蒙这些恶棍是不一样的。但是《麦克白》这部剧所揭示的是真正邪恶者的姿态，这只能在"自己内心所孕育培植的魔鬼"（《奥赛罗》）的意识中才能找到。在萌芽于意识本身的内在黑暗中，一个难以获得救赎的男人在彷徨。之所以说《麦克白》与莎士比亚任何其他剧都不一样，就在于这种黑暗不仅在麦克白的内心，它不久还将侵蚀整个"世界"。一个接着一个进行无差别杀人的独裁者麦克白知道，那不是出于他的意志，而是被强制如此。虽然事态的发展并非起于现实的契机，但是强迫他的力量则比现实更具有现实性。也就是说，不存在的东西才更具有现实性，这种结构将《理查三世》那种马基雅维利主义或者现实主义吸收到了极致。

让·科特说：

> 《麦克白》的情节与历史剧的情节大同小异。但故事的梗概很容易引起误解。与历史剧不同，在《麦克白》当中，历史不是一个庞大的装置，而是一场噩梦。无论是装置还是噩梦，总之都是围绕权

力和王冠所展开的斗争的另一个隐喻。不过隐喻的不同反映了作者态度的差异，甚至是哲学差异。作为一种装置，它所呈现的历史无非是恐惧以及它的不可避免性，它迷惑了我们。与装置不同的是，噩梦麻痹了我们，并且让我们感到恐惧。（蜂谷昭雄、喜志哲雄合译：《莎士比亚是我们的同时代人》）

不论是谁都会说《麦克白》是场噩梦，但是噩梦的性质并非来自真实的政治世界。它只源自麦克白这个人的内部，而在他的内部，从哪里开始是内部、从哪里开始是外部的标识本身却丧失了。于麦克白而言的噩梦就是这种状态。《麦克白》与《理查三世》那样的历史剧并非简单地是性质不同。说前者是悲剧后者是历史剧只是出于区分上的便利考量，我们必须看到，在《麦克白》这部剧的精神底色上有着像《理查三世》那样的自我毁灭。也许最能证明这一点的，是麦克白夫人，而不是麦克白。

3

我说过，麦克白夫人无法理解丈夫真正想要的是什么，这不无道理。因为连麦克白本人都搞不清楚。他并不想成为君王。他很想结束掉眼前的状态，但从那种意义上来看，他又是无论如何都想成为君王的。我们必须看到，那是与权力欲完全不同的别的东西。如果他有权力欲，如果带着某种目的，那么最后他会像理查三世那样行动。

麦克白夫人是有"目的"的，因此能够极端自私地去考虑。在她的眼里，丈夫为了达到正义的（fair）目的，试图通过肮脏的（foul）手段，他为此而苦恼，他是个有良心的人。她的简单明了基于她具有明确的"目的"，而她的不幸则在于那个"目的"不是她本身的目的。她不是想要成为君王的妻子。夫人有着别的欲求。

为什么在《麦克白》那样的剧中，莎士比亚不是让男人和女人，而是让"夫妻"这样的人物关系登场呢？显然，这里描述的不是一个叫麦克白的男人和一个叫麦克白夫人的女人的故事，而是一对"夫妇"的本质。这对夫妇最重要的是必须不断证明他们是"夫妇"，并且必须不断为此而努力。

与这对夫妇形成对照的，《麦克白》里还有一对夫妇，即麦克德夫夫妇。

麦克德夫夫人　夫君他干了什么？是要逃亡到国外吗？

洛斯　您必须忍耐。

麦克德夫夫人　不会忍耐的是他。他的逃亡简直就是发疯了。我们本来什么坏事都没干，只是因为恐惧使我们成了叛徒。

洛斯 那该如何是好？是不是还有什么别的原因？仅仅因为恐惧就出逃？

麦克德夫夫人 别的原因？他抛妻弃子，丢弃了家邸和财产远走高飞，还有别的原因？那个人并不爱我们，他冷酷无情。鸟类中最弱小的鹪鹩为了保护她巢中的众雏，也会奋不顾身，与鸱鸮战斗。而他的心里只有恐惧没有爱，他就是发了疯才出逃的，哪有什么别的原因。

他的夫人咒骂亡命的丈夫胆小、冷酷，不认可他的大义名分，所以夫妇最后分道扬镳也是必然。也就是说，他们本来是感情非常稳定的夫妇，这就是为什么妻子可以无限制地非难丈夫。她是女性，而作为女性是没有问题的。

但是麦克白夫人必须承担起男性的角色。我感觉这个女人与爱德华·阿尔比（Edward Albee）的《谁害怕弗吉尼亚·伍尔夫?》中的妻子玛莎有共通之处，但这共通之处并不在于没有孩子。简而言之，这些女性不能对"夫妇"抱有客观态度，所以这使得他们更主观。麦克白夫人不处在从"巢"的观点来对丈夫的行动做相对化处理的情境中。她必须要做的，就是与丈夫共同行动，在共同行动中，必须确保"夫妇"的危机不断地潜伏在他们中间。而说到麦克德夫夫妇，丈夫则是

"男性"，夫人则是"女性"。但是麦克白夫妇则欠缺那种自然的基础，他们必须有意识地确证"夫妇"的共同性。我感觉麦克白夫人心里藏着某种令人窒息的努力。而与麦克白不同，后来她精神崩溃了，并且也表明"夫妇"关系的破裂。

换句话说，麦克白夫人失去了自然性。所谓"夫妇"这种关系，在她看来是必须不断有意识地要去实现的。那是因为如果说她是个马基雅维利主义的信奉者，那首先是因为，在那个人人都在自然秩序中寻找安宁的地方，她是那个需要虚构意志的人。而她之所以会走向自我毁灭，因为她的意识绝非明快的文艺复兴精神，而只是没有任何根据的拼了命的自保。麦克白夫人与麦克白在内面上是同类的，而麦克白也非常清楚这一点。

在夫人死的时候，麦克白说："死了啊。总有一天会死的。我以前就想到总会听到这样的消息的。"这短短的感想的确让人感受不到"爱"，而是感受到了类似于"友情"之类的感情。他们的共同行动开始破败的时候，他们的'夫妇'关系也崩溃了，说起来，留给麦克白的就是作为同志的友情。如果不是同志就不可能是夫妇，麦克白应该很清楚他们关系中残酷无情的一面。

因此麦克白夫人与莎士比亚所描述的无数的马基雅维利主义信奉者在具有同一性的同时，也有根本性的差异，而这种差异反而让《麦克白》这部剧的特质显得更加突出了。

前面已经说过，那个时代的马基雅维利主义不仅仅是政治思想，它首先是确保自我生存的原理。他们本来是不可能想到要"参与政治"的，但不管愿意不愿意，他们都不可避免地成了"政治人"。他们之间相互不信任，不是因为道德伦理，而是强加给他们的政治生存这个前提。这里没有任何观念和抒情介入的余地。不过马基雅维利主义也揭示了那个时代共通的认知面向。可以说，莎士比亚之所以常常把政治拿来当作素材，是因为关于"真正的自己"与"表象的自己"在认识上的问题，这一点在政治人身上表现得最为鲜明。

比如，马基雅维利说："总而言之，君主不必具备上述所有良好气质。但是有必要让人感觉自己已经具备了。不，让我这样大胆地说吧：具备并且总是尊重如此卓越的气质是有害的，而让人以为具备了那样的气质则是有益的。"马基雅维利在这里要说的，是君主不能像石头那样有固定的本质，或者是做好人，或者是做坏人。君主不应该是任何什么。他必须不是任何人，他必须有这样的意志。

在说这番话的时候，他讲述的是这样的反思：私人领域的美德到了公共领域，反而成了与美德针锋相对的无能、败德。"美即肮脏，肮脏即美"，这句话在马基雅维利那里是一个确定无疑的政治认知。但是如果从另外的面向上看，这里能窥出的是强烈的自我意识。这个时候马基雅维利没有对人的"内面"与"外面"进行分离。不，就连人类的"内面"也是自我演出和意志的产物。所谓"人"只不过是虚构的。对于这种人的可塑性的坚信，所能发现的并不是在政治历史中的命运，而是或拙劣或巧妙地运用人类意志的各种技术。

如果说人是有弹性的，那么人类根性上应该有的"真的自己"是什么？首次对这个问题进行考察的，是第一次将目光转向自己的蒙田。他也认为，所谓的"内面"、恐怖和勇气等等感情和欺瞒只不过是"执念"。也就是说，无论是蒙田还是马基雅维利，最后都达成了共识。比他们晚生数十年的莎士比亚也在其早期历史剧中表达了同样的认识。

比如，《亨利四世》中的哈尔王子（后来的亨利五世）与像福斯塔夫那样遭人鄙视的无赖放纵鬼混，是基于如下的意图：

> 可以肯定的是，罕见的东西才让人更快乐。我就是这样，突然不再放荡了，试着偿还我未曾允诺过的债务时，我就会大大高出人们对我的期待，这让受惠方完全感到意外。今后人们就将看到这种喜悦。我如今改过自新，正因为有我之前放荡的背景，浪子回头的我将更加熠熠生辉。就像深色背景衬托下寒光凛凛的刀剑，比没有陪衬更加能够吸引

人的注意。也就是说，我是把放荡不羁当作一种便利的手段。好在人们最感意外时突然摇身一变，改恶从善。

他比任何人所处的位置都更有利，是因为能够看到与自己保持的距离，自己只是自己的操控对象。这种对自己做出明快分离的意志让他显得优越。这是史剧与喜剧共通的倾向，但总的来说，意识到分离的人物是以伊阿古为代表的那种阴谋家，他们非常清楚，人不是被他人欺骗，而是被自己欺骗的。

但是《麦克白》所揭示的事态是：如此清晰的自我分离，或者笛卡尔式的意志本身（将我思之外的所有其他事物都视作操控对象），在其根源处却发现了虚无。前面讲到的《裘利斯·恺撒》中的布鲁图斯展现了自己的美德，把演讲的机会给安东尼，结果遭到了安东尼的反手一击。如果说他想要保护共和国，使其脱离恺撒的野心，而这种意图是正当的，那么他的美德就只能是一种败德。但是我前面说过，应该说布鲁图斯心中已经有了不能再那样说的东西了，而这才是他那"莫名的忧伤"，那不是良心的愧疚，不是性格的胆小，而是从根基上支撑着自己的东西崩溃了。在《麦克白》这部悲剧中，已经不再出现能够扮演"表象的自我"的人物了。所出现的，乃是"自己也不知道自己是什么"的人了。

麦克白夫人说：

> 来，那些帮助杀人的魔鬼们！解除我女性的特
> 质，用凶恶的残忍自顶至踵灌注在我的全身！

麦克白夫人也没有固定的性格特质。因为她能够扮演任何角色。她对麦克白说："一方面渴望得到王冠，又老是觉得自己是胆小鬼，你就想这样一直活着吗？"其实她也不是那种"胆大无敌的性格"。但是她知道，所谓的胆小鬼，只不过是一心相信自己是胆小鬼的人，换句话说，一个人的性格，只不过是这个人坚信自己就是那样而已。她的强悍在于她具有能够随时变换的性格，以及驾驭心理的自我意志的明确性。

但是在第五幕中，麦克白夫人突然表现出梦游症患者的症状。这种唐突性让那些试图从她的身上找到"性格"的人栽了跟头。比如，在杀邓肯的时候，麦克白夫人有这样的台词："倘不是我看着他睡着的样子像极了我的父亲，我早就动手了！"有评论家说这句话暗示了夫人性格上的弱点，不管怎么说，只不过体现了以人的性格的连续性为前提的评论家的水平。

此外，这种唐突在戏剧构成上并不存在问题。我们只要接受麦克白夫人变化的唐突性就可以了。不管碎片的印象之间是否彼此矛盾。这就是人。莎士比亚的眼睛所见是可靠的，他的眼睛不去看性格这样的抽象事物。

我们往往会去考察把握现实的概念，反而因此看不到现实。风格主义（矫饰主义）也好，巴洛克也好，这些样式史的概念脱离了当事者的意图独立了出来，而病理学出于权宜之计所命名的性格或者病理的概念，成了用来对"活着的人"进行分类的工具。我们不需要任何工具。只要把麦克白夫人和麦克白看作是"活着的人"就足够了。

麦克白夫人唐突地发生了改变，而此前的历史剧中所出现的马基雅维利主义者则不曾有过这样的改变。他们的确溃灭了，但那不是自我溃灭。他们一边遭到辱骂和处决，一边骄傲地展示着自己意志的惯性。

麦克白夫人突然成了梦游症患者，而这并不意味着她有罪的意识。毋宁说，她每晚都反复上演杀人行为的"仪式"，这暗示出她彻底的自我崩溃，而不是罪恶感。她的内心垮掉的，是支撑着她的以意志性构成自我的意志。她在梦游状态下举行"仪式"，其内容只是为了尝试去重新统合散乱而垮掉的自己。她必须对自我意志本身进行重建。为她诊疗的医生说："她需要的是神圣的祭司，而不是医生。"但是，为什么神圣的祭司就能够治愈她的病呢？即便那是她的罪意识，那种"罪"也不是通过忏悔就能够得到宽恕的。夫人曾经对麦克白说："稍微有点水，证据就消失了，就什么也没有了"，"但是血却散发着血腥气，就是用阿拉伯香料也不能叫这小手变得香一点。啊！啊！啊！"他丧失的是"我就是我"这种明确的意识，丧失了这种意识的人，不可能有"罪"这种现实意识。无法治愈、无法抹除的决定性的自我损毁在她意识的根底产生了。

麦克白夫人反而拒绝了用祭司的手来治疗。她的梦游症仪式不是悔改，而是对悔改的拒绝。因为在梦游症的仪式中，表现出了她想要重新确立自己的意志。我不怀疑她这是在自杀。毫无疑问，自杀对她来说是最后的"意志"。

正如前所述，为什么说《理查三世》那样的历史剧与《麦克白》是异质的。《理查三世》是以血洗血的凄惨之剧，就这一点而言，《麦克白》是无法相比的，但它有着后者所没有的健康，不用说，这种健康在于对自我意志的无尽自信。但是麦克白夫妇却破坏了这种明快的知性意志。捕获麦克白的是"自己心中萌生出来的魔鬼"，而重要的是，这是从理查三世的内心渗出的东西。不能自己处理自己的沉重痛苦开始侵蚀着明确的知性意志的中枢。

4

比外，还有一个人物我没有提到，那就是被麦克白暗杀的班柯。班柯与麦克白同时听到了女巫的预言。这里值得注意的是，女巫预言说，麦克白将成为君王，班柯本人不会成为君王，但是他的子孙将成为君王，实际上意味着班柯的命运将与麦克白一样会发生天翻地覆的变化。乍一看，他似乎并没有改变，只是因为那种改变对他来说是遥远的未来。他看穿了麦克白的意图并且能够做到拱手旁观，从某种意义上说他比麦克白更邪恶。当然班柯的邪恶是内在于他的观念性之中的。

> 你现在已经如愿以偿了：国王、考特、葛莱密斯，一切符合女巫们的预言；你得到这种富贵的手段恐怕不大正当；可是据说你的王位不能传及子孙，我自己却要成为许多君王的始祖。要是她们的话里也有真理，就像对于你所显示的那样，那么，既然她们所说的话已经在你麦克白身上应验，难道不也会成为对我的启示，使我对未来产生希望吗？可是闭口！不要多说了。

自从听到这个预言，班柯就放弃了一直以来的生活方式。也就是说，在被麦克白杀害之前，他就在活着的同时死掉了。到底他的子孙成为君王对他眼下有什么意义？无论未来设定了怎样的必然性，这与他眼下的生存状态有怎样的关联呢？预言在与麦克白不同的意义上使他荒废掉了。"能够得到救赎者无论如何都会被救赎"，就凭着这种预言，清教徒能把现实的无力变成自身的优越性。班柯的认知跟清教徒大体相同。如果是这样，那么麦克白应该象征着无论如何都得不到救赎的人的挣扎？这当然只是类推。我们应该只去关注这里所写的

"现实"。

事件本来就没有任何现实的契机和根据，只是从缠绕着他们的"必然性"的观念中发生的。不是人掌控了观念，而是观念掌控着人。不是人吞噬了观念，而是观念吞噬了人。没有什么比《麦克白》的开头更好地揭示这个秘密的了。

麦克白无法宽恕班柯的理由大概就明了了。它没有任何根据。他们二人因为共有的"观念"而争斗，正因为没有根据，他们之间的对峙才不得不变得更加激烈。杀死班柯，是与现实没有任何利害关系而实施的观念上的杀人。

比如麦克白在宴席上看到了班柯的亡灵。而这并不是麦克白罪意识的外化。麦克白亲手杀掉了邓肯，而没有看到过邓肯的亡灵，他却见到了被刺客所杀的班柯的亡灵，这是为什么？

> 在人类不曾制定法律保障人类福祉的古代，在和平国家肇建之前，杀人流血的悲惨事件屡屡发生；不，即使是有了法律之后，惨不忍睹的杀人事件也频频发生。从前，一刀下去，脑浆喷出，人当场毙命，事情就这样结束了。可是如今却不一样。他们的头上戴着二十种谋杀的重罪，也会从坟墓中苏醒过来，把活着的人从座位上推下去。

班柯之所以从坟墓中苏醒，是"必然性"这个观念使然，而不是因为麦克白想要杀掉的是班柯这个男人。哪怕班柯死了，占据麦克白头脑中的观念也不会死去。麦克白是为了获得"和平"而两次杀人，结果他却无法获得和平。换句话说，他在威胁着他的不安中再次失败。

麦克白将苏格兰变成了"墓场"，以至于"没有一幢豪宅里没有我庇护的奴仆"，间谍被释放了，秘密警察和刺客得到了任用，但是这种恐怖政治具有无论怎样的专制社会都难以比拟的性质。麦克白不是因为使用不正当的手段登上了王位而内心不安。或者说，并不因为不拥有基于有权力传统的强制力而不安。他的不安没有任何现实的理由。麦克白的猜疑没有任何依据。"必然"这个观念就是麦克白行动的原动力。

不久现实的事态就涌向麦克白的眼前。叛乱、背叛接连发生，无论是谁都能看出他的败象。但是麦克白对现实不做任何应对。毋宁说他是无力应对的。他对现实加以否认。而否认现实让他第一次感到踏实。

不要再向我呈送什么消息了，我不想听。让他们一个个地都逃走吧！除非伯南的森林会向邓西嫩移动，没有什么让我害怕。马尔康那家伙算什么？难道他不是妇人所生的？预知人类生死的女巫曾经这样告诉我："不要害怕，麦克白。没有一个在妇人腹中生长的人可以加害于你。"那么逃走吧！不忠的爵士们，去跟那些饕餮的英国人在一起。我的头脑永远不会为疑惑所困扰，我的心灵永远不会被恐惧所震荡。

女巫的第二个预言和他的信念并没有寻致他对现实漠不关心，而对现实的彻底否定造就了一个看似乐观的人。无论是谁，都能理解"为疑惑所困扰，被恐惧所震荡"的人。然而如果不是这样的人，就超出了我们能理解的范畴。乐观明快中包含着黑暗甚至是灭亡的征兆。正因为麦克白感受不到疑惑和恐惧，才表明他已经到达了扼杀自己的板限状态。而麦克白无法真正适应那样的自己。

我已经忘掉了恐惧的滋味。以前夜里一听到叫声就吓得毛骨悚然；一根头发的落下，都会使我惊慌惶恐，好像它的里面藏着我的生命一样。现在我已经饱尝了无数的恐怖，我的习惯于杀戮的思想，再也没有什么悲惨的事情可以使它惊恨了。

麦克白是惊惧的，尽管自己已经适应了恐惧。如果反过来说，即他是无法适应自己对恐惧的适应的。他不是要克服恐惧。如果是理查三世，他可能会夸夸其谈自己对恐惧的克服，而麦克白则从恐惧中找不到任何意志力。习惯了恐惧的自己几乎感觉像是事不关己。留在麦克白头脑中的，是自己做了不一样的事情的这种违和感，而这种感受他自己是绝对无法接受的。

在听闻夫人的死讯之后，他说了如下这番话：

> **西登** 王后死了。
>
> **麦克白** 是吗？迟早总是要死的，总要有听到噩耗的一天——明天，明天，再一个明天，一天接着一天蹑步前进，直到最后一秒钟的时间。我们所有的昨天，不过是替傻子们照亮了到死亡的土壤中去的路。熄灭了吧，熄灭了吧，短促的烛光！人生不过是行走的影子，一个在舞台上指手画脚的可悲的伶人。刚一登场，就在无声无息中悄然退场。它是一个愚人所讲的故事，充满了喧哗和骚动，却找不到任何意义。

麦克白这个时候并不是在说人必有一死。麦克白这个梦游症患者反而无法理解麦克白夫人为什么能够支撑到现在。曾经感慨夫人"大胆无畏的性格"的麦克白已经知道不可能再有奇迹发生。

麦克白说，人是"可悲的伶人"。这个伶人没有所谓的后台，没有与"表象的自己"相区别的"真的自己"。桑塔格说："阿喀琉斯和俄狄浦斯并不把自己视为英雄或王者，他们本身就是英雄和王者。而哈姆雷特和亨利五世则认为自己扮演着角色——扮演着复仇者的角色。"然而毋庸置疑，对麦克白而言，把自己戏剧化的这种自我意识已经不值一提。

他本来是打算演点什么角色的，然而实际上只是被迫在表演。与其说那是角色，不如说是木偶。人不能表演，人不能有自由意志，这种恐怖的意识袭向麦克白。虽然一直叫嚣着要如何如何，但到头来结局不就是这样吗？

但是麦克白无法接受这种想法。换句话说，他无法理解为什么事态会如此发展，他感到了事情本身的扞格，这是他无论如何都无法容忍的。他无法容忍的不是敌人，不是背叛者，也不是女巫，而是作为"可悲的伶人"的身在此处的自己。麦克白最后留下的，是这样一种自我意识：哪怕全是噩梦，他也一直都对这个噩梦感到别扭，这让他叫着："但愿这世界早点崩溃吧！敲起警钟来！吹吧，狂风！来吧，灭亡！哪怕是死，我也要身穿铠甲！"

他所坚信的（女巫的第二预言）接连毁灭掉了，然而这并没有让他感到"幻灭"。涌上他心头的唯有愤怒。

比如奥赛罗在自杀之前最后说了这番话：

稍等！在你们走之前，我还有几句话要说。我曾为国家立过战功。这是我们政府都应该知道的，

自不必多费口舌。我只有一个心愿，请你们在呈报
这一不幸案件时，一定要如实描述我是个什么样的
人。既不要有丝毫掩饰，也不要无中生有、恶意
陷害。

《奥赛罗》和《哈姆雷特》是以这种方式落幕的。
在这些"悲剧"中，只要"真实的我"能够传达给他
人就有可能和解，就会有公共秩序的恢复。即便那些主
人公不幸地自我毁灭了，他们也不怀疑了解了"真实的
我"的他者的实际存在。换句话说，即他们都是暗中以
"神"为前提的。而麦克白所欠缺的就是这一点。

麦克白并没有要求想要了解"真实的我"。反过来
说，莎士比亚正是在《麦克白》中才写了"真实的
我"。那无非是如实描写已经知道不可能有"真实的
我"的人。这就是《麦克白》这部作品让人感到与众
不同的地方所在。

麦克白最后是这么说的：

> **麦克白** ……愿那些欺骗人的魔鬼不再被人相
> 信。他们用谎言来愚弄我们，虽然句句应验，却完
> 全与我们的期待相反。我不愿跟你交战。
>
> **麦克德夫** 那么投降吧，懦夫！我们可以饶你
> 活命，可是要让你在众人面前丢乖露丑。我们要把
> 你当作一只稀有的怪物来看待，把你的画像挂在帐

篷外的高柱子上，下面写着"这里是暴君"。

麦克白　我怎么可能投降？我不愿低头去吻那马尔康小子足下的泥土，被那些下贱的民众任意唾骂。虽然勃南森林已经移到了邓西嫩，虽然今天与你狭路相逢，你偏偏不是妇人产下的，可是今天我要扔掉坚硬的盾牌，与你血战到底。来，麦克德夫！最后谁先喊"住手"谁就永远沉沦到地狱。
（着重号由笔者所加）

这里是一个拒绝一切"意义"的男人，是一个停止以任何形式赋予自我意义的男人。"我不愿跟你交战"，这句话并不意味着屈服。与不存在之物作斗争就等于是让它存在。这种循环看起来很傻。

哈姆雷特中途而亡，奥赛罗自杀了。而麦克白却说："我为什么要学罗马人的愚蠢，用自己的剑杀掉自己？只要有敌人，我就会杀了他。"他并不想通过自杀来确保自己的英雄本色，或者他并不想表现自己的回心姿态。对于哈姆雷特和奥赛罗而言，死是最后的自我戏剧化，是最后的意义之恢复。而麦克白之所以看起来很傻，是因为无论通过怎样的形式，他都会努力把它视为是命运强加给自己的东西。

被虚假的命运诓骗的并不只有麦克白。比如，奥赛罗也要把妻子通奸的谣言当作自己的"命运"。

这是跟死亡一样难以逃脱的命运。从在母胎内开始蠕动的那一刻起，额上长角（注：有传言说受到不忠的妻子背叛的丈夫的额头上会长角）这个符咒就是决定性的命运。

他之所以被伊阿古的奸计所骗，不如说是因为他是相信命运的人。听说亡灵出没，哈姆雷特叫道："这是我的命运在呼喊！"实际上他自己在选择相信"我的命运"。

前面论述过，莎士比亚"悲剧"的主人公会因为某种契机而陷入莫名的忧伤。他们发现了一个偶然的、毫无意义的"白痴的蠢话"的世界，一个"生命之川"干涸了的怪诞世界。他们下定决心采取行动从那里逃离，想要把自己必然化（命运化），但是却让人意识到那不过是虚假的幻影。这种自我意识应该叫作幻灭（disillusion）。

他们像俄狄浦斯那样，不去认识"本质"，他们认识到人没有什么"本质"。但是他们还会面临死亡。如马尔罗所说，死改变了生的命运。他们的所谓"本质"指所有的过去，于是"悲剧"的主人公必须死。在希腊悲剧中，主人公没有死的必要，因为悲剧和死亡本来就没有联系。

死亡这次给他们刻下了注定如此的命运。无论他们感到如何的幻灭，面对怎样的无意义，最终那都是他们的"命运"。因此，他们在安宁中屏住呼吸。但对于麦克白而言，死并非如此。

麦克白看起来在与命运抗争，事实上只是在追求命运的受挫。他的失败表面看来宛如英雄那般"与命运抗争"，实际上那个战场上只有一个可怜卑微的男人。麦克白自己是清楚的。现在还在装英雄，那就是愚蠢。

对他来说，世界早已没有意义，但并非不合理，它就如此存在着。而对他最后的战斗，他自己也不承认有任何意义。对手哪怕只有一个，也要将其从世界消除，能除掉一个是一个，这对他来说只是单纯的近乎物理性的工作。他的战斗甚至都算不上是"对不合理的反抗"。所谓"对不合理的反抗"，是要恢复自身意义的行为，是以在无神的世界作为神的代理的他者为前提的伦理行为。

可以说，麦克白只是感到厌烦了。他是在作茧自缚。换句话说，他本来想要弥补自己的缺陷，却发现了自己更大的缺陷。他的缺陷在哪里？世界不就在那里吗？想要自杀的男人就在眼前。哪里都找不出向那个家伙屈服的理由。也压根儿不需要什么理由。

他没有绝望，只是因为陷入了过度希望与过度绝望的恶循环中而感到厌烦。他说要放弃与女巫战斗的。这种认知与所谓"悲剧"的英雄是不相称的。毋宁说麦克白是坚信世界一点也不"悲剧"的。他不再说人生是不合理之类的话了。不合理只是表象，是将世界从整体上看作是有意义的乐观主义的产物，并且不断自动地向乐观主义引导，导向最终和解。或者是人们从那里返回，反过来赋予世界"不合理"的意义。所谓"不合理"，是为了恢复更重要的意义不可欠缺的一个手段。你们的生存是毫无意义的，是被疏远的、非本质的……信仰与革命的动力就在这些呼吁中。女巫不存在，是人类在扮演着女巫的角色。

但是果真如此吗？支配着人类不断地去恢复缺乏自我的无穷无尽的螺旋运动的，是罗格蒙特（1906—1985）和桑塔格所说的发生在西欧的"热情"和"乐观主义"吧？或者因为人类本来就是如此？还是现实的构造强迫人类如此？可以明确的是：这些追问都是循环论。

阿兰·罗布-格里耶说："有可能逃离悲剧吗？今天，悲剧统治着我的所有感情和思想，它从头到脚尖都管控着我。"但是悲剧不仅仅构成了我们的思维模式，它甚至构成了现实的历史。从无意义到意义的复归，从自我异化的极端到自我实现……通过各种形态所表现的乐观主义不断驱使着我们走向前方。我们被驱使着向前走，做着噩梦，品尝着幻灭的滋味，却从来不接受教训，不断地重复着噩梦与幻灭。我们应该说这就是人类的存在，或者说是基于现实根据的人类存在吗？

并非如此——如果是麦克白，他会这么说。因为他是"已经下手了"的男人。他已经无法回到任何地方。

应该说，他已经不再想回到任何地方了。想要他者了解的"真实的我"，在他那里已经不存在了。所谓的真实，如今就是在这里与麦克德夫作战。他最后的战斗是免于希望和绝望的人类单纯明快的行为。但是或许可以说，他摆脱女巫的圈套太迟了。不得不付出牺牲却又是徒劳的。但是"已经下手了"的麦克白却看到了"没有下手"的麦克德夫无论如何都无法看到的某些东西。那是只有他才能获得的认识。

麦克白放弃了与女巫的斗争，但与此同时，他拒绝了能够从女巫那里得到的麦克德夫的邀请。他拒绝的是认为自己的存在无意义这种思考本身，他拒绝的是必须对自己赋予意义这件事本身。他最后逃脱的，是所谓"悲剧'的圈套，是通向和解的装置，这个装置上设定有自己与世界间表面上的距离。他拒绝了"悲剧"。但是，连"悲剧"都拒绝了，我们还能称之为"悲剧"吗？或许如此也未可知。然而如果是那样的话，可以肯定，我们没有摆脱"悲剧"的方法。

注：关于莎士比亚诸作品的翻译，我主要参考了小津次郎、福田恒存二位的翻译，谨致谢忱。

历史与自然——森鸥外论

1

瓦莱里说，作品创造了作家。我不想把作家割裂开来谈作品。只是我所谓的"作家"不是作品创造出来的作家，而是创作了作品的作家，即通过创作作品这个过程来展现精神活动的人。这是眼睛看不到的，我们唯有通过进入作品的内部来接触。

这里我要说的是森鸥外。粗略地说，历史小说之前的鸥外看起来只是以小说的形式呈现自己的思考。这样的判断或许有些粗暴。但是，即便那里藏着鸥外的个人秘密，我却也感受不到作为作家的秘密。所谓"作为作家的秘密"，指的并不是他为什么要创作这部作品，他是带着怎样的思考等面向。而只是指通过作品呈现出来的并非作品以外的根本，即某种精神形态和创造过程的秘密。

历史小说之后的作品中，已经有不能从鸥外个人的生活和思想中来透视的要素；或者反过来说，包含着无法通过作品来透视鸥外这个人的要素。这时鸥外在创作上的姿态似乎发生了某种突然的回转。虽然这个特质不是写在某个地方，但作品本身证实了这一点。这是一个事件，但它的性质是不能与任何外在的事件直接联系在一起的。

比如，鸥外在乃木将军殉死之后，一口气写下了《兴津弥五右卫门的遗书》，据说这成了他开始写历史小说的契机。但是这个契机并没有那么单纯。比起鸥外在乃木殉死之后数日间就写成的《兴津弥五右卫门的遗书》，我更重视的是八个月之后他对此稿进行大幅度改动这件事。

初稿的遗书是这样结尾的：

> 小生已心无挂碍，唯因老病之躯有所抱憾。经年承蒙厚恩无以回报，今时今日今夕，值松向公谢世十三年之祭日，虽属迟来之举，愿了此一生彼岸追随。小生深知殉死乃国家之御制禁。然如值壮年，遭遇敌军讨伐之辱，早已身死以谢天下，绝苟活之命矣。（中略）
>
> 此遗书作于残烛欲灭之时，无须再点新烛。窗外雪光微明，借此微光足以切开皱褶之腹囊。

初稿中，如上面所引用的那样，弥五右卫门是在"窗外雪光微明"之中断然遂行"国家之御制禁"的殉死的。而在改稿中，弥五右卫门则是获得了主命，在"天气异常清朗"之处切腹的。并且后记中还记述"临时盖之小屋周围，京都男女老幼云集，观者如堵"。这二者的区别如云泥，几乎可以说是另外一部作品了。

据说鸥外之所以如此改稿，是因为发现了初稿中有不符合史实之处。但是果真如此吗？或许他最初就知道史实，只不过是无视罢了。当然这只是我的猜测。我想说的是，鸥外发现的，并不是单纯的史实错误，也不是对乃木殉死所作的解释存在缺陷。

初稿的确让人想起了乃木将军。事实上，初稿刊发在《中央公论》杂志上，以《拟万治元年殉死先君遗书之作》为题，同时刊载的还有其他有关乃木殉死的诸家评论，毫无疑问，鸥外写作初稿，是为了解释乃木的殉死，因此初稿有明确的主题，包含着让人感到悲壮的紧张感。

而改稿中并没有那种紧迫感。雪光微明之中，独自切腹的低沉压抑反而让情感状态显得光辉灿烂，再加上天空清朗，乃木之死又带有荣誉和荣耀之光，那压抑气氛一扫而空。这里已经没有再去类推到乃木将军的余地，并且作品的主题也变得暧昧了起来。那么既然如此，为什么鸥外特意去修订到这种程度呢？如果仅仅把它理解成与史实不同，是无法把握鸥外加以修订的意义的。

乍一看，初稿与改稿的主题不同。然而我必须指出，实际上并非如此。毋宁说，鸥外在改稿中是想要对"主题"本身加以否定的。前面说的我读到鸥外的突然回转指的就是这一方面。我们在改稿中很难找到鸥外的思想变化。但是在不容易发现的地方，鸥外却明显地发生了回转。评论家所忽视的就是这种类型的事件。因为无论是考察鸥外的生活还是他的意见，这种事件都完全看不出来。但是在我的思考中，这里却隐藏着一个最为重要的知性上的大事件。

鸥外对此进行暗示的文章，是发表于大正四年一月的《忠于历史与背离历史》这篇随笔。

……我之前所说的那类作品，与任何人的小说都不同。通常小说有自由取舍事实，常有主观加工之痕迹的习性；而我的此类作品中则没有。这对我而言是脚本，在创作《日莲上人辻说法》时，我曾将后来的立正安国论叠加到此前镰仓的辻说法中。这种手段我于近来小说创作中完全排斥。

为何如此？动机很简单。调查阅读史料，我产生了对其中所窥之"自然"的尊重，因而讨厌任意更改史料。此为其一。我看到如今的人依照本来面目来写自己的生活，认为还是忠实于实际来描写现代为好，既然如此，那么过去也应依照过去的面目来写。此为其二。

我想，我的此类作品与他人之不同，固然有巧拙之别等等，然而其中内核即如上述几点。

这是一篇很有名的文章。鸥外写这篇随笔的时间节点，已然充分自觉到了自己的方法。因此"动机很简单"这句话有低估的必要。他在后来发现了"动机"。

因为《日莲上人辻说法》创作于明治三十七年与"这种手段我于近来小说创作中完成排斥"中的"近来"相隔较远，因此鸥外所说的"近来"可以推测出那个时期。那就是他写完《兴津弥五右卫门的遗书》直到改稿的八个月期间，恐怕是他撰写《阿部一族》的过程。当然，问题不在于推测那个时期，而在于那个变化波及了他的历史小说的各个角落。他的历史小说并不是单纯地以过去为题材，也就是说，不是仅仅将《兴津弥五右卫门的遗书》初稿那样的过去的素材用来写现代的主题，而是对上述倾向的拒绝才构成了他的历史小说的特质。

2

鸥外在回顾自己的创作时说："通常小说有自由取舍事实，带有主观加工之痕迹的习性；而我的此类作品中则没有。"这与"小说是写什么怎么写都行"（《追傩》，明治四十二年）的认识不同。鸥外并没有改变小说写什么怎么写都行的这一观念。但是在上面所表达的小说观里，他是拒绝"自由取舍事实，带有主观加工之痕迹"的"习性"的。不过这不仅仅是小说的"习性"，历史学也是如此，而我们的思考似乎也有习性。因此必须说，鸥外在这里所质疑的，是更为根本性的问题，而非小说和历史等领域的每个具体问题。

将《兴津弥五右卫门的遗书》的初稿与改稿加以对照阅读，就能明了鸥外所说的"尊重自然"这句话具体意味着什么了。改稿中没有"主观加工"，事件呈扩散状态，而不是聚敛到一个中心（主题）。它拒绝读者的感情移入，也不允许读者去阅读对万木殉死的解释。比如在改稿中，鸥外甚至提到了弥五右卫门后人的消息。而关于先祖的讲述也要比初稿详细得多。这应该是《安井夫人》《涩江抽斋》《伊泽兰轩》等后来的作品中常用的方法之嚆矢。为什么连子孙后人都要追溯，这个问题容后再述。但毫无疑问，这篇改稿的意图在于极力排除事件的自我完结性。鸥外拒绝将事件归结为一个中心主题或者观念，换句话说，就是拒绝对事件持穿透性的观点。在这里，鸥外对历史小说所包含的方法产生了怀疑。如果看不到这一点，谈什么所受鸥外的影响、与鸥外有共鸣之类的几乎没有什么意义。然而悖论是，喜欢鸥外的文学家很少有人能够理解这个问题。

比如芥川龙之介的"历史小说"中有很明了的主题。对他而言，历史的匠心只要达到"使自然的感受得到满足"（《澄江堂杂记》）的程度就好了，所以把它作为素材，写出心理性的主题就够了。这里当然没有"历史"，也没有"自然的感受"。芥川尽管对人的心理和动机有着辛辣的分析，然而严格地说，他所描述的心理和动机都属于拟似物。那是小说中的或者说是常识上的"约定"。

与鸥外的心理描写加以对比，这一点就很清晰，比如在《山椒大夫》中，安寿的母亲被人贩子欺骗的过程，作者是这么描写的：

自打允许他们母子一行借宿，大夫的话，好像母亲都必须听从似的。大夫违规收留了他们，这让母亲心存感激，但是母亲对他的信任，并没有到事事都言听计从的地步。之所以如此，是因为大夫的话语中总是带着一种强加于人的咄咄逼人，令母亲难以抗拒。之所以难以抗拒，是不知哪里让人感到恐惧。但是母亲并不认为自己害怕他，可是心里却搞不清到底是怎么回事。

母亲带着迫不得已的心情上了船。孩子们看到风平浪静的海面宛如铺着一层蓝色的天鹅绒，感到十分新奇，兴奋地跳上了船。只有竹妈，自从昨天离开桥下，一直到今天上了船时，神色都一直不安。

山冈大夫解开缆船，撑开船篙，随着一下一下地摆动，小川摇荡着离开了岸边。

值得注意的是在那细节描述中鸥外所表现出的周密的洞察。母亲虽然没有受到威胁，却很害怕，并且又不认为自己害怕，她没有感觉到自己被骗了，但她却实实在在地被骗了。尽管没有谁强迫她做什么，她却"带着迫不得已的心情"。母亲"心里搞不清楚到底是怎么回事"。

但是这里写的并不是什么复杂的心理，而是很常见的人的行动过程。母亲首先摆好架势，活动活动身体，然后再作打算。也就是说，她首先听从了大夫的话，但每次都会想为什么。理由是什么都要考虑，但那只是把每次做了的事情加以合理化而已。因此从那里所发现的"动机"无非是从结果中发现的假象。

这样的心理描写有其真实感，比如鸥外并不是通过"相互斗争的心理"这种假象来捕捉母亲的行动的，而是看到了母亲每次行动之后立即会构想出动机和原因的这个动态过程本身。换句话说，因为鸥外想把母亲的行为作为内在的场所来理解。像芥川那样的心理学家无论如何缜密，也发现不了"动态之物"（柏格森），任何自我分析都无法落实到他直接的人生经验二。

而受到鸥外影响的三岛由纪夫，也有同样的说法。

小林 因为三岛君写的是动机小说，所以这个很难吧。拉斯柯尔尼科夫身上就没有像是动机的动机。那是行动之后的小说。而三岛君的小说则是行动之前的小说。

    三岛 本来是没有动机什么的，创作的时候没有。

    小林 没有啊……哦，我阅读的感受，与其说是小说，不如说是抒情诗。也就是说，要想写小说，不写行动之后的事情，就不成其为小说。（《小林秀雄对话集》）

从这个意义上说，最重要的是，具有"抒情诗"色彩的不仅仅是《金阁寺》，它适用于三岛的所有小说。他的小说用动机和心理的拟似物巧妙地编织而成。与芥川不同的是，三岛本人对此有相当的自觉，从初期就已经抱着"我要把现实中绝对不可能发生的事情写得有现实感"（《〈盗贼〉笔记》）这样的意志。"本来是没有动机什么的"，这种表述暗示了三岛有意识地虚构了动机，因此无论看起来多么具有"现实感"，实际的行动多么具有现实性，但是总有什么不透明的东西，这反而让人完全感受不到它的真实。当然对三岛而言，这些东西没有什么，也不妨碍什么，他所搭建的精巧的建筑物内部让人感觉有一种奇妙的稀薄感和抽象感，这意味着他同芥川一样，从本质上背离了直接的生活。不仅如此，他积极地拒绝了这些，不得不说这是对鸥外历史小说方向的彻底反转。因为鸥外更想要接近现实的"现实性"。

鸥外的历史小说基本上是"行动之后"的小说。这里多说一句话，漱石在同样触及乃木之死的小说《心》中，也对"行动之后"作了处理。

《心》中的老师说了这样一番话："就像我不甚理解乃木大将殉死的理由，或许你无法清楚地理解我自杀的原因也说不定。（中略）如今我将尽自己所能地运用目前为止的叙述，设法让你了解我这个不可思议的人。"用芥川的视点来看，漱石当然能够看到"乃木大将殉死的理由"；无疑，鸥外的《兴津弥五右卫门的遗书》初稿同样表现出了理解的可能性。但是他说"不甚理解"。是什么让他不甚理解呢？乃木的行为就像遗书中写的那样单纯。但是，事件与他自己所说的动机和意义不同，它本身具有某种意义。虽然它意味着什么并不是很清晰，但是毋宁说，连乃木自身也并不是很清楚。漱石的《心》并不是在写心的复杂性。老师事后才去思考"行动了"的行为。他去追问为什么要去行动，去追问无论赋予怎样的意义都无法理解的"行动"之谜。人说的话很容易理解，但做的事情却有解不开的谜。从这个意义上说，漱石和鸥外对乃木事件的反应有共通性，这是为什么？恐怕是因为，回溯他们迄至那时为止埋头忘我的创作历程，很难发现那里刻有内发性的意志。漱石感觉像是梦一样，而鸥外则感觉自己像是木偶一样，这是他们各自在晚年所写下的话。

但是如今我想弄清楚的，不是鸥外个人性的感慨，而是"行动之后"的书写中所包含的一个颠倒。这里包含着反观念性的姿态，也就是说，理想也好，主题也好，概念也好，这些并不是先行的，"行动了"的这个人的行为结果会创造出那些东西。当在小说中拒绝"主观加工之痕迹的习性"的时候，可以说鸥外从根本上否定了穿透性地看历史或者现实的人这种视点，也就是说，他彻底否定了观念性（纯精神性）的视点。不用说，鸥外放弃了将自己的想法写成小说的方式，但是历史小说中分明有他的思想。也可以说有他的哲学。那当然不是从德国哲学学来的东西，而是从创作过程中产生的，并且与之不可分离的哲学。

<h1 style="text-align:center">3</h1>

鸥外在《忠于历史与背离历史》中这样说过：

> 我讨厌改变历史的"自然"，却不知不觉间被历史所束缚。我在这束缚下呻吟着，所以我想逃脱。

> 总之，我就是本着背离历史的原则写了《山椒大夫》，但是看看写完的地方，总觉得还不够背离历史。这是我坦率的告白。

这真是很奇妙的意见。石川淳评价《山椒大夫》是部拙劣而又无趣的作品。并不是因为《山椒大夫》

不够背离历史才成了拙劣之作的，而是因为带着"背离历史"的心情，作者无意中误入了洼地。

但是鸥外在这部作品中想要背离的，实际上并不是"历史"，而是"史料"。他用了史料所不曾记录的传说，但写的时候"简直不能罔顾时代而写"，所以把故事写得就像是从史料中调查出来一样真实。但是这个"写《山椒大夫》的内幕"却很好地揭示了鸥外的方法。鸥外喜欢的不是史料的内容，而是史料的性质。他是仿效史料的性质来写《山椒大夫》的，而这一点在他涉猎史料的情况下同样如此。

史料只记录了事件的表面，它是片段的、未经整理的，甚至是相互矛盾的。鸥外把他从史料中所窥见的"自然"说成是"随意改变的东西，因而很讨厌"，他说的并不单纯是对史实的歪曲，无非是不想把史料按照一种"主观的"观念加以整理。换句话说，鸥外并不是单纯地说要忠实于史料，而是忠实于史料所揭示的矛盾和沉默。史料的片段性对于了解"真相"固然不利，而在不便于整理的意义上，它保存了现实的感触。鸥外的创作方法反而是在这个意义上忠实于史料的。

不用说，史料是经由某个人的眼睛的记录。在记录者那里己经经过了"取舍选择"。但是轶事是怎么形成的呢？那是经由特定的某个人的见闻传播，同时又超越个体，作为不特定的共同性的传承表现出来的。那虽然不是我们通常所说的"事实"，但也并不是主观性的东西。那是一种"共同的事实"（柳田国男语）。

比如在《大盐平八郎》中，平八郎"在矢部先生面前说着说着激动起来，拿着六寸长的火鱼嘎吱嘎吱地从头嚼着"，穿插有这个看似平淡无奇的情节。这样的传承故事是否是事实值得怀疑，但是它显示了平八郎的一个侧面。这未必说明他是个脾气暴躁的人。他嘎吱嘎吱地从头嚼着六寸长的火鱼的情景，打破了那种抽象的，难以还原的性格描述方式，这种叙事本身作为某种"有意义之物"继续留存了下来。

所谓"缺乏轶事的历史"，指的是仅仅整理出那个时代精神或者是记录者认为有意义的历史。而所谓"轶事"，就是与这种整理恰恰相反，因为轶事所保存的不是特定的某个人，也不是某个人的记忆力和意图。轶事在不知不觉间被塑造成了，无论是否属实，它都被赋予了无法还原成任何意义的某种东西。

说起来那类似于我们幼年期的记忆，都是些未经整理的片段，是时间和场所都不明确的心像，然而既然我们对它还有记忆，肯定有某种必然性。在那里，我们甚至可以找到关于自己生存的预感，但即便如此，也无法赋予这种预感以意义。那些记忆不是恣意的，而是必然的，也不是象征或者影子，而是自身就散发着光芒。鸥外不愿从史料和传说中做取舍选择而添加"主观性总结"。这并不表明鸥外对这些人物和事件没有一个完整的印象、无法对其加以解释，而是因为他强烈地拒绝去那样做。历史小说看起来像是由轶事之类的片段组成的，本来应该由鸥外对其加以整理，但他却以原始的史料形式，对其作了去中心化处理。《兴津弥五右卫门的遗书》的改稿就是对此的证明。但是实际上应该说，即便没有改稿过程，鸥外的历史小说也总是伴随着那样的过程。

在历史小说中，诸多的片段，彼此间没有关联性地零乱地放置在那里。那些史料拒绝读者想要对其加以整合的意图。每个片段都有各自的意义。而鸥外并不去表现出一个整体的理念，他的创作方法并非单纯地重视细节，而是积极地将细节独立出来。前面已经说过，那就是拒绝用另一个原理还原事件，换句话说，就是要有不把事件当作某物某事的影子，而是让它自行发光的意志。

比如《马可传》是在耶稣一生的故事的基础之上，在一定的时间和场所中嵌入传承史料而完成的。《马可传》之所以经得起反复阅读，之所以超越归纳为一个主题性的诸种神学而保有生命力，不就在于轶事本身的"意义"吗？尽管它是在基督一生的脉络里生成的，但它具有独立的意义，它不会溶解掉，而是继续"具有意义"。

　　翌日离开维塔尼亚时，耶稣感到肚子饿了。他从远处发现了一棵有绿叶的无花果树，就去看看是否多少有些果实。但是走近一看，发现除了树叶什么都没有。本来就不是结出无花果的季节。耶稣对着树说："今后永远都不会有人能吃到你的果实。"弟子们都听到了。（田川建三译）

"翌日"和"离开维塔尼亚"这两个指定只不过是编辑所下的功夫。但是记录者是出于什么目的插入这样的传承故事的呢？现代的圣经学者（田川建三）说，无花果象征着以色列或者神殿。越是这样解释，意思就越清晰，但是有一种梦经过精神分析之后的乏味。倒不如说，这个看似愚蠢好笑的小插曲应该有什么也还原不了，却一直让人在意的意义，不是吗？通过深思熟虑，每个人都对它的意义有所理解。《圣经》就是通过这种方式让人去思考的。无论是神学还是以《圣经》为题材的小说，都已经失去了那种趣味。当然也是因为没有想要"从史料中观察自然"的姿态。鸥外的历史小说经得起反复阅读，可以说就因为具有这个性质。

4

《阿部一族》讲述在主君忠利的葬礼那天，他所宠爱的两只老鹰钻到井底死掉了。人们纷纷互相传言："老鹰也殉死了吗？"主君的死与老鹰的死当然没有什么关系，但是将二者结合起来讲成故事这件事称为"未开化的思考"，也无济于事。因为我们的思考总是伴随着故事化的倾句。我们的记忆会采取讲故事的方式，比如所谓"梦"，就是在追忆的瞬间所形成的故事。更重要的是，这种"故事化"具有其自身的力量，能够让我们在无意中撒谎。历史观无论有多么科学的外表，都是一种故事。即历史观就是我们经验的"故事化"。有观点认为，小说之所以衰退，是因为忘记了故事，这种观点是错误的。因为小说是建立在故事之上的，可以说是故事的自我意识，故事本身非但没有衰退，反而立于我们生生不息的最根本的地方。而所谓"故事的复归"云云，就是把人类的经验基本上是建立在一种"故事化"之上的事实给否定了。在这种情况下，把故事说成是神话也无妨。

所谓"故事化"，换句话说，就是在事物的运动中带入整合性、合目的性。这未必一定是从对物事加以观念性地整理的角度来看的，而是我们日常性的思考本身的性质。

与阿部一族有家族交往关系的邻居柄本又七郎在对阿部家族进行讨伐之后，小说是这样描述当时的场景的：

　　米田监扬听说了柄本又七郎的事迹，于是派组头①谷内藏之允作为使者，以嘉奖其行为。亲朋好

---

① 江户时代武士官职，为番下各组的头目。——译注

友亦前来道贺。又七郎笑道："元龟天正年间，攻城野战如早晚的家常便饭一样。讨伐阿部一族，就是小菜一碟小菜一碟啊！"

阿部一族的尸体被拉到井出之口进行查验。在白川清洗每个尸体的伤口时，柄本又七郎发现被自己的枪刺穿的弥五兵卫的伤比其他任何人的伤都要壮观，这时又七郎的脸上愈发露出神采。

我们在这里感到有种违和。为什么发生了如此悲惨的事情之后，柄本会发笑，而不是露出复杂的表情呢？我们之所以有一种被巧妙地转移了话题的感受，是因为在阅读作品时，总是带着伦理性的或者是美感上的一种合目的性的预期，而这种预期遭到了背叛。不仅仅是在阅读作品时是这样。我们的行为总是有目的性的，倒是在二者发生错位的时候反而有了现实性。如果按照自己的意图什么都实现了的话，反而会觉得荒诞无稽。如此一来，那么奇怪的事情发生了，那不是荒诞的世界，而是现实的世界。在实际的世界中，未经整理的错乱无序的事情经常发生，毋宁说，只有错乱无序的事情发生。

鸥外的历史小说处处都予人以一种违和感。鸥外说过世界是不合理的吗？没有。他只是说世界就是如此存在着。他是在试图理解在"故事化"之前的我们的经验。换句话说，如果我们在阅读鸥外的历史小说时有现实感，那是因为与作品所赋予的违和感分割不开。

很明显，鸥外所谓的"自然"或者说"本来面目"，与自然主义者和心理学家所说的"自然"或"本来面目"完全不同。所谓"自然"，就是人们不能随意区分或者整理的事物，无论是否矛盾，其矛盾本身就是活生生的存在。鸥外的文体就在他试图与这种"现实"进行短兵相接的努力中生成的。

可以说这种努力从创作《阿部一族》起就自觉地开始了。在这里我想首先对前面说过的"动机"问题进行再次考察。比如在江户时代，根据动机的不同，殉死分为义腹、论腹和商腹三种类型①。这种分类不限于殉死，而是从其动机来看，将行动分为基于自律意志、他律和追求利益。同时代的道德家早已有诸多辛辣的批评了，鸥外如今已经不必去揭露殉死的心理现实了。

但是，鸥外在《阿部一族》中并没有想要分成这三类，而他又并不是想要寻找其他动机。总之，鸥外对于通过动机来分析行为的这种做法是排斥的。

小说里有内藤长十郎这样一个人物，曾经犯过错误而得到了主公忠利的宽恕，这个青年"深信谢恩和补偿之路，除了殉死之外别无他途"。

---

① 义腹，指以自己的死来尽武士道义理；论腹，指以自己的死换来好名声；商腹，指以自己的死给家族、子孙带来恩惠荣耀。——译注

并且当深入到这个男孩儿的内心去仔细观察的时候，就会发现，是他自己主动提议必须殉死的，而他周围的人也坚定地认为自己应该殉死，因此自己不得不去殉死。被他人推动着走向死亡的方向的心情与自己的自觉同样强烈地存在于长十郎的内心。反过来说，如果自己没能殉死，他担心肯定会遭受到令人恐怖的屈辱。这就是长十郎的弱点，但是他一点都不怕死。因为他请主公允许自己殉死的愿望毫无障碍地占据了这个男孩的意志。

不久长十郎感到两手抱着的主公的脚在用力地蹬踩伸展，他想着主公累了，于是又开始像最初那样轻轻地抚摩着。此时长十郎的心头浮现出老母亲和妻子的事儿。他想到殉死者的家属能够得到主人家的优待，能够把家人置于安稳的位置，这样他就能够安心地死去了。想着想着长十郎的脸上露出舒展的表情。

如上面所说的，鸥外认为，殉死既是自律的、他律的同时，又是利己的。他试图一下子同时看到这些。这个青年的情感具有一种全体性，无法分析（分解）。如果去分析就会陷入矛盾，而对当事人来说并不存在任何矛盾。

鸥外是凭直觉来观察这种全体性的。但是这里有语言的圈套。去分解无法分解的事物，那就像是要派定三种相反的感情混合成一种复杂表情。那就只能装腔作势了。而从常识上看，往往这样装腔作势也能蒙混过关。但是读了上述文章就能够明白，鸥外没有对长十郎的内心进行空间上的架构，而是通过不断地否定、执着地曲折前进，去揭示它们当中任何一个都不具有全体性的面向。即这就是辩证法式的表现，本来辩证法无非就是努力去传达凭知觉所感受到的智慧，努力地去传达用分析性的语言去分析无法分析的东西的智慧。

鸥外试图去理解没有伪饰的感情。在那样的情境中，他一边分析着一边指向难以分析的东西，一边洞若观火地看着一边分泌着不透明的东西，就这样，他的文体诞生了。那就是鸥外的思想。

鸥外的文章，一行一行地，给人以静止的感觉。看一下《阿部一族》和《大盐平八郎》里的战斗场面就明白了。他用冰冷静止的笔触去刻画那场面，而不是生动地去捕捉跳动的或者是在嘶吼呐喊当中一片混乱的情景。阿兰说，所有的动作都在时间之中，但时间不动。从不是动态的而是试图停滞的鸥外的文章里，我所感受到的，就是那个"时间"。进而言之，在历史小说中，有一种像时间哲学那样的东西存在于基底。鸥外从来没有说过，但是作品本身让人有这种感受。

在《大盐平八郎》的"附录"里，他这样写道：

我的《大盐平八郎》是以一天之内的事情为

主来写的。在一天内活动的平八郎和他周围的人物都有各自的过去。尤其是不甘于只去罗列外在的生活，而当要进入一些内在的生活去写的时候，过去的记忆就开始发挥较大的影响，这就必须加入到每个人的身上。要写这些的时候，为了能够一目了然，我制作了平八郎的年谱。

实际上《大盐平八郎》里这样的年谱并没有呈现出来。不过鸥外经常会将先祖的系谱写进他的作品，这只是他有意识地去使用的手法，上面的文字就是证明。比如《阿部一族》中的主公忠利与阿部弥一右卫门之间的纠葛中，就有细川家和阿部家代代传承的君臣关系，这不就是"过去"的投影吗？当然我们无法从那里找出他们对立的理由，但很清楚的是：不可能没有与过去相互连结的沉重的锁链。如果在某个地方把它切断的话，主题小说或许能够完成，但是"现在"这个东西的厚度也就消失了。鸥外并不是在过去与现在之间去寻找因果关系。所谓"因果关系"，只不过是从结果去推测法则，而这里鸥外所思考的"过去"，就是流入"现在"的东西，换句话说，就是"现在"本身。

这一点在他写子孙后代的事情上得到了彻底的体现。他尽管非常肯定先祖的影响，但是子孙同样会有影响，这让人乍一看感觉很奇异。然而现在的我们（也就是子孙后代）不就是在不断地去从过去里发现点什么、发明点什么，换着方式去阅读它吗？更何况，客观的历史并不存在于我们之外。比如，我们常常把在同一时代默默无闻的作家和思想家当作那个时代的代表。这不是自古就那样，而是我们发明的，虽然看起来就好像自古就是那样。

如果是那样，那么必须说，在写先祖和子孙的鸥外的手法中，有一种不仅从"过去"来看现在，而且从"将来"来看现在的认识。这不是单纯的对事件的自我完结性的否定。历史是一次性的不可逆的，然而同时，它又是循环的。当然这种认识体现得最鲜明的是所谓的史传，那种自在的写法——如《涩江抽斋》边写边去发现的做法——中潜藏着明显的方法论的自觉。

5

前面说过，鸥外认为长十郎的殉死是义腹和论腹的同时，也是商腹。鸥外并非因为揭露了指向"义"的行动中具有利己的实质而心满意足的心理学家。他所说的"自然"与自然主义者（他们也是心理学家的一种）所说的自然之不同，就在于此。如果去分析人类或者是他们的行为，就会发现其间充满了矛盾；然而在实践中就会轻而易举地去克服掉这些矛盾，可以说鸥外所说的"自然"非常难以理解。

但是更准确地说来，鸥外并不会将人（行为）单纯地分为自律的、他律的和利己的这三种。人在带着强烈的意志去行动的同时，也会不断地被某种力量所强迫；或者反过来说，在被某种力量所强迫的同时却有自由的决断，鸥外是这样去动态地把握人的行为方式的。无论是什么样的行动，我们都不对它作自律的还是他律的这种截然的区分。比如自杀，是出于自我意志的同时也因为生之欲望遭到了剥夺。我们很难对二者进行截然区分。

《山椒大夫》中的母亲的行动，是出于自我意志还是被强迫的，我们不是很清楚。而我们现在，却在不断地经历着强制作为恣意任性表现出来，而恣意任性又作为强制表现出来这样的事情，不是吗？是自愿去做的还是被迫去做的，是不是总处在暧昧地带？鸥外历史小说的现实性就是从正视这种不透明性之中诞生的。这时，人想要行动，最终却成了被迫行动，明明知道却无能为力，反过来，正因为无能为力，才有了自由决断的世界浮现在了眼前。《阿部一族》是这样的世界，而其他作品也是这样的世界。

就《阿部一族》的情形而言，事件的起因是死期将至的细川忠利不同意阿部弥一右卫门殉死。并且给出的理由很暧昧，只不过是在刁难阿部弥一右卫门。不知为什么，忠利不喜欢弥一右卫门。并不意味着弥一右卫门犯有什么过错。因为只要主公形成了这样的成见，哪怕对方没有过错，他的行动也会成为过错。

谁都有喜欢和讨厌的人。至于为什么喜欢、为什么讨厌，哪怕是去仔细探究，也很难去找到切实的证据。忠利不喜欢弥一右卫门就属于这种情况。

鸥外反省的是：人首先会讨厌什么，然后会想出最合理的讨厌的理由。他不会像历史学者探究事件的起因那样去寻找明显的对立。当去寻找连他们自身都搞不清的"讨厌"这种感情时，鸥外认识到，那只不过是把结果颠倒成了原因。如果仔细考虑，世界上就没有言语上的明显对立或冲突，无论是理论上、意识形态上，乃至利害关系上，认为明显的冲突能够让人动摇的只不过是幻觉，实际上更加不透明的东西才会使人动摇。恐怕鸥外就是这么认为的。

鸥外的这种反思在创作历史小说之前应该也有，当然在这之后更为明了。比如《金货》（明治四十二年）就对叫八的小偷那奇妙的行动作了如下阐释：

> 但是八强烈地想要尽早爬进屋子里。在他的意识中，最清晰的印象就是酒。他想爬进屋子里主要是想喝酒，当然同时再拿点东西。既然是小偷，那肯定要偷东西的，但是他并不想多拿。而喝酒则是强烈的本能。他想要拿点东西，无非是出于做小偷的一种义务，是必须要保持作为小偷的面目。

这部小说揭示了"阈下的意识"，即从潜在意识的面向上揭示了人物的行动，但实际上它将人的行动和心理看作是完全透明的了。他不是把行为的奇妙当作行为本身来考察，而是还原成为心理上的可知性。这部作品的枯燥乏味之处在于八的行动是完全透明的。而在创作历史小说之后，鸥外所否定的恰恰是这种透明性。实际上鸥外是了解"潜在意识"这个概念的，并且否定了其观念性的面向，这具有重要意义。如果不喝酒而爬进别人的家里，进去了就必须盗窃，这样的反省在他的历史小说中被激活了。

《高濑舟》这部作品也经常被误读。它不是去追问安乐死是非的问题小说。让弟弟安乐死的喜助这个人物如果在这个问题上没有烦恼，也就不会去考虑。"后来回想起来，能够做出那样的事情，连我自己都感觉不可思议。实在是昏了头不顾一切了。"换句话说，他是一个首先做了那件事的男人，但是他意识到无论如何那种行为都是没有道理的。他服从了判决，但他并不认为自己完全错了。但这又并不意味着他是对的。无论是为他辩护还是指责他，都只是对他的疏远。喜助有一些难以解释和难以让人理解的事情。他别无选择，只能自己去解决。他的面容显得"舒展"而"快乐"，并非因为罪行能够消失，而是因为他想要把任何事情的发生都作为自己的命运来接受。

安乐死的是非只是桌面上的问题。弟弟请求喜助杀了自己，法律告诉喜助不能杀人，在这二律背反中，喜助并没有选择杀人。他是"昏了头不顾一切"地杀了人。从这一方面来考量的话，可以说，所谓的"二律背反""自由意志""选择"仅仅是静态地观察行动而产生的幻象。有些人提出"政治与文学""艺术与实际生活"的二律背反等问题，他们只能用抽象物去取代现实中的真实，这种论者在鸥外那里发现根本就不存在的"矛盾"，并且声称鸥外最终将其扬弃了。

我并没有感觉到，鸥外既是医生，又是军队官僚，还是作家，这有什么矛盾。所谓"矛盾"，只是从我们现在的基准看而形成的。而在鸥外看来，"昏了头不顾一切"产生的结果无非是那样。他并没有辞去军队官僚的职务，或者为出人头地的竞争而苦恼，与"既然成了小偷就必须要偷东西"的八的心理没有太大的不同。由于与上司的对峙是跟"讨厌"这种意识相互缠绕在一起的，因此从中提出任何对峙的理由都没有意义。至少历史小说暗示了鸥外这种自我反省。

人的一生不会总是理路整然有序，因为会与不同的对象和障碍相遇、冲撞，会搅动对方，也会被对方所搅动。鸥外的自传性随笔《妄想》也是在这个意义上构思的。这本书揭示了他内心的混乱，但也可以说是理路整然的混乱。鸥外这个"人"并不外在于他的行动过程。那是他"自由地取舍事实，带着主观的色彩"的产物，我们必须尊重鸥外这个"自然"。我甚至不会去重视鸥外的《兴津弥五右卫门的遗书》。认为人死就会吐露真言，这只不过是人的妄念。我只想把历史小说的"真实"当作问题来谈。

这里想要说明的是，一说到鸥外，就一定会被举出的例子是——"就这样"的哲学。仅就自然科学而言，"就这样"是不证自明的前提。牛顿已经说过，所谓"自然法则"是不存在的，只存在解释一组自然现象时帮助我们理解的公式。这里有科学家论证的决心，也有不需要证明的决心。这种决心与相信世界是有法则的那种狂热信仰没有关系，与认为世界上没有什么可以确定的东西的虚无主义更没有关系，它只是要表现出对"自然"的谦虚姿态。

而"就这样"的哲学就是似是而非的东西。就像是用人类存在的不确定性去替换物理学家说的"不确定性原理"，不仅如此，物理学家还根据"不确定性原理"构筑了确定的立足点（当然是根据"就这样"）。

"就这样"的哲学中其实并不存在对"自然"谦虚的姿态。反倒不如说，这是一种以能够将人类的存在和行为看穿为前提的傲慢姿态。比如，有人说，不是神创造了人，而是人创造了神，但是要把这种虚构作为虚构来守护。此外，还有人说，人类存在本来是虚无的无意义的，但又必须忍耐下去。总之，那种"清醒的就这样"的人们，把鸥外作为"就这样"主义者而推崇仰望。

在"就这样"中，五条秀麿认为，如果人们通过教育了解神话是虚构的，那么国家就会解体。但是，即便每个国民都或多或少地意识到国家的幻想性（虚构性），国家也绝不会解体的。如果说国家是幻想的，那是因为人们不得不抱有这种幻想存在，那里有着个人意识不到的不透明性和不确定性。人创造了神，果真如此，创造了神的人不仅创造了神，还认为是神创造了人，这样的人是什么？如果要重新问那个问题的话，那么神不仅是虚构的，还是现实的，是人类的现实。

鸥外写了"就这样"，但不是"就这样"的哲学家。不如说他是像科学家那样去行动的"就这样"的人。鸥外描绘了历史小说的世界，那是主动的意志与被动的意志相交织的暧昧世界，是透明之物与不透明之物相互冲撞的世界，在那样的世界中，他对"自由"这个问题的思考，应该并没有停留在"就这样"的哲学层面。

6

在《阿部一族》中，本来是枯燥无聊的事情，却成了大事件。《兴津弥五右卫门》同样如此：同僚遇害，本来以为会引发对"忠义"本质的大讨论，但这种情形并没有发生，周围的同僚只是对凶手表现出了厌恶的态度。因此鸥外在他所有的历史小说中，都是从琐细而无聊的小事中去寻找事件的起因的，这一点颇值得注意。比如，通常的历史学家认为，阶级或者意识形态的对立导致了革命。但是仅从结果上来看，实际上革命都起因于一些琐碎的小事，其间人们也不知道自己最终要往哪个方向走，并且不知不觉间会去做与自己的利益相反的事情，就像"昏了头不顾一切"的行动那样，所谓的革命不过就是这样一个动态的过程。要了解这些事，去学习历史没用。事件的所有当事人应该知道这些。只有理论家把它颠倒过来，把它作为某种"理念"的自我实现去理解。但是鸥外之所以把这些无聊的小事作为事件的开端，并不是因为他认为本质就在它的底部，相反，在它的表面，这些小事才会暴露出来。鸥外在历史小说中所否定的，就是这种柏拉图式的想法。他认为在"事件"这一运动的外部并不存在任何本质或者预设的理念。

岩上顺一在他的《历史文学论》中，批判鸥外在《最后一句》中仅仅听到了叫作伊知的这位少女的声音。故事讲述的是小镇上的少女伊知在父亲的救助下获得了成功。那个少女的声音，"更具体而言，是大阪这个商业都市中正在兴起的商人阶级的声音，但是鸥外并没有意识到"。因此"正是强有力的市民请愿运动使得商人太郎兵卫的生命得到了挽救，在救命过程中，甚至可以预见商人阶级崛起的胜利"。

这种批判或许可以用来批判鸥外的所有历史小说。但是，不要忘掉那时鸥外所进行的最重要的反省。进而言之，如果少女伊知真的如上面所描述的那样，那么这部作品就失去了它所难以言传的魅力，或者说她的行为的谜之两义性就消失了，大概只会剩下一些寻常可见的图式了吧。

马克思如是说道："困难不在于理解希腊艺术和史诗同一定社会发展形势结合在一起。困难的是，它们何以仍然能够给我们以艺术享受，而且就某方面说还是一种规范和高不可及的范本。"（《〈政治经济学批判〉导言》）

仿效马克思的说法，去理解伊知这个少女的背景中的某种社会结构很容易，但困难的是去理解为什么《最后一句》和其他作品所描写的人物看起来是"高不可及的范本"。岩上顺一这个所谓的马克思主义者只是在得意地说着马克思所说的"容易的事儿"。

并且这件事在马克思以前就并不是"容易的事儿"。而对此作了解释的马克思本人则坚信，用那种方式是无法去理解"历史"的。马克思颠覆黑格尔的意义，并不在于用唯物论代替唯心论。他否定的恰是黑格尔对历史的穿透性理解，在此有着马克思的划时代的怀疑。不明白这一点的马克思主义者还处在黑格尔以前的阶段呢。因为黑格尔没有将事物的运动与精神活动分开。马克思进而用如下一段话来结束他的《〈政治经济学批判〉导言》。

一个成人不能再变成儿童，否则就变得稚气了。但是，儿童的天真不使他感到愉快吗？他自己不该努力在一个更高的阶梯上把自己的真实再现出来吗？在每一个时代，它的固有的性格不是在儿童的天性中纯真地复活着吗？为什么历史上的人类童年时代，在它发展得最完美的地方，不该作为永不复返的阶段而显示出永久的魅力呢？有粗野的儿童，有早熟的儿童。古代民族中有许多是属于这一类的，希腊人是正常的儿童。他们的艺术对我们所产生的魅力，同它在其中生长的那个不发达的社会阶段并不矛盾。它倒是这个社会阶段的结果，并且是同它在其中产生而且只能在其中产生的那些未成熟的社会条件永远不能复返这一点分不开的。①

这一节非常有名，但是它仅仅被视作艺术论，其内涵还没有被真正理解。所谓历史，是面对死去的孩子的母亲的叹息，说出这句话的小林秀雄恐怕是最能正确理解马克思这番话的。

比如，鸥外所描写的"封建的人"对我们来说，在某种意义上就是"高不可及的范本"。之所以如此，

① 本节引文采用了中共中央马克思恩格斯列宁斯大林著作编译局编《马克思恩格斯选集》（第二卷）（北京：人民出版社1976年），第114页的译文。

与使之成为可能的社会条件不再出现有密切关联。换句话说，正因为历史绝对不可能再度出现，所以我们对它的惋惜之情才在那里找到了"高不可及的范本"。

有孩子气的大人与孩子是不一样的。今日提倡武士道者"充其量只是像孩子"。鸥外的历史小说中的那些人物身上的孩子气与像孩子的大人有着根本的不同，他们认真地愤怒，体验着屈辱、大笑、悲伤。没有比这种单纯更让心理学家难以理解的东西了，也没有比嘲弄和推翻这种人更容易的事情了。

我所说的孩子气，并不意味着幼稚、无邪，也不是心理学意义上的那种。而是在如下这种意义上讲的。

这不是什么大事吧？孩子们在大人一次都不会回头看的很早的幼年时代，就已经懂得人生漠然的哀愁了。如果是这样的话，还剩下哪些重要的事情值得我们学习呢？（阿部昭：《千年》）

突然地火冒三丈，而且还不知道那件事到底是怎么回事的孩子中间，有一种悲剧性的东西。（阿兰：《诸神》）

如果我们能模模糊糊地理解古希腊人的"漠然的哀愁"和阿喀琉斯的愤怒，那又该说些什么呢？说这些并不是为了要去了解希腊的社会史和精神史。就是有所了解，也绝不会明白。并且我们并不是为了将感情转移其中。倒不如说是因为他们拒绝感情的转移。

所以只好这样。我们在那里会想起某种程度的自己，想起曾经的经历。现实中曾经的生活不会再度到来，正因为如此才会作为"高不可及的范本"来思考。鸥外的历史小说会让我们想到些什么。不清楚那些是不是江户时代人们真正的姿态。但是即便不是也没有关系。重要的在于，鸥外的历史小说不断地让我们想到自己，以及为什么会是这样。不用说，那里有鸥外对历史的"自然"的看法。

7

鸥外在《大盐平八郎》的"附录"中补充了以下观点：

> 平八郎在天宝七年米价高涨最厉害时期企图谋反，八年二月举事。这是站在平民一方反抗官吏和富豪。如此看来，此事件与社会问题相关。当然，所谓"社会问题"这个名称，指的是西洋十八世纪末在工业发展中成立了机构，在大工场兴起之后，企业主和劳动者之间产生的问题，不过社会问题自古以来任何国家都有。因贫富差距而产生的冲突皆属于此类。
>
> 平八郎认为人有贵贱贫富之别是自然结果，顺

其自然就好。若从个人主义的角度来看，他恐怕不会发起暴动。

平八郎在考虑依靠国家和自治团体来维持当时的秩序，同时谋求救济的方法。如果成功的话，那么他就能够制订一套社会政策。尽管为政府出谋划策对于平八郎之辈而言没有可能性。在尚未落入德川家之前，大阪作为自治团体已经取得了一些发展，如果有机会让平八郎施展手腕的话，暴动就不会发生。

这种分析或许会让马克思主义者感到欣喜。因为鸥外认为，在平八郎面前，好像尚未意识到不久理想的"社会主义"就应该到来，它没能到来是因为受到了限制。但是《大盐平八郎》这部作品所否定的恰恰是这种想法。

在平八郎面前有三条道路，其中两条是行不通的。这种说法只是事后所看到的人物的行动，所谓平八郎的可能性之类的只是不可能存在的设想。行动着的人如果没有各种可能性，也就没有了自由意志。那些只是粗糙的心理学虚构出来的。真正的自由与静态的虚构的可能性和自由意志没有什么关系。后面会叙述，鸥外所描绘的平八郎并不十分清楚他自己所做的一切，他在凭着自己的意志行动的同时，又感觉到自己被某种力量胁迫着。

这意味着什么？这意味着鸥外在"附录"中是充分了解强迫人的结构性的东西的，并且他是把这些作为无法穿透性之物来把握的。《大盐平八郎》只是一个例子，其他作品也指向相同。

比如，值得注意他在作品中所列举的事件的时期。《阿部一族》是 1641 年，《兴津弥五右卫门的遗书》是 1647 年，《栗山大膳》是 1632 年，也就是说，那时江户幕藩体制刚确立，是取代战国时代君臣关系、实质性地确立官僚的、功能性的关系的过渡期。状告年轻主君的家老栗山大膳遵循着战国时代的伦理活着，他与年轻的主君及其拥趸之间的对立不单纯是个人之间的矛盾，还是藩内产生的结构性的变动的结果。

鸥外在下文中这样表述：

> 然而十太夫在主持政务上并无明显瑕疵。利章三人最早所注意到的，仅仅是之前有些应为自己经手的政务，渐渐地在自己不知情的情况下就被定了下来。忠之和他手下直接处理的事务，起初是那种可有可无、琐屑无聊的小事，不知不觉间就扩大到一些重大的事情上。（中略）
>
> 利章等开始思考如何剪除弊政。不用说，此弊政无时无刻不与侍奉主公的新人十太夫无瓜葛。但是十太夫不仅清廉谨慎，政务上也勤勉无过失。利章等人只能观形势之变伺机而动。（中略）

虽然目前眼睛里看到的都是问题，但这些问题并不算严重。不过任由此种形势发展，什么时候出了大事也未可知。利章等三人想，什么时候找机会找主君好好谈谈。(《栗山大膳》)

也不能说士太夫是主君身边的奸人。毋宁说在新体制中，像他那样的人不可或缺。即利章（栗山大膳）所感受到的微妙的变质应该来自结构性的改变，而不是个人责任。利章无法明白地说出哪里不对，只是他感觉到，虽然自己不太明白，但有某种力量一点一点地勒住他。他最终带着戋国武将的伦理与之战斗，却反过来有力地证明了战匡武士的灭亡。这样，悲剧就发生了。

《阿部一族》中的主君与弥一右卫门之间看似反复无常的对立关系也有这种性质。在整个事件中，阿部一族之所以轻易发动了叛乱，也可以说是因为官僚社会和以前的武士的生存方式之间存在着矛盾。主君想如果自己死了，留下的家臣的处境会很糟糕。这意味着藩体制还没有确立与主君交替无关的官僚体制。并且，尽管这种体制没有确立，但由"恩"所连结起来的忠诚的结构也已经大半趋于空洞，因此殉死是受到奖励和赞赏的。殉死是战国君臣关系形同虚设的结果，仅剩下观念上的评价了。

这种忠诚的结构性变质，在"兴津弥五右卫门"那里，则投影到了对峙双方的关系上：一方的兴津只要是主君的命令就一定要照办；一方是他的同僚，他们每天处理着实际事务。也可以说它适用于乃木将军的殉死。由于乃木把天皇视作封建主君，因此殉死能够极大地刺激已经确立起来的明治国家的官僚或者民间人（鸥外和漱石）唤醒自己。

当然，我并不认为这样的结构分析就能解决问题。我想说的是，在写历史小说时，鸥外凭着直觉感受到了那种结构性的改变。在他那里，作品中人物的"倔强"并非单纯的意气用事，而是散发着悲剧性的气息。

当然，人物身上的这种结构是看不到的，而是作为束缚他们的力量暧昧地呈现出来。他们的确很无知。但是谁又能够逃脱无知呢？鸥外所理解的"自由"并不是封建社会框架之内被矮小化的东西。以为知晓了"历史的必然"的人在现实世界同样无法抱有优越感。他们想要搅动世界，却被搅动，而最终达成的结果也总是与意志相悖。只有当遭遇无论如何都无法掌控的力量时，我们才不得不承认所谓"历史的必然"。鸥外所描述的，是人去行动以及让人行动的重层构造，谁也无法从外部去知晓它的命运，它只能通过内省来体验。或者，无论什么样人物都能卷入其中，使其各自展示着生杀予夺的力量。

但是被这种必然所控制的人物其表情是"灿烂舒展"而又"喜悦"的。鸥外从那里找到了自由。本来那不是像近代社会的自由那种作为状态的自由。作为状态的自由就已经不是自由了。鸥外的小说让人感受到的，是能够理解被必然所控制又掌握了必然的人的姿态，自由只存在于他们的行动中。

8

但是鸥外未必只描写此类人物。比如，在《大盐平八郎》和《津下四郎左卫门》这两部作品中，作者就捕捉到了既理解不了必然也没有被必然所理解的人物的空洞。

大盐平八郎在推进谋反的过程中，产生了这样的感受：

> ……这次总觉得和那时不一样。那个时候是自己肆意地谋划着意图，外界的事态紧跟着附随。此次事发之后，在做准备的过程中，自己本以为手握着随时可用的证据，后来却感觉到，那只是心理安慰而已，稍有动静，所做的准备只是准备而已。事到如今，情势已经自然发生了变化。可以说不是自己在推动着阴谋前行，而是被阴谋牵着往前走。究竟将以何种态势结束？平八郎继续思考着。
>
> 平八郎在书斋中沉思期间，实际上事态已经自然地发展着。在宅邸里与平八郎告别的执政党党员们各自忙着手头的工作，时不时地又返回到书斋的入口处，一会儿告诉平八郎今天杀死了宇津木，一

会儿又说把他那些堆积在后院的家产放火烧掉了。

每次有消息的时候，平八郎只是看他们一眼。

平八郎基于自己的意志构思着，而事态却朝着与他的意志相反的方向发展着。他无法明白自己眼下所做的事情。虽然他不明白，但是某个地方总会有个声音说"不"。这是此前从来没有发生过的事情。因为此前自己的行为总在自己意志的支配之下。然而如今，他的谋划与现实发生了奇妙的错位。这种错位就如"附录"中所客观记录的，平八郎没能把眼下的情势视作"社会问题"来理解，只是把它理解为反对"哄抬米价"，从而要去解决它，但这是不够的。

比如，宇津木矩之允作为平八郎的弟子，他并没有参与谋反，却被杀掉了，他曾经批评过计划的不彻底性："我们发现先生也有误判。先生的眼里既没有将军，也没有朝廷。先生似乎没能考虑到那些方面。"从这一点出发，就有人认为平八郎是"尚未觉醒的社会主义者"。但是平八郎尚未"觉醒"的，并不表现在这种对现实认知的不足方面。即便这是平八郎的根本原因，鸥外也没有停留在这样的水平上去描写他。

大家普遍认为大盐中斋①作为奉行"知行合一"的阳明学者，是个谋划着要果敢举事的男人。因此他应该

_____

① 即大盐平八郎。——译者注

不会因为这个计划是空想的或者不彻底的而烦恼。然而鸥外笔下的平八郎却丧失了本来所具有的"知行合一"论这种健康的品质。如果说"知行合一"是让自己的观念与行动一致，以此来理解大盐平八郎，就会产生游离感。那是因为，尽管他行动果敢，却总让人感觉到，在那昊敢的根本之处有着奇妙的空虚而抽象的东西。当然，这是鸥外笔下的平八郎，而我以下的叙述都基于这部作品。

"在做准备的过程中，自己本以为手握着随时可用的证据，后来却感觉到，那只是心理安慰而已，稍有动静，所做的准备只是准备而已。"一切都因平八郎的念想而起。因为他在家族门徒中间是绝对的独裁者，所以在准备阶段没有碰到任何障碍。他们按照平八郎的吩咐逐一去准备，既然准备好了，就必须去行动。而现实的事态看起来也在按照原计划推进，没有遇到任何障碍，所以对于平八郎自身而言，那些只不过是观念的自我增殖。而迫使他行动的，并非因为准备就绪，或者是弟子们难以遏制的意志，而是以那种方式逼近平八郎自身的观念。这里不存在任何现实性。平八郎在暴动正酣之际还在做着梦，无法从那个梦中"醒来"。为什么鸥外要这样塑造平八郎呢？

毫无疑问，鸥外在创作这部作品时，意识到了大逆事件，然而即便如此，平八郎的形象应该不出自那里。并且这部作品甚至预见到了昭和以后革命运动的性质，而不是明治的大逆事件。所谓"知行合一"，意味着真理必须经由实践来检验，在这个意义上，可以说它是所有革命家的信条。但是在平八郎身上，却产生了与现实分离的精神内部的"同一性"，即自主性。为什么会发生这样的事情？有人认为是对现实认知的不足，有人将其解释为与现实的游离，然而这种种解释都无法解开平八郎所陷入的噩梦。或许鸥外是把它当作精神本身的问题来看的。因为这部作品所投射的，不是他的社会主义研究等面向，而是他的自传性随笔《妄想》。

若将《妄想》与《大盐平八郎》作对比阅读，就会清楚地看到，鸥外是如何通过普遍的平八郎形象来寄托自己的思考的。比如在《妄想》中，鸥外说："自己才二十多岁，以顽强的处女般的感官，来对外界的所有事情做出反应，心中充满着不曾经历过挫折的活力。"这种表述就与"那个时候是自己肆意地谋划着意图，外界的事态紧跟着附随"的表述相一致。"不曾经历过受挫"的男人不久就有了另一番面貌：

> 出生至今，自己做了些什么？我始终在某种东西的鞭策驱使之下孜孜于学问。觉得它造就了自己，使自己有所成就，如此看来目的也许达到了几分。但是，我却总觉得自己所从事的工作就像是演员登上舞台饰演角色一样，角色背后似乎必须另有某种东西存在。因为一直在这种东西的鞭策驱使之下，

所以似乎连觉察它的余裕都没有。……（《妄想》）

这与平八郎在基于意志行动的同时总感到被某种力量牵制着相对应。这与"觉醒"这个词也会偶尔地不一致。可以说，平八郎不能"觉醒"的，是他感觉不到的自己的游离。

在被逃亡中的弟子们问到方针的时候，平八郎想了想，说：

> 虽说刚刚有所考虑，但也并不是生死攸关的事情。你们两个跟我关系特殊，所以我要跟你们讲一讲。我要暂时静观事态的动向。总之我已经下定赴死的决心，决不会让受辱的事情发生。

逃亡中的平八郎言行举止怪异，甚至连他的养子格之助都露出"惊异之情"。他很平静地告知弟子们自己要去自杀，要离开他们。或者是为了硬是要潜伏到商人中间，给他们制造麻烦。这样做的目的何在？是为了什么而"暂时静观事态的动向"？他对所有的这些异样都没有做出解释。鸥外从外部揭示了平八郎这种奇妙的姿态。

平八郎作为武士，看起来邋里邋遢的。前去抓捕他的人朝他叫嚷着"平八郎真是卑怯啊。到这里来"，也印证了他予人的不洁感。在他们眼里，平八郎贪生怕死，看起来样子很不体面。但是平八郎并不怕死。尽管他潜伏在商家中间"观察事态的动向"。虽然很难说这是想要知道举事结局的政治家的姿态，但那也不是顽强地活下去、企图东山再起的姿态。他也没有想过"是生死攸关的事情"，只是想"暂时静观事态的动向"。平八郎之所以"苟延残喘"着，是因为他认为，如果不抓住自己所做的事情的意义，或者自己存在的意义——他的"良知哲学"已经崩溃了——因此他不能死掉，不是吗？

在这层意义上，《妄想》如下的一节就有所暗示。"自己"并不怕死，也没有自我消失的恐惧，因为这是武士自出生就接受的教育。

这么说，是对失去自我满不在乎吗？不是。在自我尚存期间，对于何谓自我并没有认真思考过，不知不觉间自我就消失了，这实在可惜，令人遗憾。倘若过着如汉学家所说的醉生梦死的一生，那太遗憾了。在感觉它可惜和遗憾的同时，也痛切地感受到了内心的空虚。觉得有一种难以名状的孤寂。

于是我开始烦闷起来。于是我开始痛苦起来。

很显然，鸥外这里所说的"自我"，不是所谓"近代的自我"意义上的"自我"。鸥外认为，自我是从各个方向辐辏过来的线的合力，即社会关系。在这个意义上说，鸥外是不承认自我主体的。不过，尽管如此，那其中也包含着"我"。

鸥外这个人的复杂性让人吃惊，不过实际上那也是他所属的世界关系的复杂性。仔细想来，就会发现，我们一直活在复杂的、多样的、重层的世界。令人惊讶的是，在被迫存在于各种位相和关系性之中的同时，"我"始终具有同一性。奇怪的是，时代和所处境况在不断地变化着，而"我"却具有同一性。《妄想》中的鸥外所追问的，并不是"自我的确立"，而是那样的"我"到底是什么。那已经不能成为告白的对象了。告白的那个"我"才是他所要探讨的问题。

《大盐平八郎》那样的作品与包括《妄想》在内的他的私小说不同之处，并不在于鸥外讲述的不是自己。而是相反，鸥外在《大盐平八郎》中讲述了真正的"自己"。倒不如说那是精神的邪恶形态，在自己身上找不到任何必然性，它并不配合着必然性云行动，而是将自我必然化所依凭的精神的形态。《大盐平八郎》之所以让我们有切身的感受，并不是因为鸥外把社会主义视作是对虚无主义的扬弃，它的极致之处不仅在于鸥外观察世界所表现出的见识，还在于他对精神这种"自然"的洞见。不用说，写出这样作品的鸥外与平八郎这个人物相去甚远。

9

此前我说过，像平八郎那样的人物在历史小说中非常罕见。这里还能够列举出的，有在《大盐平八郎》之前创作的《护持院之原上的复仇》中的宇平。他在精疲力尽地搜查敌人的时候说出了如下一番话。

"叔叔，我们一起走了那么远的路，还是找不到仇家。就算我们织好了网，仇家也不可能送上门来自投罗网。我们要是去找，也不见得能找到。一想到这些情况，我就总觉得很怪异。我的心情就会非常奇怪。"宇平又向前挪了挪膝盖，说道："叔叔，您为何就能这么沉得住气呢？"

叔叔集中了十二分的注意力听着宇平的话。"这样啊，你是这样想的啊。那你听好了！武运不济的话，就得不到神佛眷顾，那自然就如你说的那样。但人不应当那样。要挺直了腰板去搜查仇家，病了就躺下等待。有了神佛的加护总会与敌人相逢。也许走着走着就遇到了，也许会自己跑到我们的住处。"

宇平的嘴角闪过一丝嘲讽的微笑。"叔叔，您果真相信神佛会帮助我们吗？"

虽说九郎右卫门是个不为外界所动的坚毅的男人，听到这样的话时，他还是感到一种隐忧。"是啊，我也不明白。神佛的心思我可不能轻易知道。"

宇平的态度突然变得不可思议地恬然起来了，跟平时兴奋的状态迥然不同。"是这样，神佛是不可解的。实际上我想放弃到今天为止所做的事情，我想按照自己的意愿去生活。"

九郎石卫门怒目圆睁，眉头高扬，原先苍白的脸上突然血气上涌，紧紧握着拳头。

"什么？就这样放弃复仇啦？"

宇平轻轻地微笑着，他好像对把从未生过气的叔叔惹得如此恼怒感到很满足。"不是不是。龟藏这个可恶的小人，只要碰上，定叫他不得好死。但是不管是去寻找还是等待都没用啊，所以在碰到他之前，我不想去考虑复仇的事儿。我既不想轰轰烈烈地去复仇，也不需要帮忙。仇家自然会在该露面时露面，反正认识的人也不会进来。文吉今后就给叔叔当家仆使吧，我打算不久就告辞了。"

九郎右卫门想要发怒，却又突然平静下来，在听了宇平这番话之后，叔叔又恢复了往日的温和。唯一不同的是，平时喜欢无论什么都拿来取笑的叔叔，罕见地认真了起来。（着重号为笔者所加）

如果注意一下着重号部分，就应该能明白，叔叔是同意宇平的想法的。宇平就是这样。在没有遭遇敌人的时候，我们是不能按照自己的意愿来做出决定的，这是机械行事的必然性，因为神佛就是这么决定的，所以连神佛也无法左右。宇平并不是说神佛不存在，而是说即便存在也不会帮助他们。实际上叔叔也是这么想的。但是当宇平导出做与不做都一样的无为的道理时，叔叔表现出一副"心平气和的样子"，但是他说："但人不应当那样"，"要挺直了腰板去搜查仇家，病倒了就躺下等待。"

这里找不到狂热信徒的乐天主义。所谓狂热信徒，就是那些一直必须说服自己的人。或者是那种通过说服他人来说服自己的人。叔叔默默地听着宇平的主张，没有反驳。但是他的乐天主义并没有因为宇平的理论而崩溃。正因为没有崩溃，所以没有必要反驳。

不用说，这个叔叔与《安井夫人》中的佐代、《山椒大夫》中的安寿、《最后一句》中的伊知、《高濑舟》中的喜助等人物具有共通性。《安井夫人》中的佐代为什么要主动嫁给丑男仲平？没有预料到未来的是，婚后日子过得一直艰辛，但是佐代却一句怨言也没有。那并不单纯因为她坚忍，有着极强的服从性。这就跟《最后一句》里的伊知不单纯是为了尽孝而行动的情形相似。"在为父献身的背后潜藏着反抗的锋芒，它不仅体现在与佐佐的语言交锋中，书院中的官吏也感到胸被刺了一下"（《最后一句》），鸥外这样写道。

为什么他们会采取那样的行动？鸥外并没有给出理由。与其说是没有理由，倒不如说他们不需要"理由"。无论是什么"理由",即为了生存的任何"理由"最终都会崩溃掉。但是他们决心要去那么做,是最初就决定下来的。他们的行为不需要任何证明。宇平是渴望得到证明的,但却得不到,所以才要放弃。他乍一看是个怀疑家,然而并不是。哪怕是怀疑,也需要笛卡尔那样的意志。毋宁说行动家的身上总是存在着怀疑。对安乐死是对是错的怀疑,与实施了安乐死的男人的沉默中所表现出来的怀疑是不同的。他那舒展灿烂的神情是对审判他的那些人的拒绝,是对那些人给出的"理由"的拒绝。如果他去辩解,那就落到了跟审判他的人同一层次上。

佐代肯定是对未来某物是怀有期待的,并在瞑目之前,用她那美丽的眼睛望着很远、很远的地方,甚至连感叹自己之死实乃不幸的余裕都没有,甚至没能清晰地辨识自己所憧憬的目标究竟是何物。(《安于夫人》)

自从两个孩子的对话被三郎听到后,当晚就做了噩梦,之后安寿就像变了一个人。神情紧绷,双眉紧蹙,总是凝眸望着远方。总是沉默不语。(《山椒大夫》)

值得注意的是,他们都"望着远方"。我把这个理解成的确在望着远方。可以说，与其说是因为某种内在原因而看得远，不如说看得远这件事本身改变了他们。看得过远的人更容易人生不幸，产生疑惑和迷茫。比如，宇平因罹患热病，卧床不起，他想了很多，最后才说出了前面所说的那番话，但在叔叔看来，他的那种反省只不过是错误的重复。如果凝望远方，就能够治愈那种病。这里并不存在特别难的问题，也不存在像超克虚无主义那样严重的问题。只是凝望远方这种智慧让他们远离没有结论的自问自答。

然而在《护持院之原上的复仇》中，文吉这个家仆非常相信稻荷神社的神谕，认为敌人身处江户，这时叔叔说："不，我不是怀疑稻荷大神，我只是觉得仇家不可能在江户。"这位叔叔虽然相信神佛，却不相信奇迹。然而正如文吉说的，不久就有信息传来，说仇家就在江户。但是恐怕叔叔并不认为是因为文吉虔诚的信仰才找到了仇家。他不会忘记去感谢神佛。叔叔对宇平说："但人不应当那样"，但是即便是在成功复仇之后也不会以此为傲吧。他们之所以能够成功复仇，并不是因为他们的愿望到达了神佛那里。并不因为文吉的信仰最虔诚，幸运之神才光顾他。中途失踪的宇平可能也会与仇家狭路相逢。当叔叔说"神佛的心思我可不能轻易知道"的时候，他是承认这一点的。因此，即便无法见到仇家，他也一定是一副"心平气和的样子"。即便宇平找到了仇家，能够笑着面对仇家，他不会感到困惑和徒劳。正因为如此，他才能用"温和"的表情听着宇平讲述他的道理。

结果是失踪的宇平错过了复仇，而坚韧的叔叔却成功复了仇。但是，当然鸥外并没有在其中添加什么寓意，只是发生了什么就记录了什么而已。喜欢玩弄悖论的作家也许会说，让宇平复仇才是"现实"。然而历史真正的悖论反而体现在虔诚的文吉发现仇家这件事上面。不是因为虔诚才发现了仇家，而是因为发现了事实。我们在那里找不到任何意义。

但是发生了就是发生了这种事实却给我们留下一个难解的疑问。《津下四郎左卫门》就是被这样的疑问纠缠了一生的男人的手记，这个男人就是暗杀横井小楠被判死刑的攘夷派志士津下四郎左卫门的儿子。

> 从我的立场来看，横井氏是满载荣誉、吉庆祥和的家族；相反，津下氏则是饱受耻辱、灾祸不断的家族，我不得不为之叹息。
>
> 与这种祸福相伴的晦气和荣耀都是如何产生的呢？我想去探究其根源来为父亲昭雪冤情。

他如是说。父亲的确愚痴，没能洞察时势之变，没能理解开国之变局。但是，不仅仅是父亲，大多数不都如此吗？父亲还太年轻，而且出身又卑微，没有机会接触到启蒙自己的智者。总而言之，父亲的罪就是无知。

但是如果说罪仅在于无知，那么因为父亲无知，但无知并非他的责任，故他无罪。

概而言之，"我"的理论就是上面所说的。在这种思考中，有着像斯宾诺莎所说的必然性的观念。在那里，偶然只是一种过于复杂的搞不明白的必然，无论是自由意志还是罪，都没有存在的余地。所谓"罪"，是社会性的，亦即国家（法）的产物。因此"我"认为：

> 父亲杀了人。这是恶行。但是如果被他所杀的是恶人，并且世代都是世所公认的恶人，那么杀了他就是理所应当的事情。不凑巧那个被杀的不是恶人。现在回顾一下，没有人说那个人是恶人。那么父亲杀死的是善人吗？不，父亲自己承认他杀了变成了恶人的人。而这并不是父亲一个人的观点。可以说当时社会上普遍承认那人是恶人。善恶的标准因时因地而变。当时的父亲杀死了当时的恶人。为什么父亲必须被判处死刑？为什么父亲的妻子不得不过着见不得人的生活？这种类似于不得要领的、同义反复的，而又循环论证的思想连锁，就像蜘蛛网一样缠绕着我的精神，它让我合上读到一半的书，扔掉刚要写字的笔。

上面的反论与前面的逻辑相互关联。从这里可以得出结论：决定善恶的是国家，而不是其他的社会制度。

关于这个问题，"我"还提示了大概可能的逻辑。每当发生激进的价值转换的时候，政治世界必然会出现问题，而涉及类似主题的作品也多得不可胜数（比如《灰与钻石》、安部公房的《榎本武扬》），至少在这里，它被浓缩为原型，说尽了人们能够想到的所有逻辑。

但值得注意的是："我"并不相信这套逻辑。父亲无罪的证明堪称完美，但这只是适用于任何人的证明，不能作为为父亲辩护的理由。这部手记所揭示的不是辩护论，而是儿子的叹息。为什么父亲以那样的方式了此一生？为什么不是以其他的方式？虽说"善恶的相对性"和"思想的相对性"这种争论是合理的，但他的叹息声却无法治愈。

他进而变得"日夜郁闷"，不仅不想"成名、振兴家族"，甚至到了"荒废学问"的地步，而这些并不仅仅是亡父的原因，而是纠缠他自身的一个疑问。为什么父亲不是以其他的方式呢？这个追问，与作为他的儿子而无脸见人的"我"自身那里所追问的为什么我在这里而不在那里的问题叠合在了一起。

这种偶然性与前面所说的作为"被遮蔽的必然性"的那种偶然性不同。比如，从后者的观点出发，我之所以在这里，可能有无数的原因，但只有那个原因不知道。但是，那个原因和我现在在这里的偶然性的"意识"是完全不同层次的问题。必须要将这两者区分开来。通常所说历史是偶然的，其意思实际上只是"被遮蔽的必然性"。而正因为历史是偶然的，所以人是自由的，这种主张同样如此——在那种意义上，人绝不是自由的。

所谓的"偶然性"，本来就具有意义，因此所谓的"必然性"本来就具有意义，这只是就人类实际存在的观点而言。"我"的郁闷在奇妙的自问自答中，即为什么我在这里而不在那里，为什么历史像发生过的那样发生了。这种追问没有答案。不过"我"在手记的末尾写了如下一段话：

> 我已经放弃了。再三让步，渐渐地我的梦想越来越小，如今只希望这些话谁能给写下来，我想传给后世。

他也让人感觉在望着远方。对他来说，昭雪冤屈已变得无关紧要了。只要听一听发生过的事儿就好了。他和《高濑舟》中的喜助很相似。也就是说，这部小说与《高濑舟》一样，乍一看是"问题小说"，实际上并不是。"我"放弃了父亲是无罪的主张。这样做的理由对他自身而言不过空疏而又虚伪。为了替父亲昭雪冤屈，"我"断送了自己的一生，如今已至颓龄，"我"已不再后悔。"我"不会去想，自己有可能拥有另外一种人生。他也和父亲一样，是属于那种"已经行动了"的人。他接受了所发生的一切。那里有他所寻找的"自由"。然而他那凝望远方的眼睛不会承认自己所附加的理由的。但毫无疑问，他也会凛然地拒绝社会强加给他的任何理由。

把鸥外那有名的《兴津弥五右卫门的遗书》放在这些人物的延长线上来思考是否合适，这是个疑问。我讨论的只是他的作品。鸥外进入写《涩江抽斋》一系列的史传世界，是在写完这部作品后不久的事儿。而我认为，虽然那里打开了更为自在的世界，但从根本上而言，鸥外没有发生丝毫改变。

关于坂口安吾的《日本文化私观》

1. 关于现实

大约在十年前，我被友人指出，我错以为坂口安吾的《日本文化私观》是战后的作品了。把一个人的思考与"时代"绑在一起，我觉察到自己的愚蠢，就是在那个时候。战争状态下应该写不出那样的东西——我被这种先入之见支配着。如今则反了过来：我对描写战后的作品几乎提不起兴趣。能够引起我关注的，只有那些战时就思考，并且一直保持着紧张姿态的作品。

战争时代的紧张会使人清醒吗？当然会。然而说到思考问题，理想的状态是不存在的。事实上它与外部条件没有什么关系。能够使思考明确的，唯有意志，唯有那种千方百计使思考明确的意志。我已经受够了始终含糊不清的比喻，以及始终无法触底的冗长的思考。

我所从事的文学，与这种情形完全相同。不能有一行字为了展示美而去写的。美，不会特别地从有意识地生成美的地方产生。无论如何都要写的事儿、有必要写的事儿，只因应无法停止的需要而写，必须写完。唯有"必要"，一也好，二也好，一百也好，始终一贯唯有"必要"。如此，美就从这种"无法停止的实质"所追求的独自形态中产生了。(《日本文化私观》，选自冬树社版《坂口安吾全集》，以下同)

这些年，"唯有必要"这个词在我脑海的一隅反复回响着。"必要"（necessity）这个词异常鲜明地映射出来。那不应该是"必然"（necessity）这个词。唯有必要，只有必要产生的东西才是必然的。但是"唯有必要"这个词是在怎样的精神状态之下产生的呢？我开始阅读《坂口安吾全集》，就是想追究这个问题。毋宁说，"唯有必要"这个词投射有在战争中生存这个事实的影子。但是也许其中隐藏着他的一种精神，那就是：对赋予自己必然性的虚无的格斗让他备感疲惫，幻影被打破了，唯有依靠"必要"这个词让他起死回生。

※

战争结束时我刚满四岁，所以对那个时期一无所知。然而读了安吾的《论帝银事件》这篇文章，不可思议地让我想起了很多事，而且都栩栩如生。在帝银事件刚发生时，安吾写道：帝银事件的犯人让人感受到的是"战争的气息"。他的这篇文章让人丝毫感觉不到对战时和战后有所区分，或许作者似乎是拒绝这样的区分的。

据说今天战争已经结束了。但是，哪里发生了战争，什么时候结束了战争，如果不是远海孤岛上的炮火中幸存下来的士兵，是不可能知道的。简而言之，由于谁也不是在主动地进行战争，所以从战争中来思考战争、从终战中来思考终战、从民主主义中来思考民主主义，这些都只不过是架空的观念。而实际上我们亲身去感知的和生活的，就是四周的现实。

战争结束了——这是在玩弄观念上的空话。要在现实中寻求新的展开，是一种意欲在现实中施展魔法的幼稚行为。首先必须明确地认识到眼下荒废的样态。即街道被烧成了荒野，人们杂居着，骨肉相残，拼命地挤向破电车。

我在帝银事件中感受到的，绝不是恶魔的姿态。十六个身影相继倒下，犯人则冷漠地处理着注射器，塞着成捆的钞票，穿上鞋子，摘下袖章。我看到了战争。

在那个炮火烧过原野、轰炸声隆隆的黎明，是这样一副光景：初夏的阳光明媚，天真又健康的年轻人边处理烧死的尸体，边轻松地揪下尸体头上的帽子扔出去。他们粗暴地投掷和翻弄着尸体，比扔郊木桩还随意。

这是我见到的全部。无论是外地的特务机关，还是宪兵，都像斩芋头一样地去斩首，注射毒药，那应该是冷漠的噩梦时间。战争实在是一场无法理解的施行毒品的噩梦：在那里，人智倒错，奇妙地沉浸在原色的、看似愚蠢而又健全的血的游戏中，人完全麻痹了。

在帝银事件的犯人身上，我感受到了在战争那场施行毒品的噩梦中安居的冷漠而平凡的人。（着重号为笔者所加，以下同）

"拼命地挤句破电车"，这句话让我想到了一个光景。总之对于孩子来说，乘坐电车是很恐怖的。总是要等好多辆，并且不论等多少辆车，钻进电车的人们的恐惧丝毫不会减轻。为什么如此混乱，脸色如此难看，人如此粗暴呢？而我从那"原色的"光景口所想到的，是在白天比较空的电车里发生的事儿。一个中年女性没能乘上马车，她一只脚落到了站台和车辆之间。她用报纸包着满是鲜血的脚，并且报纸上还滴滴答答地滴着血。而把她推倒的其他乘客却佯装没看到。我的母亲也装作没看见。电车出发了，不知过了几站，不知不觉间那个女的不见了踪影。

关于坂口安吾的《日本文化私观》 | **193**

我那时应该是五岁，而我的母亲对这件事完全没有记忆。所以我甚至在想那是不是一场梦。然而如今想来，那样的事儿人们司空见惯，已然麻木了。可能那个受伤的女性也这么想。她就像舔着伤口自我疗愈的兽类一样，偷偷地治疗着。她对于他人的漠不关心也漠不关心，已经感觉不到凄惨了。可以说，那就是"奇妙的原色的、看似愚蠢而又健全的"光景。

　　或许这个光景中实际上也洋溢着"战争的气味"。直到读了安吾，我才有了这样的思考。因为那是我对人世间最初的印象，是远在我把思考与时代绑在一起之前刻印在脑海里的光景。我不想对这样的光景附加任何意义，也无意认为那就是人的原型。我半是怀疑那是不是梦。因为那是一幅很清晰的光景。然而如果是那样，只要是执着地去记忆那幅光景，或许我还会一直活在"噩梦之中"。

　　我阅读安吾的文章所唤起的，并不是战争这个事实。他自己也说："我对战争本身并不了解。"我记得安吾的作品中有与童话的残酷性相类似的感触。说它凄惨，也的确很凄惨，但也有其健康的一面。赋予童话（故事）以意义也无济于事。对于那些把尸体当作"麻烦而又无用的木桩"来处理的人们的光景，安吾是这样说的：

　　　　甚至连全然原色的健康也让人感到痴呆，在这样的风景旦，在刺眼的阳光下，生者与死者的差别仅仅如此。这一奇怪而单纯的事实夸示着令人吃惊的健全和强壮，我想那就是战争的姿态。（《论帝银事件》）

然而那些处理尸体的人并不"健康"。他们在想些什么？不知道。只有安吾说那个风景是"健康"的，那些并不属于风景本身。人们没有余裕把尸体当作"人"来看待，在他们眼里，那就是物体，就是让人头疼的物体。他们的工作就是单纯地烧掉物体。即便不是战争，人们也能够习惯这些。这个职业如果不习惯就无法去做。然而认为这种光景很"健康"的安吾应该习惯了更为异常的事件。

"我想那就是战争的姿态。"安吾这句话不管是谁都会提出质疑，因为战争并非仅仅如此。然而毫无疑问的是，安吾从那旦看到了"战争的姿态"，他的眼光并非来自"战争本身"。安吾不是在讲述战争这个事实。在朝气蓬勃的年轻人处理烧死的尸体的光景中，他看到了与他一直以来所预想的完全不一样的东西，那简直不可能存在、就像梦一样却比现实还真实的光景。莫非现实就是如此？安吾并不把它视为战争所特有的异样光景，因为他认为"这就是'现实'"，然而"不可能存在"的事情如今发生了，如果说他没有违和感是不可能的。

比如，抛开架空的观念，来看看周围的现实吧！战争没在继续吗？战争是什么时候结束的？安吾说，清楚地知道这些的，唯有"远海的孤岛"上幸存的军队。说到"周围的现实"，所有人都在看，都抬起眼看着它而活着。然而安吾所谓的"现实"指的并不是那些。战争是什么时候结束的？我切实地感受到安吾的这一追问的，是那些"远海的孤岛"上幸存的军人归国的时候——这很具有讽刺性。战争结束了三十年日本兵才回来，我是无法忘掉自己最初得知这个事实时的惊讶的。那就是我关于"这就是'现实'"的想法。在对战争尚未了结的种种分析当中，最初的慌乱甚至连痕迹都没有留下。

※

弗洛伊德把艺术活动比作是儿童的游戏，他说："游戏的反面不是正经，而是现实。"这是让人大吃一惊的僻论。这样的省察绝不出自心理学。毋宁说，让弗洛伊德精神分析诞生的，正是这一僻论。认真、清醒、写实，都还不是"现实"。狂气的反面不是正气，梦的反面不是觉醒——而是现实。无论是多么认真的内省都还不是真的内省，在弗洛伊德精神分析的根底，隐藏着与心理学不同的认识，这种认识来自他自身的经验，而不是理论。

我从马克思身上也发现了同样的道理。他早期的论文《论犹太人问题》和《〈黑格尔法哲学批判〉导言》在我看来，仅仅是颠倒了黑格尔的一种前定和谐逻辑（异化论）。然而尽管如此，它们仍然很重要，其重要性在于：面对宗教批判者鲍尔（Bruno Bauer），马克思虽然对宗教持否定和批判态度，但是他并没有真正地从宗教中解放出来。然而他又与迄至那时的任何一个无神论者都不同，有着其固有的省察。在马克思那里，说起来宗教（幻想）的对立面不是非宗教（启蒙主义），而是"现实"。恐怕他的这种认识也不是通过学习哲学获得的。他们在思想上的独创在于一举突破了下面这样一种逻辑的球体：即将"游戏"与"认真"、"梦"与"觉醒"并置而形成的一种平板单调的、最终不得不在其中反复空转的逻辑球体。

比如，对精神分裂患者说：你就是在妄想！请理性地、带着现实的眼光去看，用自己的脚站起来！——这样说是没有意义的。患者的确很害怕去直面现实。然而他们真正害怕的，并非眼前的现实，而是无法直视、无法用言语来描述的"现实"。即便想要放弃幻想，并且已经放弃了幻想，也仍然看不到"现实"。所谓"现实"，对我们来说，就是远远地将我们推开的某种东西。康德所说的"物自体"就是这样的东西吧。我并不知道康德、马克思和弗洛伊德他们分别是什么时候、如何发现了"现实"的，然而毫无疑问的是，正因为有了这样的发现，才使他们成为具有原创性的思想家。

可以说，这就如同坂口安吾抛开"架空的观念"去看"四周的现实"的时候。他说的并不是在烧得满目疮痍的废墟上有饥饿的穷人这件事。即他说的并不是去看"社会科学"范畴里的现实。他所看到的并非是"架空的观念"，也不是与之相对的现实性的观念，而是在他们的对面推开他们的"现实"。当文坛掀起"政治与文学"的论争时，安吾离那个论争的场域很远。他应该是这样说的：文学的对立面不是政治，而是"现实"。安吾这个现实主义者，与文学上和政治上任何一个现实主义者都有本质的不同。

不用说，他的这种认识既不是来自战争，也不是来自战后的经验，也不是来自生活者的经验。在昭和十六年《文学的故乡》这篇随笔里，安吾就曾这样说过。

他列举了几个故事作例子。其中一个是童话《小红帽》。心地柔软、集一切美德于一身的可怜的少女去森林中看外婆，结果被装扮成外婆的狼一口吃掉。还有一个是狂言里的故事，说某大名在旅行中看到寺院屋顶上的兽瓦跟留在家中的妻子长得一模一样，哭了出来；他又引用了《伊势物语》中的故事，说一个男人为了保护好不容易才获得其芳心的女人不受雷击，把女人塞到壁橱里，他挥枪作战，而鬼却在不知不觉间把这个女人吃掉了，男人直到黎明才发现。

我们猝不及防地被抛弃在了那里，好像此前的约定有误一般，正当我们不知所措时，无意间眼睛又被什么东西撞上了，在噗嗤一声断裂的虚无的空白中，一个非常静谧、透明而又令人悲伤的"故乡"显现其中。

虽然能够逃跑，我们却不想逃。这是我们在意识到时身不由己被征服的本性。与其说是宿命，不如说是一种让人感到更为沉重的、难以摆脱的东西，或许这也是我们的"故乡"吧。

因此我不由得生出这样的想法：通常认为在没有道德的地方，人们也没有被抛弃，文学是无法成立的，但是在我们的人生道路上却总要面临一些必然如此的悬崖，在那里，没有道德本身就是道德。

他把这些故事共通的一个性质，即把人抛弃掉的某种感觉理解为"故乡"。它们让人觉得这些既不是虚构，也不是人们所说的现实，毋宁说是从裂缝中窥到的某种荒诞。如果我们从这些乍看上去并不具有现实性的故事中受到了冲击，那是因为从中感受到了冷漠的"现实"。真正真实的东西并非是现实的，这是卡夫卡的话。"与其说是宿命，不如说是一种让人感到更为沉重的、难以摆脱的东西"，这就是安吾所理解的现实。所谓的"现实"，并非如此这般地说而已。他仅仅把将人抛弃或者这种存在状态视作"现实"，同时将其理解为"文学的故乡"。

这里所说的"故乡"这个词本身就是反语。因为通常所说的"故乡"是把人拥抱在怀让人感到温暖、安稳和平静的地方。然而安吾的"故乡"则存在于"透明而又令人悲伤"之中，那是抽象的、个人内在的、无机的世界。安吾经由上面所引述的故事题材展开的，是《紫大纳言》（昭和十四年）和《盛开的樱花林下》（昭和二十二年）这样的优秀作品，其中有安吾所说的"生存自身孕育了绝对的孤独"（《文学的故乡》）的透明的结晶。不过应该注意到安吾还加了这样的话："并非仅仅是去道德化的、将人抛弃的文学才是文学。不是。毋宁说，我对那样的作品评价并不高。因为虽然故乡是我们的摇篮，但是大人所做的，决不是要回归故乡"（《文学的故乡》）。

安吾所看到的已经是一种"现实"。在那里，已经不可能再有像在"天空、大海和风"的绝对的孤独中感到自足的状态了。

　　白痴的苦闷与孩子们大眼睛中的神情看起来很像，实则大不同。那只是本能的对死亡的恐惧和苦闷，不是人所具有的，甚至不是虫子所具有的，它只是一种丑恶的举动。如果勉强说有相似之处的话，就如一寸半长的幼虫膨胀成五尺长那样蠕动着，眼里还滴着一滴泪。

　　他不说话，不叫，也不呻吟，毫无表情。甚至连伊泽的妻在都没有意识到。那应该不是人所应有的孤独。只有一男一女两个人进了壁橱，如果是人，是不可能忘掉另一个的存在的。所谓人的绝对的孤独，只有意识到他者的存在时才能产生。否则就是盲目的、不自觉的，是不可能有绝对的孤独的。如果有，那是一种虫类的孤独，貌似绝对的孤独，内心却不感到丝毫苦闷，那种孤独可怜、可耻，又丑陋得不堪入目。（中略）

三月十日大空袭烧成的废墟上还冒着烟，伊泽漫无目标地走着。人的尸体就如烧鸡一样到处都是。人，一群一群地死去，与烧鸡完全没有区别。他既不觉得恐惧，也不觉得脏。有的如同狗一样被烧死，然而他却连狗死掉时的悲痛和感慨都没有。并不是人像狗一样死去，而是与狗一样，与其他任何动物一样，就像刚好装满一盘的烧鸡那样被摆放着。连狗都不是，更谈不上是人了。（《白痴》）

这种"丑恶"，大体与萨特说的"恶心"相似。这个主人公不把周围的人当作"人"，而是当作幼虫或者是烧鸡。换句话说，他自身的存在"物"化了，他的嫌恶感则来源于此。他不再是从外部进行观察的主体。他只存在于自我嫌恶的意识里。

乍一看，《白痴》所展示的存在论的下沉杂乱，与《盛开的樱花林下》所提示的存在论的透明性是异质性的。然而无论哪一个都是抛弃人的"现实"。《白痴》的主人公知识分子并没有通过把自己降格为白痴女而获得救赎。安吾所写的，是人的根性里的自我嫌恶，故而是我在的一种境界。没有救赎就是救赎，没有道德就是道德，安吾最终的"故乡"就在那里。

※

在《文学的故乡》里，安吾列举了几个故事，其中最为重要的，是跟芥川的遗稿有关的那个。这个故事《吹雪物语》中也讲过。有个农民作家带着书稿来到晚年芥川的家里。书稿讲述的是某百姓由于贫困，把生下不久的孩子给杀死后，装入煤油缸里埋掉。芥川读了，问是否真有其事。农民作家答："这件事是我干的。"芥川为之一怔，不知所措。农民作家又生硬地问道："你是不是认为我很坏？"一向对任何事儿都反应敏捷的芥川却不知如何应答。农民作家一离开，芥川突然感觉被抛弃了一般。

这部疑为其手记的原稿在芥川死后被发现。

在这里，芥川感到被抛弃的，同样是超越道德性的东西。这并非是说杀子这件事超越了道德。那个故事的重点也完全不在这上。女人的故事也好，童话故事也好，或者是其他的什么都不重要。总之，这个故事是超出了芥川想象的事实，它是扎根于大地之上切切实实的生活。芥川是被那种扎根于大地之上切切实实的生活抛弃了。也就是说，他自身的生活并非是扎根于大地之上切切实实的生活。然而尽管如此，被扎根于大地之上切切实实的生活所抛弃这个事实本身，就是一种了不起的扎根于大地之上的切切实实的生活。

也就是说，不是农民作家抛弃了他，使得芥川被抛弃的原因之一，源自他优渥的生活。

如果作家不能像芥川那样，经历了被抛弃的生活体验，就创作不出来像《小红帽》和前面所说的狂言那样的作品。

非道德性、抛弃，我不认为这些在文学上要持否定的态度。相反，我以为文学的建设性的东西，诸如道德也好，社会性也好，都必须建基于"故乡"之上。

这个农民作家并不了解现实。并且他的身上也不具备现实。安吾想要表达的，是只有在芥川"被抛弃这件事"中才有"现实"。因此，杀子故事也好，童话也好，战争也好，在他那里都是无关紧要的，问题是，那种经验里没有悲剧的性质。也许那位农民作家的作品本身并不怎么样。芥川对这种悲惨现实的反应程度，也只是小资产阶级知识分子的反应而已。毋宁说，"这件事是我干的。"这句唐突的话与《小红帽》和《伊势物语》里的一节很相似，是那种把人抛弃了的感觉。这种感觉只存在于芥川那里，那个农民作家身上没有。

芥川自己是小资产阶级知识分子，受到了农民生存现实的冲击——这应该并非安吾对这部遗稿的关注点。如果说那个农民作家说"像你这样的书斋派作家什么也不懂"，那也不足一提。安吾不是从"生活"这个角度来说农民作家有需求而知识人则没有的。"生活"（life）这个词本来像西欧语境中那样，对安吾来说就是"生"（life）。生活因个性而成立。生活本来就是独立自足的。没有个性的平庸生活没有意义。唯有各自追求属于自己的诚实的生活才是人生的目的（《颓废文学论》）。而关于"现实"同样可作如是观，那是独自的发现。

说到杀子的故事，这与柳田国男在其《山里人生》的开篇所讲的两个故事有类似性：住在山里的一家人为饥饿所苦，父亲稀里糊涂地把孩子给杀掉了。柳田从小就见识了饥馑，所以作为农政学家和官僚，他本应该对这种惨状非常了解的，而这个故事让他深受触动之处在于：他对于那种现实并不了解。恐怕是因为那种感觉就像读了犯罪调查报告，尝到了"被抛弃"滋味。

"与我们通过空想来描绘世界相比，隐藏的现实更有意义，也引发我们深思。"柳田国男这样写道。如果说他应该知道隐藏着这样悲惨的现实，那么他应该更加彻底地改善农政；但他却进入了民俗学这一不切实际的领域，这就奇怪了。此外，怂恿"说谎"、赞美泉镜花的柳田国男不可能比空想更现实。

四十年后，柳田回顾过去，写下了如下这番话：

> 看到这两种犯罪时，我感觉那真是可怜的事实。我想跟谁说说，就跟我的老友田山花袋说了。他说，这样的事很稀有，太过离奇，事实很严重，不能写成文学或者小说，于是我就置若罔闻了。田山的小说里所表现的自然主义，从文学的历史来看，是与历史有着密切关系的主张，但是与上述两个实例中的悲惨故事相比，则并没有那么了不起。
>
> （《故乡七十年》）

结果柳田说了这样的话。空想的对立面不是自然主义式的现实主义，而是"现实"。正因为如此，那样的"现实"意味深长，并且让我们深思。他对泉镜花的评价，并不是说他显示了超越身边的现实主义的丰饶的想象力，而是说他保持了对安吾所列举的那样的"现实"的感受忙。

柳田是从书写眼前仍然作为"事实"存续的《今昔物语》，即《远野物语》，而开始进入民俗学的。从《今昔物语》中借取素材的芥川只是对其作了合理的、心理上的调整。从那里消失的，是如《小红帽》予人的那种"现实"感。芥川虽然游离于大众的生存，但是他并不拒绝回归大众的生存。而他欠缺的，只是"被抛弃"的经验。

这是僻论。"连根拔起",就是从"根本"上被抛弃,换句话说,是通过被抛弃而感知"根"。如果说芥川没有生活,那么安吾更没有生活。这样说,并不是因为安吾自己在下层社会放浪,处于"沦落之根底",而芥川没有从根部拔起。安吾那里的"沦落",实际上只不过是作品所创造的夸张的传说。并且即便有了那样的体验,也只能创作出上述的农民作家那样的作品。

现实并不存在"底"或者"根"。安吾所体验的毋宁说是知识上的问题,故此,关于晚年的芥川,"使得芥川被抛弃的原因之一,源自他优渥的生活"。安吾说,并非清醒而冷静的眼睛就能看到"现实",那种东西什么也看不见。说扔掉意识形态去看事物,就如同说去追求生活吧。只有"被抛弃"中才有"现实"。是什么被抛弃了,这只是个"个人性"的问题。

※

在战后的《堕落论》中,安吾如是说:

> 人可怜又脆弱,所以是愚蠢的。为了彻底堕落,也因而过于脆弱。人结果不得不杀死处女,不得不编造出武士道,不得不拥戴天皇。但为的不是杀死其他处女,而是刺杀作为处女的自己,而是编造自己的武士道和天皇,人有必要沿着正确的堕落

之路堕落下去，以此发现自己、拯救自己。通过政治来拯救之类的想法轻浮无力，且愚不可及。

这篇文章是在战后生活贫困与价值观颠倒的情势下写的。因为"堕落"这个词本身直接诉者了人们的实感，也使得安吾一跃而成为流行作家。然而如果仔细阅读，就能发现，它只不过是《文学的故乡》和《日本文化私观》延长线上的产物。他说："人没有改变。人本来就是这个样子，改变了的只是世相的表象。"同样，安吾也没有改变。"堕落"这个词在安吾那里，与世相或者表象生活完全没有关系。不知是幸还是不幸，它无意间与战败后的氛围达成了奇妙的一致。

在《堕落论》中，安吾还抨击了其他各种战后"架空的观念"和幻影。与战时创作的《日本文化私观》的不同之处即在于此。人"为了彻底堕落，也因而过于脆弱"。所谓"彻底堕落"，说的不是黑市交易，也不是卖淫。换句话说，没有道德就是道德，没有救赎就是救赎，"文学的故乡"就在那里生根。但是要去承受堕落，人又过于脆弱。在直面"现实"时过于脆弱。乍一看，"现实"的幻影已经统治了人们的大脑。迄今为止的"现实"只是曾经"现实的"观念化成幻影的一刹那，只是"被抛弃"的那一瞬间，是国家覆灭了、一切都不存在了但生活还在继续的这种违和感的存在。"这就是战败的姿态。"——这种想法转瞬间又被反省啊重建啊之类的词塞满。安吾的批判本身在潮流的漩涡中消失了。

战时下的《日本文化私观》是孤独的，而《堕落论》可以说是人群中的孤独。在写作《日本文化私观》和《文学的故乡》时，安吾就已经抓住了某种坚定的东西。但是，那是与"日本文化"的研究和时代的反映根本就没有什么关系的，必须说，那里有安吾在知性方面被最大程度撑开的事件在。

比如，当他说出如下这番话的时候，就绝不是出于实用而又功利的考量，但又与真正意义上的实用主义哲学有相通的一面，那只是在实践上来寻找形而上学批判的根据这一点上。

> 法隆寺、平等院都烧了也没关系。如果有必要，也可以拆掉法隆寺建停车场。我民族的光荣文化与传统决不会因此而消亡。武藏野的夕阳静静地落下、隐匿无踪，鳞次栉比的棚屋上还洒落着夕辉，因为有尘埃，晴天也显得暗淡阴沉，霓虹灯渐渐地取代了月夜的景观，熠熠闪着光辉。只要我们实际的生活之魂扎根于此，那就是美的，否则还能是什么呢？你看，天空翱翔着飞机，海里航行着钢铁船，电车在高架线上轰隆轰隆地奔驰。（《日本文化私观》）

如果仅从表面上看，战后的人们受到的冲击似乎并不大。实际上，"日本列岛改造"的整个过程，就是对这种"必要性"的追求，不得不如此。不过安吾所表达的与此不同。他最关心的是"美"。说美的东西是美的，而不是说服别人让他相信这个东西是美的。

战后的坂口安吾在批判小林秀雄时引用了小林的如下这篇文章。

> ……有美的"花"，却没有"花'的美。他①的"花"的观念很是暧昧。现代美学家对世阿弥关于花的暧昧阐释感到十分头疼，殊不知他们其实只是受了蒙蔽。（《当麻》）

安吾说："我不喜欢这种花言巧语的表达。这不是在玩文字游戏吗？"（《教祖的文学》）关于安吾对小林秀雄的批判，这里就不谈了。但是我们应该知道，安吾对小林的批判看起来如此急不可待，并不是因为他跟小林持论相悖，而是因为小林之见解于他心有戚戚。美学家对"美"做出了种种解释，而小林上面一番话则是在说，美并不是外在的，它只存在于对象与精神之间紧张的动态关系之中。"美"不是理论性问题，而是实践性问题。安吾绝不是在陈述与小林不一样的意见。

---

① 指的是世阿弥。——译者注

"美"是实践性的问题，而且除此之外什么也不是。但是这之后，安吾与小林有着决定性的差异，而只有这一点最重要。

> 小菅监狱和干冰工场。我会不经意间想到二者之间的关联。然而除了它们以强烈的美观激起我的乡愁之外，我并没有刻意地要去考虑这个问题。它们的美与法隆寺和平等院的美截然不同。并且当我想到要把法隆寺和平等院与古代的历史联系起来的时候，就发现它们的那种美姑且必须接受。所以那种美并非直击心灵、直捣肺腑。如果不对某种不足不补充的话，那种美就无法被接受。然而小菅监狱和干冰工场就直击人心，没有任何补充之物，就具有迅速地把我的心导引到乡愁那里的力量。为什么会如此？我还没想过这个问题。（中略）
>
> 为什么这三者都如此美呢？在这三者那里，没有任何为了美而去加工的美，完全没有。没有出于美的立场考虑多加一根柱子，没有夺加一块钢铁；没有因为不美而去除一根柱子或者一块钢铁。唯有必要，在必要之处放置必要之物。如此，不需要的完全去除，唯有必要，才能产生所需要的独自的形态。（《日本文化私观》）

不用说，如果说在必要的场所放置唯有必要之物因此才是美的，那这只不过是功能主义的美学家的言论。安吾并没有就"美"作什么阐释。实际上安吾在写"无论是利根川的风景，还是手贺沼，都没有像这个监狱如此打动我的心"的时候，其出发点首先在于，凭着他的资质和经验，竟然毫无抗拒地被监狱的形式外观打动了，由此追问"为什么？"，这里有内省的成分在。

　　如果其他人也追随安吾，认为监狱是美的，那么就与认为法隆寺是美的没有什么差别，因为无论如何，那种美都不是"直击心灵、直捣肺腑"的，而是"姑且必须接受的美"。那么认为法隆寺是美丽的那些人都是极为正经之人，在这些人眼中，那些异议提倡者很是无聊，简直是在胡闹。但是把煞风景的风景看成是美的，这种心情当中有着一种与对象相对应的精神的风景。在那种精神的风景中，"美"是不存在的。

　　简而言之，安吾并非在刻意地标新立异。如果是那样，是无法打动我的内心的。关键在于，安吾在不经意的某一刻被小菅监狱这道风景牢牢吸引的这个事实。这对于已经在写作《日本文化私观》的安吾来说，也是过去的事儿了。恐怕即便他再去那里一次也不会再有同样的感受。那是他一次性的经验，通过内省使其纯粹化，从而使其作为"生活"、作为"思想"固定下来。

　　风景的强度即精神的强度。他一眼看中了"必要"之外不置一物的建筑，他的眼睛无疑就是"必要"之外不置一物的精神之眼。不是心情让风景看起来是那个样子——那只不过是美学上的唯心论，我必须说，离开了对象，还谈什么风景?! 毋庸置疑，安吾那个时候，也就是昭和十三年在取手的时候，是他所有内在的经验都收敛到"必要"这个词中最为关键的时期。在那样的历史时期，他什么也不能说。他阐述风景的那个时代，是一个失语的时代。

小菅监狱与干冰工场。比安吾单纯地表达它们如何地美更为值得关注的，是安吾其间用"怀念"和"乡愁"等词所表达的感情。当然那与他实际的故乡没有什么关系。但是，《日本文化私观》的写作是在《文学的故乡》完成的一年之后，只要我们想到这两篇的创作衔接得如此紧密，我们就可以明了，安吾其间在风景中所看到的，无疑是"文学的故乡"。

……在每个雪落竹林的日子里，我都遍访嵯峨和岚山诸寺，就信步走到清泷和小仓山墓地的深处。然而天龙寺和大觉寺，总让人感到空虚和冷清，我脑海里留下的唯有那样不快的记忆。

……当想到苍茫的大海的孤独、沙漠的孤独和大森林以及平原的孤独时，就无法不让人感受到，所谓林泉的孤独，无论它被设计得如何曲折，终究是雕虫小技。(《日本文化私观》)

《日本文化私观》中实际上只有两种风景，一种是安吾带留京都边写作《吹雪物语》边恶战苦斗时见到的风景；一种是在利根川岸边的取手町和其他町放浪时所邂逅的风景。他对京都和奈良建筑的嫌恶，投射有他对当时混乱迷茫中的自己的嫌恶；而他对小菅监狱和干冰工场等所怀有的"乡愁"，也投射了对充满痛苦的自己的发现，如果这么说也不过分。《日本文化私观》是极为"私人化"的随笔，如果没有让人感受到这些，是因为他那特异的资质和感受性已经作为思想被明确地对象化了。

　　《石头的回想》这篇文章讲述了这样一个故事：安吾被北原武夫问到有没有风景优美的温泉，他就把新鹿泽告诉北原，结果北原愤慨而归。因为新鹿泽"位于浅间高原，那里是茫茫无际的草原，连树木的影子都见不到"。于是安吾说："北原是发自内心地憎恨那种风景的单调。那时我才第一次惊讶地发现，原来我喜欢的风景没有普遍性。"

　　若是如此，那么他喜欢小菅监狱和干冰工场，他的这种感受性也不具有普遍性，从感受性出发形成的理论也不具有普遍性。不用说，只要停留在夸耀其异常感觉的层面，那就必然如此。然而安吾竟然会对这种单调的、煞风景的景观外形很"怀念"，为什么会如此？思考的结果就是："生存本身孕育着绝对的孤独"，那不是异常，也不是其他，他从中发现了"故乡"，无论是思想还是生活都从那里出发。这个"故乡"既不是浪漫派回归的"故乡",也不是所谓"故乡丧失"的故乡。

安吾发现了"故乡"。然而那是个无法让"人的"亲和性靠近的、抽象的、无机的世界。他在那里扎了根。通过被"根"抛弃的形式来扎根,从中他抓住了"某种确信之物",安吾也就成了安吾。

2. 关于自然

读川端康成的《美丽的日本的我》的时候,我抑制不住地焦躁不安。如果在诺贝尔奖的纪念讲演中,坂口安吾的《日本文化私观》被高声朗读的话,将会是怎样一番情景?于是我沉湎于这样的幻想中。

从多年前"日本人论"热潮兴盛以来,我心中就有个疑问。那就是:对于何谓日本人或者日本文化的追问,对日本人来说是怎么回事?为什么去追问?为了谁去追问?不用说,既然并非为了让外国人知道,那当然是为了自我认知的问题了。然而,我不认为那是自我认知的作业。自我认知不可能不伴随着某种内在的拒绝,因此也不可能不伴随着某种"伤痛",它无论多么辛辣,只会舒适地从头脑中经过。简而言之,那不是自我认知,只不过是自我理解。理解他者和自我之间的差异非常重要,但是真正重要的在于坚持自己的原则,不是吗?而我认为所谓的自我认知就是这样的。

昭和十七年,坂口安吾就布鲁诺·陶特的《日本美的再发现》作了如下这番论述：

> 一方面陶特发现了日本及其传统的美，而另一方面，我们看不到日本的传统，却仍然是日本人——这两者间的差别，陶特压根儿就没想到。也就是说，陶特必须发现日本，而我们没有必要去发现日本，我们现在就是日本人。我们虽然失去了古代文化，然而并没有失去日本。何谓日本精神，我们自身没有论述的必要。从附加了说明的精神中应该无法创造出日本，并且所谓的日本精神也不应该附加什么说明。只要日本人的生活是健康的，日本就会健康。短小的罗圈腿穿上西裤，穿上西服，走路迈着小碎步，跳着交际舞，扔掉榻榻米，装模作样地仰靠在廉价的桌椅上。这在欧美人看来简直滑稽至极，而我们则陶醉在便利当中，完全无视他人的眼神。他们看我们时带着怜悯与嘲笑，我们则是要生活下去，我们有着根本不同的立场。只要我们的生活基于正当的要求，他们的怜悯嘲笑就很肤浅。（《日本文化私观》）

也许布鲁诺·陶特自己只是遵从他内心的要求。但是无论如何我都不认为他是个优秀学者。因为对他来说，"文化"是外在于实际的人之生活的某种东西，如此一来，虽然能看到"文化"，却看不到"人"。然而我感觉，当时他的著作风靡一时，与今天日本盛行日本人论和日本语论的情形并没有什么不同。

我们在对现状试图做出解释的过程中，总是掺杂着一些可疑的东西。我并不把这个叫作反省，也不叫自我认知。我是什么，只有在塑造我的行为中去寻找。然而上述追问所欠缺的，无疑正是行动。那只不过是虚构出一个自己，假装自我认识罢了。本来我并不是在谈学术研究，我只是想说，被说成是身份认同追求的日本论的流行现象，大概只是知性的懒惰。

《日本文化私观》并不是在论述"日本文化"。它所讲述的只是安吾的自我省察。但是除此之外还有怎样的自我认知是可能的呢？或者说，除此之外，"日本文化"的认知有可能吗？正如上面文章中指出的，应该被称作自我认同的追求。

※

比如，能够把《美丽的日本的我》中所写的自然观叫作日本人的自然观吗？实际上，只要追溯一下《古今集》以后的日本文学传统，我们就觉得可以这么说。但那始终是"文人"的传统，并且是基于汉文学影响而形成的传统。应该说，那种传统纯粹是由文学教养培育起来的。永井荷风说："看见梅花而起兴，是需要汉文与和歌俳句的素养的。由于现代人不看过去的东洋文学了，因此对梅花置之不理是理所当然的"（《葛饰土产》）。

但是同样的道理也可以用来解释欧洲的自然观。在美国中西部的荒地上劳动的埃里克·霍弗这样说道：

> 自从长大成人后，每当听到大自然是如何帮助引导我们、如何像严厉的母亲那样帮助和推动人类实现她高明的意图时，我就会强烈地反抗。十八岁之后，我成为一个移动的劳动者，深知大自然心术之不正、傲慢和冷酷。当我想要平躺在大地上休息的时候，大自然就用它坚硬的指关节顶住我的侧腹，为了让我离开大地，就派上虫子、刺球和狗尾草。当我在淘金矿采矿时，为了寻找通往细流的道路，每次走出道路时，就会遭到背阴处的蔓草、越橘和漆树的联合攻击。只要直接接触大自然，就意味着几乎总是被擦伤、咬伤，衣服被磨蹭撕扯得破烂不堪，还有侵入身体毛孔的污秽。为了能够活下去，我必须在自己与大自然之间铺上防御膜。只要走到柏油路上，哪怕距离村庄还有好几里远，我也觉得像回到了家一样。
>
> 我读过的书，几乎都以崇敬的心情讲述大自然。说大自然是纯粹的、无垢的、清净的，对健康有益，恩泽遍施，是高尚的思想和高洁的情感的源泉。就好像所有的作家都是"大自然之子"。那是因为这些人不参与世俗事务，无法近距离地感知大

自然。这是我的臆测。我们能感觉到他们的内心有某种不满。他们对人类以及创造了人类的东西深感嫌恶。他们对大自然的赞美与这种嫌恶结合到了一起。对他们而言，人类就是侵害者、冒渎者、改恶者。（柄谷行人等译：《现代这个时代的气质》，晶文社）

这里有对大自然彻头彻尾嫌恶的人。他对欧洲的自然观，即"人化"的温顺环境以及依据文人（men of letters）传统所形成的自然观进行了批判。如果说文学是从文学中产生的，那么以希腊罗马的古典和旧约圣经的诗篇为范式的文学就都是把"爱自然"视作不言自明的前提的，这并非不可思议。而像《李尔王》那样的作品则属于例外。

重要之处在于：那样的自然观全部是由文人塑造的。也就是说，对于与自然没有直接实践关系的人来说，爱自然是理所应当的事儿；但对于与自然有直接实践关系的人而言，不论东洋还是西洋，大自然是不祥的、令人恐惧的。只有当大自然被驯化成沾染了人性的时候，它才被视为是应该去爱的东西。

在大冈升平的《俘虏记》和《野火》中，森林中的"我"感到大自然不可思议的美。然而那是在"我"离开军队、放弃生存的瞬间。在军队期间，这个热带大自然则是必须与之格斗的对手，不可能成为观照对象。

所谓"临终的眼",就是把世界看作是有用的或者是道具的这种日常性意识后退,把世界当作实在本身来理解。只要面向观照性的世界,当然就会认为"临终的眼"是至上的。那是因为它保证了与活着的他者相隔绝的外界其完美的被动性。

但是《俘虏记》中的"我"不能进行如此分析。我希望经由分析把与大自然一体化的自己从后者当中剥离开来。他之所以不能忍受那种被动性,是因为其一,把他逼得走投无路的不是"自然",而是"国家";其二,他是个清醒有意识的人,并且是个厌恶"文学性"的有意识的人。"临终的眼"那种文学倾向对他而言毋宁说是个耻辱。

但是,《俘虏记》《野火》与《暗夜行路》的根本不同之处在于:主人公首先被置于敌对性的热带大自然中。他在那里必须要对大自然采取行动,并且注定是无力的。他是不折不扣的"思考的芦苇"。那里产生了具有原型意义的追问。那不是单纯的临界状态。那是自然(nature)与人(human nature)交缠关系中的临界状态。

我称之为"原型",是因为无论我们拥有怎样的自然观,从根本上说都是赤裸裸的大自然和人类的关系,这种关系是不可能灭绝的。

※

日本的自然是温和美丽的吗?比如去登山,发现非常偏僻的地方竟然也有民房！人们选择在狭窄的平地上生活着，出神地眺望着那样的风景，觉得它很美，甚至想要在那样的地方安住下来。但是就如柳田国男所说，他们为了获得土地，越住越高。那种姿态是为了让自己去适应苛酷的而非温和的大自然，恐怕此适应本身就是在扭曲人性，其过程必然伴随着精神上畸形的矮化，把那种贫弱当成是美的，不是倒错吗？当说要"摒弃枯淡的风格"的时候，坂口安吾要表达的就是这个意思。

总而言之，不是把大自然作为观照对象，而是是否与大自然或者人这个自然进行直接实践性的交涉，一切都有赖于此。夏目漱石很是亲近汉诗和南画的世界。但是他所面对的异质性的世界未必就是西洋文学。比如《道草》的主人公与细君这个 human nature 进行格斗到疲劳困顿的程度，但是在面对自己内心的自然时却怯懦恐惧。与对女性进行冷彻观照的作品相比，这部作品中的女性俗恶而又丑陋。但是我必须坦率地说，这部作品是美的。坂口安吾在《日本文化私观》中所讲述的美就是那样的东西。

我关注柳田国男，并不是因为他试图去理解日本的在地思想和庶民。首先那样的东西是不存在的，重要的是柳田把所有的考察都放在"自然与人"或者自然史的视野下。

柳田说他之所以从事民俗学，是不想饿肚子。我曾经有过一段对他的这种回忆感到奇怪的时期，但是如今不会那样想了。结果他的学问的根底中，有对以"饥馑"为象征的大自然与人的关系的原型性考察，也包含着把日本人的信仰意向作为一个内在的"自然"来阐明的尝试。二者是无法截然分割的。然而反过来，今天的人类学一直伴随着卢梭以来的自然观，"自然与文化"的观念作为一种激进主义发挥着影响。这是欧洲"文人"的观念，只要这种观念存在，就绝不会缺乏激进的思考。

　　全体"爱自然"这个词，在日本即使不是诗人也经常说，然而自然到底是不是值得爱也是个疑问。读了文奥莱斯博士的南岛纪行，就发现他频频描述为绿色所覆盖的热带诸岛的寂寞。放眼望去，茫茫树海中，花很少，鸟儿蝴蝶都躲避在树荫下游戏，色彩几乎没有变化。毋宁说，这种单调的大自然给人一种压迫感。而在温带的岛屿二，随着四季推移，秋来山上层林遍染，春归又见各种色彩的新芽，纯粹的大自然的力量过于强大。人凭借自己的力量适当调整，就能够理解所谓仁者乐山、智者乐水的含义了。在我们所命名的风景中，自古以来就或多或少地存在以与人交涉为条件的事儿。(《豆叶与太阳》)

　　柳田说，应该去爱自然，这件事本身值得怀疑。如果更清楚地表述，他是在说，大自然并不值得去爱。柳田完全摆脱了文人的自然观。在柳田看来，文人的纪行文对日本人有很坏的影响，似乎所谓的名胜，都在他处，而不在自己所住的周边，柳田就是要颠覆这种固定观念，因为在文人那里，风景是"人创造"的，人类所爱的自然是"人为的"大自然。坂口安吾也有类似的表达："日本文学对风景之美一往情深。但是对于人来说，人自身才是最美的。对于人来说，人是一切"（《颓废文学论》）。

也就是说，柳田对自然不是观照的态度，而是实践性的。对于这种姿态，我们不能轻率地冠以近代合理主义之名。只是面对"力量过于强大"的自然敬畏，有着合理实践的冲动。

"回归自然"——文人常常发出这样的声音。但是，譬如导致污染的罪魁祸首并非是意欲征服自然的技术、工业和近代文明的过度发展与滥用，只不过是缺乏在生态关联中能够理解自然的技术认知。污染问题证明了自然仍然是一个棘手的对象，"只能通过顺从它来统治它"（培根语）。

但是更为棘手的则是内心的自然，即莫拉利斯特曾经所说的"情感"。霍弗说："人的内心总是存在原始的黏稠泥泞之物，通过对其进行加工，人才作为人而存在。"人面对外在的自然并非一味的脆弱，而在面对内心的自然才更脆弱。而且对于后者，没有什么像样的技术。因此，"返回自然"这种文人的观念结果只能归结为为感情所侵扰的精神的原始化，也就是归结为"回归自然"。

文人的自然观本身当然具有它的必然性。只有当它被确立为思想的规范时才会有危险。比如，拿马克思的《1844 年经济学哲学手稿》这个例子来说，它是当今激进主义的理论依据之一。《1844 年经济学哲学手稿》是基于费尔巴哈的"自然就是人"这个观念而建构的，但是马克思很快就开始嘲笑它并最终抛弃了这个观念。简而言之，他否定了费尔巴哈的文人观念的自然观。不论何种形式的以"自然"为规范的思考，与在直接面对自然的场域，以及在那里与自身相对的场域所进行的思考相比，结果都只能是拟似性的、缺乏真实意义的。

※

或许在柳田自然论的背后有其年幼时饥饿的体验。关于坂口安吾，我不能不考虑他的"资质"。因为，这与其说始于思想，不如说始于感受性。

如今我仍然最喜欢大海。我喜欢单调的海滨沙滩。只要随意躺在海岸看着大海和天空，我哪怕在那里躺一天，内心都是充盈的。因为那是少年时代起就在内心深深扎了根的、故乡般的情感。

然而我并没有在意它。我那时在考虑，所谓的

"人"，无论是谁，都会爱大海、天空、沙漠、高原那种无边无际的虚空，而有山有溪流的山水风景并不能慰藉我的心灵。（《石头的回想》）

对于《野火》的作者来说，原始森林这样的环境是"国家权力强制"的产物；而对于安吾来说，那是"资质"的产物。对他来说，单调而虚无的空间再合适不过了。但是我并不认为他真的喜欢那样的空间。毋宁说他天生就喜欢的，是去思考那些处于临界状态的东西。在那种非私人化的空间中，能够让人赤裸裸。赤裸裸的人追问：什么是必然的？在荒野中，耶稣回答：只有从神的嘴里说出的才是必然的。《野火》中让军队恼怒的就是那种声音。然而在安吾那里，那种声音并非如此完美。他所要表达的是"必要"（欲望）这个词。这里我们能看到安吾的诚实。

我经由自己生病的经验判断，知道人（我觉得没有必要特指"我"）在最为强烈的孤独感袭来的时候，是最好色的时候。

我想，孤独感最为强烈的时候，就是意志力逐渐丧失的时候，意志力的丧失是否就是抑制力的丧失，同时也是最好色的时候呢？

在最后的临界状态，只剩下孤独感与好色，二者惊人地合并，这说明人类的孤独感并非来自对人的嫌恶，而是来自对人的热爱。即便说了不去爱人类，也办不到。也不清楚那是什么样的人。也许并不是那样。只是爱着人类、又离不于人类的，不就是人类吗？

即便嫌恶人类隐遁山林，也切不断与人类的联系，这就是人的本性。即便打算切割所有与现实的羁绊，打算彻底做到漠不关心，并且希望经此来抛弃人类，但是又该怎样才能做到呢？而不知何物，不得而知的人间爱，是否就能断定那不是我们难以辑断的宿命操偶线？

于是我在孤独感和绝望感最为强烈的时刻，只会是好色。用更为准确的语言来说，那就是完全沉迷色情。结果，所谓的"肉欲"，不就是让人进退两难的玩具吗？（中略）但那是令人悲伤的玩具。是在最后的临界状态才露出面容的玩具。因为是宿命般的玩具，也是让人进退两难的玩具。（《我的人生观》）

人是孤独的，但又无法做到真正的孤独。极端地孤独则极端地好色，这样的安吾，其"发现"的独特之处在于：他完全没有导入"神与人"这样的视点，只是通过"自然与人"这个视点就达成了。如果把社会称为人与人的连锁，那么安吾则试图从自然的面向上来思考社会。这样一来，社会就不是自然的对立面，自然只是强加于人的装置。重要的是，将社会相对化的视点并非是由超越性的神导入的，而是从自然本身导入的，其中没有任何虚构的成分。

人无法真正地孤独。这是与人无法真正地"堕落"的"堕落论"的说法相对应的。而成为"堕落论"基调的，毋宁说是悲伤之眼。

> 人类生生流转，未来无限又永恒，相较之下，我辈的一生仅如朝露般短暂。然而那样的我们却说什么制度永远不变、幸福永在，还要对未来许下诺言，这完全是在胡说八道。面对无限又永恒的时间，面对人类的进化，这难道不是可怕的冒渎吗？我们所能做的，只有一点点地使其变好，而人类堕落的极限，其实也只有那样的程度。人没有能够无限堕落下去的坚毅的精神，因此不得不依靠某种装置来阻止堕落。建构那种装置，然后再拆掉它，于是人类向前发展着，堕落乃制度之母胎，我们必须以最严肃的态度去面对这一可悲的人类实相，此乃当务之急，且唯有此为必要。(《续堕落论》)

这是批判共产党人的文章的一节。然而我并不认为这与后期马克思对自然史的考察有多大的差异。只是在不断地表明"可悲的"那一点上，与比如像花田清辉那样拼命地想要掩盖那种抒情性的那种人之间显出了差异。

安吾所摆脱的，是在否定神的同时将其内化到"人"之中的人道主义，在他看来，那是"力量过于强大的目然"强加于人类的装置。那么，人可能做的事情就只有"一点点地使其变好"。因为一举而"变好"的幻想只会导致"变坏"。

安吾是"无赖派"，他在主张破坏所有的形骸的同时，又属于政治上的保守派，这在同时代人看来颇觉可疑。但是他始终看到的，是 nature 中的 human nature，其条件之苛刻，与性急地主张"人的胜利"者无法达成妥协。

※

在战时作品《铁炮》中，他如是写道："如今于我等必要的乃信长的精神。去制造飞机。那是唯一的胜利之道。"这是在"精神主义"的支配下所发的言论。

在那些认为枪炮一发就能速胜但最终却对战局毫无作用的名将中，织田信长发明了三段式连续放炮的"技术"。这个发明让他傲视群雄获得了胜利，从而"信长的天下，是依靠铁炮的武力取得的天下，然而信长并非是利用铁炮获胜的偶然性的宠儿。从小就知道铁炮的信玄没有想到要利用它来消灭敌人，各地豪杰没有不知道铁炮的，然而只有信长具有真正利用它的见识和手腕"（《铁炮》）。

实际上问题并不在物质的力量。物质的力量是结果，安吾考虑的是，敌我之间的斗争仅仅是思想的斗争。战国时代看似只是力量的斗争，然而实际上是思考力的斗争。信长是无力的。他不仅被强敌围攻，还被内部的敌人包围着。毋宁说，他喜欢把周围都是敌人看作是不言自明的前提。换句话说，在敌对的自然中作为无力的生存者，他彻底贯彻了拼命地思考和行动这一原则。

他视为对手的，是自然，而不是人。让人行动在某种意义上很容易。如果有巫术语言、"精神主义"式的口号就很好。但是，让自然行动起来，唯有"通过追随自然来支配自然"的技术。不管他是否愿意，他所处的情境使他放弃所有的传统力量，不得不去另觅他途。信长这个"自然之子"是在自然的恶意中成长起来的。

可以说最早发现信长这一形象的是安吾，而最早认可胜海舟的也是安吾。他只有把自身放在那样的处境中。

比如在《日本文化私观》中，有这样的插曲。那是他在雅典·弗兰塞学习的时候。在宴会的演讲中，科特先生突然开始发表沉痛悼念克列孟梭的演讲。因为科特平常是伏尔泰式的"虚无主义者、无神论者"，所以安吾认为科特的演讲是在开玩笑，但当看到科特如此郑重其事，他惊呆了，忍不住笑出声来。

　　我一辈子也难以忘怀先生那时的眼神。就像杀了我也不解恨，先生以嗜血般仇恨的眼神瞪着我。

那种眼神日本人是不会有的。我一次也没有见过日本人中有那样的眼神。尽管那之后我有意识地云寻找，也没见过一次。也就是说，如此地憎恶，日本人中是没有的。《三国志》中的憎恶、《查泰莱夫人的情人》中的憎恶、如此嗜血、想要将其大卸八块也不解恨的憎恶，日本人中几乎没有。昨日还是敌人，今天就成了朋友，这种宽容或者说姑息毋宁说是日本人普遍的情感。恐怕大多日本人都痛感，复仇这件事与自己的心性并不相符。经年累月之后，彻底地憎恨变得不再可能，充其量不过是"死盯住不放"的眼神，那就是极限了。

所谓的传统，所谓的国民性之类的说法，有时隐藏着这样的欺骗。很多习惯、传统有悖自己的性情，却恰恰像与生俱来的希求那样不得不背负着。因此昔日在日本发生的事情，不能因为昔日发生了就认为它原本就属于日本。（《日本文化私观》）

不用说安吾的考察应验了战后的日本情形。因为"鬼畜英美"瞬间就消失得无影无踪。回想一下，我不禁惊讶于他敏锐的直觉。然而毋庸赘言，这些并非"日本人论"，那只是安吾寻找他者或者现实的方式。我所关注的，是历经十年仍然忘不掉科特先生憎恶眼神的安吾的意识。或许真正执拗的不是科特先生，而是安吾。当然他并不具有罪意识。他只是记得"被抛弃"这件事。他并不打算谢罪，也并不打算被豁免罪责。转瞬即忘掉憎恶与轻易请求宽恕，这两件事是表里一体的。简而言之，说赎罪也好，说罪意识也好，都只不过是单方面的想法。要承认，人与人之间存在难以拂去的恶意，这种"自然"状态是根本存在着的。也许正因为存在始终都憎恨的人，"宽恕"的思想，也就是基督教才不可欠缺。安吾之所以倾向于在历史小说中写政治人物，与其说是因为那些人与他持论相同，不如说现实中就有迫使其持有那种想法的人。

"去造飞机"这个说法是一个比喻。在他眼里，这场战争并非是正义与正义之间的战争，而是自然史的一环。战争与和平之间并不存在严格的区别。"大东亚共荣圈"和"鬼畜英美"纯粹是胡说八道，"民主主义"和"反战和平"也完全是谎言。那都是"语言"。然而正是语言统治着人类。

"去造飞机"，安吾这句话让我想起了埃里克·霍弗说的"有移动山的技术的地方，不需要移动山的信仰"。所谓"移动山的信仰"，简直就像与山进行魔咒般的格斗，其结果只是用语言让人动起来，然而移动山的技术只是单纯地认识自然并且利用其力量。并且正是在没有"移动山的技术"的地方，"移动山的信仰"才会统治人类。

对于安吾而言，战后的共产党人与战时意识形态传播者是同质的（事实上甚至是同一拨人），是不变的

"精神主义"者，只不过是散布移动山的"语言"的知识分子。但是对他们的批判在结果上都只是大同小异。如果不在与自然直接格斗的场所思考，我们只能被困在别的装置里。

※

安吾对信长的"发现"，实际上是他研究天主教的产物。"我最近读的都是基督教方面的书"（《矮竹背后的面孔》），安吾写下这句话是在昭和十五年，基督教的影响也投射到了《日本文化私观》上。

姑且不论他的基督教研究，其中重要的一点在于，据说他对现代基督教及其信仰完全没有兴趣。由罗约拉、塞维尔等人创始的耶稣会，在其草创期于日本最有力地发挥着其能量，这个时期的耶稣会在基督教史上也属于特别的存在。事实上，被正式称为殉教者的只有在这个时期才如此大量地接连出现。就是在基督教史上，就重现《使徒行传》的世界这个意义层面上讲，也可以说那是暴露继承犹太教的原型性本质的时期。

在那个意义上，可以说虽然安吾对宗教或者现代基督教并不感兴趣，但是他对宗教所具有的根本特性极其敏锐。对于那个时期耶稣教会的影响力本质，他作了如下这番思考。

说起来，禅自有其禅世界独有的约定，在那些约定的基础之上，再玩弄理论技巧。一切都在相互约定之后才能成立，就是这样一个世界。

比如，当有人问"佛是什么？"的时候，

就回答道："是无"，"是干屎橛"。

在相互约定的基础上做出一副明白了的表情，这里说的只是表情。至于究竟明白了没有，不得而知。

因此，实际上佛是佛，干屎橛是干屎橛。在这种寻常而又认真的逻辑面前，禅门那样的逻辑是起不了作用的。那么，什么样的力量才能根本颠覆那种最理所当然的逻辑呢？这种力量在哪里呢？答案就在于实践与思想的合一。

但是那样的生存方式对禅僧而言极其困难。因为禅僧总是用事先约定的观念来思考问题，他们并不去实践。他们一直在观念的世界里摸索，依靠智力去参悟，但是究竟自己的力量有多大，并没有人知道。因此当天主教的僧侣赌上全部性命去实践的时候，在这些宗教徒那样的实际行动面前，禅僧感到了莫大的威胁。那让他们感到了自身的无力和寒碜。于是信仰禅宗的僧侣纷纷皈依基督教，这在当时极为流行。皈依者数量之庞大，远远超出我们今天的想象。（《欧洲的性格 日本的性格》）

也可以说，这反映了想进东洋大学当僧侣中途又放弃了的安吾的经验。但是也可以说，这一时期禅宗僧侣，与古代罗马帝国后期贤明的哲学家们很相似。那就是实践性的思想，换句话说，这是在观照与无为这两者极端对立中的能动的生存意志。那是不合理的，对于"贤哲"来说也许很愚蠢。但是最终他们却会屈从于这样愚蠢的逻辑。

在《日本文化私观》中，安吾已经这样表述过："概而言之，所谓的林泉和茶室，与禅僧的参悟相同，都是建立在禅宗假说的基础之上的空中楼阁。问佛是什么，答曰是干屎橛。把庭园里放一块石头，这既是干屎橛，又是佛"（《日本文化私观》）。但是如果把干屎橛说成是干屎橛，把理所当然说成是理所当然，这样的逻辑就没有讨论的空间了。

因为把理所当然说成是理所当然的天主教徒一方不是单纯地在谈经验事实，而是想直面约定之外的"现实"。虽然面对人"约定"是有效的，但面对自然则是无效的。禅宗一方不得不屈服，是因为天主教徒一方所面对的大自然是沙漠，他们要在那里发出叩问，而禅宗信徒只不过是在渺小的山水面前诉说着费解的难题。

对于冒着性命之忧千里迢迢赶来的天主教徒其实践的热情，禅宗信徒们无法抵抗。天主教徒一方的非合理主义与禅宗的非合理主义看似相像，实则不然。因为，前者的非合理主义根植于拒绝与大自然的和解，并直接转化为合理的实践。安吾与天主教徒产生共鸣并非发生

在信仰的层面。但是他承认，为了合理，需要非合理的
热情，而这一点在天主教徒那里可以看到。不用说信长
身上也有这样的特质。但毋庸置疑，他与只不过是实践
的合理化之近代合理主义无缘。

关于历史——武田泰淳

　　接到武田泰淳的死讯是在 11 月中旬。在那稍早之前，我被告知我的近亲去世了。无论是哪件事儿感觉都离自己很遥远。我想不仅仅是因为我住得距离他们很远。我呆呆地思考着不在与死亡之间的区别。

　　说起来泰淳是死亡专家。本来很难说活着的人是死亡专家的。死亡于个人而言是观念问题。极乐世界也好，地狱也好，都是观念问题，这就是根据。由此看来，或许应该说泰淳是个"观念的专家"。而武田泰淳的"极限志向"莫过于成为观念的专家。因为所谓"极限"，只在思考的范畴内存在，本来就是观念的问题。因此凡是能称为观念的观念，就是从极限状况——比如死亡——出发，并且，如果忠实地按照观念活着，就意味着只能死亡。

　　不过武田被誉为"死亡专家"，并非意味着他是观念的专家，更具体地说，是葬礼的专家。他是僧侣之子，自身也做了僧侣。也就是说，相较于死亡其庞大的观念体系，相较于死亡的医学观察，他很早就精通死亡的社会形态。

海德格尔说，我们的意识里只存在他人的死亡。然而对于这种现象学式的见解，我也是持怀疑态度的。某人是不在，还是死了，在我们的意识里，是无法严格区分二者的不同的。未开化之人对死者抱有恐惧，是因为他们认为死者还活着，而我们的葬礼也停留在这种观念上。本来像佛教一样，激进的个人主义宗教与葬礼无关，但是如果不对其持宽容态度，是无法在社会上存在的。

为了确切地知道他人是死亡而不是不在，还有些其他的必要条件。因而死亡既不是单纯的物理问题，也不是观念问题。说起来，死亡是个制度问题。"不具备葬礼制度的社会是不存在的"（维柯语），这句话则证明了这一点。某人死了，那么他生前所拥有的诸种关系成了空白，活着的人必须去填补这个空白，把死者从自己的生活空间中驱逐出去，重新构建新的诸种关系网络。如果不这么做，就意味着死者还活着。

根据我贫乏的人生经验，葬礼有其残酷之处。以往我一直以为那是葬礼逐渐走向形式化导致的。然而事实并非如此。哀悼死者，悲伤，这都属于人类史上相对近代的观念，在这种观念的背后，隐藏着葬礼的本质。那就是：使死者真正地死掉，即把死者从生者的世界里真正地驱逐出去。所以，死亡既不是物理上能够被理解的瞬间的事实，也不是活着的人感到悲哀、有丧失感这种具有明确意识的事实，而是具有一定幅度的共时性的事件——它指的是使某一种关系体系变形为另一种关系体系之全过程。并非是先有人死亡而后有葬礼，而是葬礼即死亡的一部分。随着时间的流逝，我们忘掉了悲痛，逐渐习惯了一个人的不在。到了那个时候，"死亡"才得以完成。此时，"死亡"已然区别于"不在"，在生者重新编织的关系体系中，死者已无容身之地。

　　我是从去年秋天开始在耶鲁大学教授日本文学的。在"战后的文学"这个讲座上，我让学生去阅读武田泰淳早期的几部短篇作品。而我对那些并不感兴趣。相较于小说家和"外国"文学专家的泰淳，我更为关注在上海经历了战败的泰淳。那可能与我身处外国有关，但不仅如此，也因为我和中国学者接触的机会比较多。每每毛泽东之死以及随之而来的政治混乱被热议之际，我的脑海里就会想到泰淳的《司马迁——史记的世界》（简称《司马迁》）。事实上，中国人也是在内心里把那个政治混乱的过程作为《史记》所揭示的意象来把握的。然而，无论意识形态的外壳如何，把政治乱局看成是两千年前事件的再现，这让我困惑不已。近代的政治学和马克思主义术语都无法解释一些事件，这是《史记》给我们的启发。然而反过来说，也只有在这个时候，《史记》这个文本才开始具有意义。通过历史学方法是无法阐明《史记》的意义的。《史记》这个文本已然不能还原为任何东西，它开始作为"能指"存在着。

武田泰淳所发现的，应该是那样的《史记》。泰淳的解读与其他任何人都不同，他既不从现代来看《史记》，也不从《史记》来看现代，而是通过解读《史记》的结构，从中阐明它所隐藏的秘密。

比如，秦始皇在巡游之地去世，临死前下诏书给宦官赵高，令长子继承其皇位。赵高唯恐生变，对天子驾崩秘而不宣，并且伪造始皇诏书，立少子胡亥为皇帝，仓促返宫。"会暑，上辒车臭，乃诏从官令车载一石鲍鱼，以乱其臭"（《史记》）。

然而令人恐惧的不是赵高们的行为，而是始皇死亡所制造的瞬间真空。毋宁说，对这种真空状态感到恐惧的正是赵高们，他们在恐惧的驱使下，匆匆驾车回到了朝廷。如果长子一方的势力知道了始皇之死，事态有可能发生逆转。始皇还没有死！只有到了谁取代始皇并建立起了新的关系秩序的时候，始皇才真正死亡。

武田泰淳这样写道：

> 始皇临终前的情景，就因为其生前庄严的模样被描述得极为详细，才让人更加吃惊。绝对者之死、"世界之中心"之死、世界统一者之死，仅仅是这一身份本身，就足以能够成为引人瞩目的历史性事件。尤其是在《本纪》里要涉及此事，问题就变得更大了。但是司马迁毫不在意，他简单明了地记述道："始皇恶言死"。地上的至高权力者临

死也不愿放弃生命，囿于帝位之上的执念之火，如此情景尽在一句话里。

然而如果说始皇死死地抓住生而不撒手，恐怕并不正确。他知道"死"意味着什么。那就是随后要发生的事件。当"死亡"的本质如此鲜明地彰显出来的时候，死的观念什么也不是。毋宁说，死的观念总是把"何谓死亡"掩藏起来的。虽然《史记》没有一处写到死之观念，然而支撑《史记》的结构的，就是死，或者说是对死亡所制造的真空的恐惧。特别凶恶之人和特别狡猾之人其实并不存在，他们只不过是对真空既恐惧又为其所诱惑才行动的。可以说，由于中心的不在，或者因不在所制造的瞬间揭示的根源性的混沌——而书中并没有写——《史记》才得以成立。

不过我们为了想象那种真空，并不需要多么大的舞台。比如只要思考一下"语言"这个体系就足够了。众所周知，索绪尔把语言视作差异化的系统。就是说，声音和意义（概念）的结合具有随意性，意义只存在于声音的差异中。换句话说，意义是在差异化的声音之"间"产生的。意义并非先天存在，它从一种"真空"中产生，而真空又并非是"虚无"，"存在与虚无"（萨特语）不过是从那种真空中派生出来的。

当然说到"随意性"，并不意味着人可以任意地去更换。"随意性"这个词，并不意味着说话的人完全拥有选择能指的自由。如果进入语言共同体，能指刚刚确立，说话的人则不具备改变它的能力"（索绪尔）。即当语言作为语言存在的时候，已经不可能有"真空"了。是因为世界已经被意义填满。比如"狗"这个概念，就因为在各国的语言中其声音不同，就判断"狗"与"inu"① 之间的关系是随意性的，这还不够。因为他们认为"狗"的概念先天就存在。然而事实并非如此。"狗"这个概念本身是从差异中产生的，而概念一旦产生，"真空"就关闭了。

只要去看一下新词语的诞生过程就会很清楚。比如，在表达 shi-ko-shi-ko② 这个声音的意义时，虽然谁都知道它的意义，却很难去解释那到底是什么。因为声音本身并不包含意义。但是，如果这个词一旦被固定下来，这个声音不只具有意义，还会让人感觉到，它的意义是由这个声音表达出来的。事实上所有的词语都有这样的来历。

再举一个例子。"smart"这个词在英语中指的是头脑聪明，在日语里，其意义则不同③，不过并不能说日

---

① 狗的日语发音。——译注

② 该词为日语词しこしこ，是个拟声词，具有两种意思。其一，指筋道的口感；其二，指持续而踏实地去做某事的状态。——译注

③ smart 在日语中被标记为片假名スマート，意思是（外表）漂亮、俊俏，（体型）苗条，（举止）潇洒、洒脱，（穿着）时髦等。——译注

本人在胡乱地使用英语。在英语里，smart 的意义是在与 clever、bright、brilliant、wise 等词的关系中成立的。本来它很难翻译。相反，当"スマート"这个词在日语体系里固定下来的时候，则存在于与俊俏、俏皮、潇洒等词的关系里，并且具有其他词无法置换的意义。毋庸赘言，在"スマート"这个词固定下来之前，它则不拥有那样的意义。即某种意义不是由拼凑スマート来表示的，スマート的意义是从 su-ma-a-to 和其他声音的差异中间产生的。一旦某个词固定下来，其意义就由以往不存在这个词的不同语言系统所重新赋予而形成，并且其他词的意义也随之而变形。

当然谁也意识不到这个过程。意识总是只反映已经生成的意义。尽管如此，在悄无声息的"语言的变化"事态中，总是潜藏着暴力的光景。从一种系统向另一种系统的"变化"中，潜藏着死亡与杀害。谁也不是有意识地去这么做的。但是当口口声声地说'珍视语言"的时候，我们却亲手杀了它。反过来，当我们想要有意识地杀了它时，却怎么也杀不掉。我们的意识已经由意义充满，被隔离在"真空"之外。

可以说武田泰淳从《史记》中领会的，就是那样的"真空"。他于是去掉遮蔽《史记》全体的意义。比如，泰淳暗示，司马迁很重视老子的哲学，但是老子哲学并没有遮蔽掉《史记》。《史记》中儒教确实被相对化了，然而它并不是借助其他的观念被相对化的。司马迁通过把孔子放置到诸关系的体系之中，从而解构了超越论的观念。只要老子作为哲学存在，同样会被解构。然而正如泰淳所说的，《史记》的方法是老庄式的。

在引用司马迁的《太史公自序》中关于道家的论述后，武田泰淳说了如下一番话：

> 该文章意涵模糊，难以把握。文风慵懒，难以弄清想要表达什么。然而就对现实的姿态和历史的形态模糊地象征这一点而言，语言极为出色。"动合无形，赡足万物""因阴阳之大顺""究万物之情""为万物主""混混冥冥，光耀天下，复反无名"，这些本来就是历史学家的夙愿，不是吗？说起来无不是大业。也正因此，此业是苦难，无限艰难，"无成势，无常形"。首先必须扔掉应该被当作依据的老套的历史理论。儒家的法则、墨家的法则、一切形式上的法则，都必须抛开。那是"有法无法""有度无度"的世界。把这个世界作为对象，如今他在书写世界史。他不得依据六派中的任何一派，独自一人站在历史现实的面前。他做些什么好呢？他只有一个耳朵，还很小，却能听到值得信赖的声音。"道家"、"黄老之道"和"老庄式的思考"是庞大的，那就是"无为自然"。

在这里，我们能够发现存在于所有形态（体系）

之根底处投向"混混冥冥"和"无名之境"的想象力/洞察力。当然,《史记》所具有的并非是这样的哲学。毋宁说,这种"混混冥冥"之境只存在于字里行间。与老庄思想相反,司马迁所关心的只在于"形",并且这种"形"只有从"无形"的角度去看,才能被理解。

恐怕这种反论适用于武田泰淳的佛教观。

> 龙树有关"空"的观念是靠当时自然科学所达成的不可动摇的最高体系。那是冷静无比的自然辩证法,是善男信女一时难以接近的,况且,并没有成为以无常为招牌,令人感到哀伤的结构。在日本万世一系之外,有一种只顾纵向联系和时间变化的习惯。佛教的起源本来是要排除从空间上把握宇宙、从物理化学上研究宇宙这样偏颇的教条。所以,平家物语式的咏叹只不过是心胸狭窄、性格软弱者的多虑而已。(《生生轮回》解说)①

也就是说,佛教之于泰淳并非宗教性观念,而是一种方法。他以这种视角来看《史记》的结构的。他并

---

① 此段译文由王成翻译,见柄谷行人:《历史与反复》,王成译,北京:中央编译出版社 2018 年版,第 227—228 页。龙树是南印度为婆罗门出身的佛教家,在世时间大约是在公元 150 至 250 年之间。他打下了"空"的思想基础,大力宣扬大乘佛教,被称为八宗的祖师。——译注

不想从现代历史学的观点来看《史记》或者是作者。他只是单纯地关注《史记》的文本结构。他所关注的并非世界的全部，而是《史记》这个文本的全部。事实上司马迁所采用的结构并非他自己发明的，它来自传统，不过泰淳对这一点并不关心。他只是把《史记》的文本结构当作问题进行思考，从而发现了司马迁不曾想到的诸多问题。而我却想从《司马迁》这部批评作品中去发现武田泰淳未曾意识到的问题。

能够看出来，武田泰淳一直强调司马迁在书写"人的历史"，在书写"个人"。而这一点与对现代历史学家的写作中缺乏"人"的批判联系到了一起。在这个意义上，历史小说家是相信有可能描写出"人"的。然而，书写"人的历史"，就意味着书写每个人的决断、愚蠢、不安、悲痛和卑劣吗？《史记》给人的印象，不同于任何历史小说，与武田泰淳所写的历史小说也不一样。《史记》所呈现的独特的真实感，是现代历史学家和小说家无论如何都无法再现的。如果说《史记》乃"人的历史"是正确的，那么这个时候无疑表明，关于"人"的概念本身存在歧义。泰淳说，司马迁写的是个人。不过武田的评论之所以有别于其他任何批评家，是因为就"个人"这个概念，他在如下的论述中做了反转：

> 《本纪》的重点并非只在项羽这个人身上，也

不只聚焦于高祖，而在于项羽和高祖这一对对立要素的动态关系。如果没有项羽，也就没有《高祖本纪》。如果没有彼此对立的其他的个人，那么这个人便失去了价值。这里成为问题的，并非帝王与臣子的关系，也不是世界的中心与其周围的政治人物之间的关系，而是中心与中心的关系，是绝对者与绝对者之间的关系，是彻底对立的两个"个人"之间的关系。而对这种关系的探究，也使得《本纪》更为深刻了。（中略）不是个人的命运，而是形成中心的人与人之间的关联性才是作者所想探讨的。通过立体地观察"世界的中心"，通过使用那种运动的法则，就清晰地显示了个人的性格在历史上何等重要。而"愤怒""欢笑""勇气""焦躁""智慧"诸如此类个人化的感情、伦理、能力，正是这个时候，在历史绘图故事的"面"①上，一个一个鲜艳的浮现了出来。

他们愤怒，他们欢笑。然而在《世纪》中，"无论是'愤怒'还是'欢笑'，都搅动了世界"。不用说，搅动世界的并不是他们的愤怒与欢笑。作者意识到，他们的愤怒与欢笑，已然不是他们的性

---

① 这里的"面"，指的是日本传统艺术能乐所使用的面具。——译注

格或者事实，而是作为某种结构性变化的"意义"所在。个人的感情在历史上并不重要，也并非不重要。泰淳只是在论述《史记》的表达特质。在那里，个人的愤怒与欢笑并不是与另外单独存在的意义切割开来的，其本身就是意义。

……《列传》并非只是个人的历史。这里举两个《列传》中的例子就可以明白，每一个都是象征，都是问题。七十个"列传"里的每一张面孔并不只是面孔，而是象征性的面孔。就像能面那样，有代表这个世界各种各样的主角、助演和配角的"人面"。此面与彼面一起出现，一个面接续着其他的面，同时存在又相继出现，构成了具有意义的、进退维艰的"历史能乐"的面具。

这里对此前的思考又有了推进。只要每个个人单独存在，"就失去了价值"。此外，每个个人并立的诸关系，只有在关系体系之中，才"具有意义"。更准确地说，每个个人同时地作为"面"，即符号来呈现，其符号的"意义"只有在符号的关系体系中才能被赋予。而这个体系"没有中心"。已经很明确，这种思考与索绪尔的语言学基本类似。而泰淳为了如此这般地思考，如索绪尔以往对待历史语言学那样，他认为有必要摒弃线性历史主义——而泰淳所了解的马克思主义只不过是其中的一个方面——把历史放置到空间中，换句话说，即共时性地观察历史。对于《史记》的解读，泰淳也彻底贯彻了他所谓的科学的、物理的佛教式认识。如此所领会的"史记的世界"，只不过是符号论的世界。

毫无疑问，《史记》的表达具有现代历史学和小说都不具备的特殊的丰富性。这并不是因为它书写了"个人"，也不是因为其文章精湛。它的秘密藏在武田泰淳所发现的《史记》的结构中。《史记》中的"人物"分类表始终没有离开具体的情景，与此同时，和现实主义不同，它是通过相互间的关系、差异和同一化来加以紧密地组织的这样一种符号体系。

武田泰淳的《司马迁》具有划时代的创新性，绝不在于他对文本进行了"文学性"地处理，也不是因为把司马迁的命运与自己的体验重叠起来加以书写。比如，"司马迁是个活着受辱的男人"，泰淳的这个开篇非常有名，但它使某些事实变得暧昧不清。他并非是因为屈辱而写作，为了把十年前就开始写的东西写完，在死刑与宫刑之间，他选择了宫刑，然而实际上他在三年后就完成写作了。人果真会出于"愤怒"和"耻辱"而想要去"记录世界"吗？毋宁说，想要"记录世界"的人才会被"愤怒"和"耻辱"所纠缠。司马迁的"愤怒"，早在他的父亲和他自身屈辱的体验之前，就凭着他们作为"历史学家"这个事实，如影随形地伴随着他们了。

中国的历史学家在世界史上是稀有的存在。恐怕是因为这个事实：在中国，"永远性"这个概念并不存在于"天"之中，而是存在于被书写的"历史"中，在于史上留"名"。而这种潜在性的宗教，反而使得历史学家成为一种潜在的圣职者。因此要想去探究他们，不能从现代的历史学家的立场出发，而是要从世袭僧侣的立场出发。

在这个意义上，历史学家的权力在于支配着"死后的世界"。而僧侣的权力，则在于给无力的生命在彼岸以颠倒的意志。不过在泰淳那里，这些又被反转了过来。

> "先生要去地狱?"
>
> "是的。我感到很恐惧。但是那是我的宿命。"
>
> "是那样吗?"
>
> "是啊。"他充满生气地说。"我实在是罪孽深重。你可能不知道。我确实很害怕。但是，这是事实。"
>
> "哪有这回事儿，什么进地狱不进地狱的。"
>
> "不，是地狱。"他露出了会心的微笑，像是要抚慰我那阴郁的同情。然而我丝毫不同情他。怎么能让他轻而易举地进地狱呢? 我是别有用心的。我怀着预言家的自信，提出了这样的主张。
>
> "先生要去极乐世界。"
>
> "极乐世界?"学者一脸不高兴，蹙着眉头。

"无论先生说什么，您都会去极乐世界的。"

"不是说所有人都会去极乐世界的吗？"

他在瞬间停止了呼吸。(《异形者》)

　　如果所有人都去极乐世界，那么极乐世界有没有都是一样的。如果泰淳有那样的"恶意"，就在于他模糊了差异与同一性，并且把安定的秩序变成了"混沌"。那里出现了去道德化的"力量"。

　　这样，泰淳所谓的"历史学家"既不是以某一尺度来裁量这个世界的人，也不是"客观的"记录者。历史学家不是当于自身的无力和怨恨，并且要为了推翻其无力和怨恨而写作的。而是相反。只有在"书写"中才存在历史。

　　"书写"并不是单纯地记录事件。在文字出现以前的社会，事件只要被记忆就行。这不是因为他们的记忆力相当好，也不是因为事件发生得少，而是因为事件不断地被还原成神话的结构。当事件还是事件，作为再也不能被结构所吸纳之物产生的时候，他们的社会才开始称为'历史'的社会。然而那与事件本身并没有什么不同。是因为在事件的体验者之中，人们意识到了结构性的分裂。"书写"并非为了记录事件而产生的，而是因为一场危机所造成的分裂，只能通过写作才能弥合。《古事记》不是神话，是历史，但并不意味着它所写的是"历史事实"。通过口头传承无法弥合的分裂敦促他们进行"书写"。"文字"不是抄录声音的，在"书写"的背后总是存在着结构性的分裂。

重要的在于：历史既不是事实的记忆，也不是事实的记录，而是通过书写本身被形塑。因此说，"书写"从最初就潜藏着残酷性。

有人对记录的理解很简单。而我却觉得记录很恐怖。如果规模庞大，记录就成了世界的记录，而成了世界记录，自然会让人重新观察和思考这个世界。

记录并非简单地抄录。至于司马迁，他全凭史料书写，更是如此。记录，就因为它除了凭借写作否则无法解决危机（critical），所以它不是批评。司马迁的危机感，不可能是个人性的。恐怕它是内在于汉帝国的，而且只能通过"书写"才能被理解。

不用说，武田泰淳在上海经历了大日本帝国的"灭亡"，并且从那里，他重新作为小说家而出现。此前在《司马迁》中写过的那种真空状态，他又亲身经历了一次。使他成为小说家的，就是现实的"混沌"。

"活下去，也许没有想象的那么难。"

我把枕头放在阳台的混凝土上，靠在那里晒着太阳。我每天都从阳光照射不到的后房出来，在那里晒太阳。两只鸡总是在那个角落里啄着枯叶和剩饭。在下面的路上，是抢购日本人物品的中国人的声音，他们骂骂咧咧的。卖东西的日本人的声音很低，还很弱。买家的声音听起来很凶，带有威吓性。只有那些正在游玩的日本孩子的声音充满了快乐和生气。可是这反而让他们的父母更加焦躁、不安。

"不管怎样，大家都还活着。"我用视力衰退的眼睛，沿着会元里每家屋顶方向望去，望着发白的电影院墙壁。冬季的蓝天射下的太阳照射着墙壁，让墙壁闪闪发光。"虽然战败了，虽然国家灭亡了，可是无疑我们还活着。"

不知不觉间，日本人商店的橱窗也开始被青天白日旗和蒋主席夫妇的照片点缀着。(《蝮蛇的末尾》)

日本这个"中心"在坍塌之后所残存的，就是无秩序的秩序。但是，这种秩序绝不会长久持续。当泰淳创作《风媒花》时，他实际上已经远离了那种活生生的"混沌"。残留的，只有制造小说中"混沌"的装置。从《森林和湖水的祭祀》到《富士》，他首先塑造着"世界"，然后反复不停地把这个"世界"赶到滑稽的混沌中。然而，越是反复地说"历史"和"世界全体"，泰淳就离这些越远。没有作家能像泰淳那样，从大日本帝国的崩溃到重建中，能够敏锐地窥视并理解"死亡"。然而在他的内心，无疑他已经丧失了"危机感"。在他的内心，"历史"已然只成了观念。在那里，系统本身就像变了形的"死亡"那样，只有通过书写才能把握的历史再也不可能重新上演。

比如，安冈章太郎的《海边的光景》就是这样。毋庸赘言，这部小说没有涉及历史和政治问题，只是单纯地描述儿子与双亲的关系。当疯狂的母亲死在海边的精神病院时，儿子发现了这样的光景：

……那时，沿着海边的石墙走着的信太郎被眼前辽阔的光景所冲击，停住了脚步。

为岬角环抱着那童话般的小岛在漂浮着，这种光景是他早已司空见惯的。让他驻足的，不是平静的湖水，而是放眼望去，平缓的海面上满是黑黝黝的木桩，大概有好几百只。……在那一瞬间，所有的风物都停了下来。头上闪耀着的阳光让所有的风物都色彩斑驳地发着光。风平了，潮水的气味也在消散，在这片从海底浮上来的异样的光景面前，所有的风物一下子都干枯了。远眺着像立起梳齿的梳子般、像墓碑一样的木桩的列队，他着实看到有一个"死亡"攥在自己的手中。

这不是虚无，也不是无意识。说起来应该是那个"真空"，是意义的萌芽。恐怕这种海边的光景，是我们从1950年代到1960年代必须经过的，是社会结构彻底"变化"的暗喻。不管是有意识还是无意识，安冈章太郎实实在在地触摸到了一种"死亡'，恰恰是这种"死亡"才是历史的问题。他面对着一种混乱的局面，这种混乱只有通过书写才能够解决和把握。而书写，无非就是"杀死"母亲。安冈章太郎再也写不出能够超越它的作品了，然而应该说这也是理所当然的。谁也无法有意识地去回避那种死亡和杀戮，哪怕有意识地去做，也做不到。虽然作品中没有酒池肉林，也不见英雄豪杰，我们仍然能够窥见彻底地去道德化的"混沌"。不用说，这个真空很快就被填埋了，我们的世界再次被"意义"所填满。

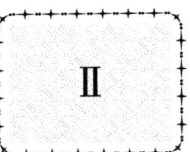

漱石的多样性

1

夏目漱石的小说创作生涯从初期的《我是猫》《哥儿》以及《漾虚集》《草枕》一直贯穿到《明暗》，他还写有俳句和汉诗。也就是说，他涉及了多种多样的文体和风格样式。我想这样的作家不仅在日本，就是外国也没有。为什么他会有这种多样性呢？这是个很大的谜。那些研究漱石的人，从他的实际生活，甚至是恋爱体验中去寻找其文本中的谜团，然而这些都不值得称为"谜"。他的语言的多样性，都不是简单地用多才多艺能够概括的。那种多样性当然与"历史"问题相关。不论多么有文才，世间都不可能出现第二个漱石了。

漱石的作品，通常被理解是从初期的《我是猫》《草枕》等作品到《明暗》有一个逐步发展或者深化的过程。而《我是猫》和《草枕》等初期作品与近代小说也确实不同。但是"初期"这个词，是否可以用于描述已经写了《文学论》等年近四十的作家，并且是只经历了短短十二年的创作生涯就死掉的作家，还是个疑问。因为在那十二年间，漱石应该从来没有在根本上改变过他的想法。因此我认为，将漱石的作品放在线性发展的脉络上来审视，或者把《明暗》视为创作顶峰那样的近代小说中心观是有问题的。关键在于，漱石是如何做到语言的多样性的？这是个谜。

有一点可以肯定的是，19世纪中叶法国所确立的"文学"促成了漱石同时代的日本文坛的形成，而他则在研究此前的18世纪的英国文学。还有一点，这是大冈升平指出的，大冈说：漱石开始写作时有了"文"这样一种体裁，所以他并不是把《伦敦塔》作为短篇小说来写的，而是作为"文"来写的。不用说，子规所提倡的写生文也是"文"。由于本来有"文"这种体裁，写生文才有了意义。它未必与现实主义有什么联系，也不是现实主义的萌芽。漱石的"文"后来被当作短篇小说来读，但那不是小说。因为他对西洋小说十分了解，他对此是有自觉意识的。

漱石并非把《我是猫》当作小说来写的。《我是猫》是"文"。在写作《我是猫》期间，漱石突然开始了他的创作活动，十年左右期间，他留下了数量庞大的作品。可以说就这样，从"文"起步的漱石的小说诞生了，多样性的作品诞生了。那么，他所拘执的"文"具有怎样的意义呢？罗兰·巴特著有《写作的零度》这样的书，而漱石那里的"文"就是这种"写作"，此外也可以说是包含所有可能性的"零度'。按照我的想法，漱石在"文"中看到了近代小说在纯粹化过程中被排除的可能性。

诺斯罗普·弗莱（Northrop Frye）则把创作（也包括纪实文学）分为四种类型。根据他的定义，所谓"创作"，包括所有用散文写的东西，首先是小说，这大家都知道，我会论述其他三种类型。总之，小说可以说是其他三种类型都没有的东西。其他三种类型中首先是"罗曼司"，也可以称它为"物语"。在罗曼司当中，主人公不是普通的平凡人物，都是美男美女、英雄，具有超人能力的人。这样看来，也可以说近代小说就是凡人成了主人公的文学类型。此外，罗曼司具有某种结构，那就是折口信夫所说的"贵种流离谭"。罗曼司拥有的世界不是平板的世界，而是具有他界或者异界的位相结构的世界。

接下来是"告白"。告白并不始于近代的卢梭等，西洋有着像奥古斯丁的《忏悔录》那样的传统。应该注意的是，不如说那是知性的东西。日本也有这样的传统，比如像新井白石的《折柴记》那样的作品。接下来就是弗莱所谓的"解剖"，它包含百科全书式的、学究式的、反讽式的等类型。用西洋文学来表述，它就是拉伯雷和斯威夫特，或者是劳伦斯·斯坦因式的作品。漱石对斯威夫特和 18 世纪英国文学的研究，关注点并不是小说本身，而是它们的风格类型。

值得注意的是，上述这些风格类型漱石都尝试过。可以说《漾虚集》是地道的罗曼司，《我是猫》是反讽或者学究式的，《哥儿》是流浪汉小说（恶汉小说）。而《草枕》，漱石自己也有意识地不把它写成小说。那么今天要讲述的《心》又如何呢？在我看来，《心》是"告白"。并非说它是告白式的。如果说是告白式的，那么《道草》才应属于这一类。《心》中的老师在信里说："养成了如今的我的过去，作为人类经验的一部分，除了我谁也不会说出来，因此我要毫无伪饰地写下来，为了让别人知道，不论是对你，还是对其他人，我想都不是徒劳的吧？""我把我过去的善恶都呈现出来供他人参考。但是我的妻子是个例外，我唯独不愿意让妻子知道。请记住这一点。"

　　如果从奥古斯丁和卢梭所说的"告白"来看，毋宁说《心》难免太老套了。然而"告白"中有知性的省察，这是区别于自传式小说的地方。像《心》这样的作品，反而是因为采用了近代小说以前的形式才变得可能了。进一步而言，《心》的后半部分是以老师的书信为中心的，这种形式颇显陈腐。18世纪的英国文学中，书信形式很多，但这是因为近代小说的叙述形式还没有确立。一旦近代小说的叙述形式得以确立，书信形式就显得陈旧了。所以《心》没有获得日本文坛的好评。刚刚列举的诸作品也都没有获得好评。这些作品也普遍被阅读，很有人气，但正是因此才遭到鄙视。直到

《明暗》的出现，此前的所有作品都被定位为初期作品。然而漱石的了不起之处在于：他已经写完了所有这些类型风格。

话说回来，弗莱对文学的类型作如此划分，然而这些并非对等的概念。在 19 世纪，"近代小说"处于支配地位。尽管也存在其他类型，却都居于边缘的位置。不过，虽说"小说"占据统治地位，其他的类型却常常是必要的。这种情形就像在产业资本主义以后，并不是所有的生产都资本主义化了，农业等其他的生产形态仍然存续，不仅如此，产业资本是以不能被资本主义化的生产为不可欠缺的前提的。

说到现在的日本，流行的是物语和解剖。这与近代小说的理念遭到质疑有关。但是这些对近代小说而言是不可替代的。不论物语和解剖如何恢复，它们都是在近代小说"内部"进行的，近代小说由此得以激活并幸存下来。在漱石那里就已经如此了。漱石涉猎了所有的风格类型，尽管他早已属于近代小说的世界，然而正因为如此，他才想要恢复那些被近代小说排除在外的东西。

2

《心》非常有名，甚至不需要特别地介绍它的故事情节。姑且来简单回顾一下。

首先在前半部分，学生"我"在镰仓的海边遇到了老师，不知不觉间被老师吸引，试图走近他，老师却丝毫没有注意。"我"不明白为什么。"我"的父亲生病了，"我"于是返乡陪伴父亲，其间老师死了。后半部分，采用的是老师寄给"我"的遗书这种形式。老师在学生时代遭到了他的叔父的背叛，家中财产被叔父夺走，因此对人间世事不信任，得了神经衰弱症。偶然间寻觅到的寄宿公寓的主人是夫人和小姐这一对母女，在与她们相处的过程中，老师的神经衰弱症也治好了。老师很喜欢小姐，但并没有谈恋爱。老师有位朋友叫K。老师很敬畏这位K，同时又觉得他有些滑稽。老师想要帮助经济陷入窘境的K，并且想减轻他的神经衰弱症，同时也有想让自己望尘莫及的这个禁欲的理想主义者崩溃的心情。"为了让他像人一样活着，我采取的第一个手段，就是让他坐在异性身边"，于是将K带到自己租住的公寓内。这里既有友谊也有恶意。可以说老师在试图引诱K。

而K在一起居住期间，慢慢地变得奇怪起来。K坦率地说他"喜欢小姐"，而在此之前，由于K的存在，也就是说由于对K的嫉妒，老师才开始意识到他自己对小姐的爱。当听到K说"喜欢小姐"时，他就在想，"不，我以前就喜欢她了"，可是这样的话他终究没有说出口。未得说出，也就是"迟了"，最后招致了重大事态。然而试想一下，"迟了"从最初就发生了。比如，老师对小姐心生爱慕，是在K来到公寓后。在K

对小姐的恋情逐渐明朗的过程中，老师才意识到他也是喜欢小姐的，所以说比 K"更早"地爱上小姐，这纯属虚构。老师的"迟了"，并不单指未得说出。就其本质而言，这个"迟了"，在与他人的关系中，是人的一个不可避免的条件，关于这一点，我稍后叙述。

话说在 K 坦白后，老师于某日装病，躺在房间内，向夫人说"请把小姐托付给我"，当然得到了夫人的允许，但老师并没有跟 K 说。而夫人并不知道 K 的心情，就把老师向小姐求婚的事情跟 K 说了。结果，K 自杀了。老师对 K 的自杀一直深怀罪恶感，但始终没有跟"小姐'、也就是后来自己的妻子吐露只言片语。而"告白"，也只是面向"我"这个学生，并且留下遗言，让"我"在他死后绝对对他的妻子保守这个秘密。

恰好明治天皇死的时候，老师对妻子说："我们都是明治的人，落后于时代了"，妻子不知想到了什么，于是回了句："那就殉死吧！"老师的心被"殉死"这个当时已成为死语的词击中了，回答道："如果我殉死了，那就是为明治精神而殉死的。"一个月后，乃木大将军真的殉死了。以此为决断的契机，老师也认真地考虑了自杀，在自杀前的十天左右写了作为遗书的告白。以上是《心》的故事梗概。

那么我想在此来谈一下此前说的有关"迟了"的问题。老师自己把"迟了"视作是自己的卑劣，并且为此抱着罪责感。但是果真如此吗？如果做到彻底地正直、心地纯洁的话，这些就能够避免吗？或者是，如果老师对自己的意识或曰欲望有着明晰的自觉，这些就能够避免吗？我总觉得不是那样。比如，老师对小姐产生爱情，是在与 K 一起居住之后、是在 K 坦白爱上了小姐之后。如果 K 不在，老师不论如何内省，大概也发现不了自己内心对小姐的爱，因为爱本来就不存在。由于 K 的介入存在，老师开始恋爱才得以确立。如此一来，在意识到爱的时候，老师就已经站在必须牺牲掉 K 的立场上了。这并非苦恼于三角关系那么简单，而是因为"爱"本身基于三角关系而形成了。

比如，假设在孩子房间的角落里滚着不要的玩具，其他的孩子来，发现了玩具，想要。孩子突然着急起来，突然珍爱起了玩具，说："不行，那是我的!"一般随意放着什么也不会想，一旦其他的孩子想要，就开始把它作为贵重之物珍藏。而其他孩子也丢弃不要的话，他也就对它失去了兴趣。这个孩子用心不良吗？回过头来看，或许会认为自己不好。但是在当时，对孩子来说就很真实，毫不虚伪。他发自内心地认为玩具很宝贵。但是后来，正因为对玩具失去了兴趣，才变成了说谎和居心不良。

《心》中老师的内心波动与孩子对玩具的态度并无不同。老师从来没有欺骗过自己的心。然而就是这样的人却说谎背叛了 K。无论在哪个阶段，老师既不会说谎，也不会失去自觉，但最后还是欺骗了 K。他在父亲去世后，被叔父骗取了财产，因此对人产生了不信任，变得神经衰弱。这时与寄宿公寓的小姐接触，开始好转起来。所以他应该是极度厌恶欺骗行为的。然而就是这样的他，却背叛了挚友。事情为什么会发展到这种地步？

老师兴奋地对作为学生的"我"说，人是突然改变的。他说："人一涉及金钱问题就会突然改变。我见过那种变化。"但是我却对此抱有疑问。比如，对老师来说即便他见证了叔父的突然改变，但其他人见了，恐怕并不会如此吃惊。如果对他的叔父非常了解的话，也许会认为那家伙有可能做出那种事儿。问题是，切身痛感决不会做出像叔父那样的事情，决不会背叛的老师那样的人，却"突然改变"了。不论是"金钱问题"，还是"女人问题"，关键的并不是这些。在其他问题上，人类也有可能"突然改变"。值得注意的是，这种"变化"是当事人无法意识到的，或者是意识到也为时已晚。那么，为什么会是这样呢？

3

我想尝试着做点哲学思考。黑格尔说，所谓"欲望"，是他人的欲望。也就是说，所谓"欲望"，是想得到他人认可的欲望。这里要对"欲求"和"欲望"作一下区分。比如，肚子饿了想吃东西，这是欲求；而想到高档餐厅就餐，想吃上等食物，则已经成了别人的欲望。性欲也是生理上的欲求。但是如果只对美人有性欲，那就是欲望。本来"美人"并没有客观标准，因文化和民族的不同而有别，因历史的不同也不一样。所谓"美人"，就是别人都这么认为的。获得美人，就是获得对他人来说有价值的东西，所以说到底，这种欲望就是想得到他人认可的欲望。而要改变自己的这种想法可能很困难。实际上，纯粹的欲求是很稀少的。在某种极限状态下，只要有食物就好，只要有水喝就行，但是在正常状况下，我们基本上都会有欲望，换句话说，在我们的内心，早已有他者介入了。

我们都会说，不要模仿，要原创，要有自主性。但是当我们指向某个目标时，总以某个人为范式。这就像我们的欲望有他人介入一样。别说什么自发性、自主性了，自己或者是主体都是经由与他者关系的编织而形成的。

勒内·基拉尔（René Girard）使用黑格尔理论考察了欲望、模仿以及三角关系与第三者排除。在日本，作田启一将其应用于论述夏目漱石。请读一下《个人主义的命运——近代小说与社会学》（岩波新书）这本书。作田对《心》中的老师与"我"的关系、老师与 K 的关系作了明快的分析。至此心理学家用榜样—竞争对手的理论重新解释了"同性恋"模式。比如，在这本书中，作田这样阐述道：

带 K 到公寓的理由，是因为让苦学生的他的生活能够稍微快乐一点这样的友情，"老师"在他的遗书中是这么说的。但是这样的解释还会让人不太明白。在我的解释中，"老师"希望能从他所尊敬的 K 那里得到保证，即便是计谋的牺牲品，小姐也是个值得结婚的女性。

K 是'老师'下判断时所仰赖的尺度。因为 K 喜欢小姐，所以第一次正当化了老师的对象选择。但是 K 又成了"老师"的竞争对手。如果 K 喜欢小姐，那么"老师"就要与之去竞争。

老师对小姐的爱恋中，这个第三者 K 的确有存在的必要，并且这个第三者必须予以排除。或许即便它看起来不是，我认为恋爱中也潜在地孕育着三角关系。如果第三者不是某个具体的个人，即便是世间某个模糊的东西，也是一样的。比如，想要与明星结婚的男人或者女人，大多是想要占有他人的欲望对象。可以说，TA 要的是别人的欲望对象，而不是自己的恋爱对象。这也是三角关系。

并且老师对 K 的友情中包含着矛盾。老师很尊敬 K，他把 K 视为榜样，但觉得做不到像 K 那样彻底。所以他就想把 K 撬下来，想让他堕落。使 K "像人一样"，就是这个意思。这并不是什么深度阅读。在其他地方，老师也对对他尊敬不已的年轻的"我"这样说过："不要太信任我，否则今后会后悔的。因为自己被欺骗了，会进行残酷的复仇。""曾经跪在别人膝前的记忆，今后会让脚踩在那个人的头上。我为了将来不再受辱，也不想去接受今天的尊敬。"换句话说，与榜样的关系，当知道想要超越榜样却无论如何也超越不了的时候，便由尊敬转变成了憎恨。

但是我要考虑的，则是前面说的"迟了"这个问题。看起来对我们而言是直接的（无媒介的）意识和欲望，经由他者已经被媒介化了，可以说是"迟了"。虽然每次都深刻地自我检查，认为没有什么疑问了，但那已经被媒介化了，在这个意义上，"现在"总是"迟了"。《心》这个题目很具有讽刺性，因为"心"绝不是可以窥见的。不，有人说，即便是窥见了，那里也什么都没有，我们做的不是从"心"出发，而是基于与他者的关系。因此无论怎么想，那里都有无法填补的空虚。我们或许可以通过心理分析能够弄明白。然而即便如此，也会有无法处理的"迟了"，无论怎样做都会如此。

那与"历史"相关。事实上，《心》之所以能够经常被阅读，不仅仅是恋爱和三角关系的书写，还因为它写了历史问题。比如，"后来天皇在炎热的盛夏驾崩了。那时我感到明治精神因天皇而始，也因天皇而终。最为强烈地受到明治影响的我，痛感到如果再苟活着就不合时宜了"（着重号为笔者所加）。这种"不合时宜"，不仅是指变老落后于时代，实际上与"迟了"有关。

这里老师所说的"明治""明治精神"是什么？不能把它们仅仅看成是一个时代。我前面说过，K是个禁欲的理想主义者。《心》里这样写道："在佛教教义下成长的他，似乎认为讲究奢侈的衣食住行是不道德的。读过一两本高僧传或者圣徒传，他动辄就会生出将精神与肉体分离的决心，有时认为也许鞭笞肉体才能增添灵魂的光辉。"如此看来，K就像以前常见的那种求道类型的青年。但是像K那种极端的类型，应该说是某个时期特有的产物。他无论是与佛教还是基督教，无论是与此前的还是此后的都不一样。比如在明治一〇年代末期，北村透谷是向往基督教的，而西田几多郎是向往禅宗的。他们与K一样，都属于极端类型（K也读圣经）。

他们如此封闭在内面的绝对性中，是因为在明治一〇年代末期，明治维新所具有的可能性被关闭了；而另一方面，从制度层面来看，近代国家的体制在逐步确立。也就是说，他们在各自的政治斗争中败北了，于是他们诉诸内面或者精神上的优势，拒绝世俗，以此来对抗。但是，透谷自杀了，西田重新回到帝国大学这个让他感到屈辱的地方做选修科学生。K的自杀，老师后来也注意到，不仅仅是失恋和遭到友人的背叛。被异性吸引这件事本身，让K感受到了那种精神三义抵抗的挫折。

4

可能同样的情形也发生在漱石自己身上。他并没有参加政治运动，但是也感受到了在明治一〇年代，必须深化作为明治维新延长的革命。他在明治一〇年代也认为孜孜于"汉文学"不错，最终却选择了英语文学，但又感觉到遭到了英语文学的背叛，他在《文学论》的"序"中写了自己人生抉择及意义的感受。因此所谓"汉文学"，不是江户时代的文献，因而也不是古代的文献，这应该与明治一〇年代的学生的气质和思想紧密相连的。而另一方面，英语文学则深植于帝国大学的制度中，只要从事英语文学研究，就很容易出人头地。事实上，漱石是其中出类拔萃的优秀才俊。但是他常常有从那里逃掉的冲动。所以他离开了帝国大学，转而成为在时人眼中非常不靠谱的小说家。

如此一来，就很明了了，"如果我殉死了，那就是为明治精神而殉死的"的那种"明治精神"与大家所说的明治的时代风潮是没有什么关系的。所谓"明治精神"，指的是"明治一〇年代"所具有的多样的可能性。比如，老师被乃木将军的遗书所打动的，并不在于乃木将军那样的思考方式，他在明治一〇年代的西南战争中军旗被夺，自那以来，"即欲死得其所而不得，反蒙殊誉沐浩荡皇恩苟活至今"。实际上对于"明治一〇年代"的人们来说，西南战争是"第二次明治维新"，被认为是对明治维新理念的追求。西乡隆盛就是象征，后来的"昭和维新"也是如此。漱石自己一直在骂"明治元勋"，但另一方面他又说自己想"像明治志士那样"写小说。

因此可以说，漱石所谓的"明治精神"，就是在明治二十年代逐渐完备确立的近代国家体制中被排除在外的多种"可能性"。也就是说，我想要说的所谓"历史"，如今遭到了遮蔽和忘却。从另一个角度看，正如我开始论述的那样，这种可能性，也是文学的各种可能性。并非只有19世纪西洋的近代小说才是文学。并非那里就是发展方向。漱石所做的，就是在持续地抵抗近代的"小说"中心主义，或者是其中所孕育的压抑性。我想我们不能把漱石所做的仅仅看作是趣味或者气质问题。并且也不能将其视作东洋式的或者江户式的乡愁。因为事实上而是与之相反。

在《心》这部悲剧性作品中，漱石可能试图通过强烈地唤起过去而与之告别。马尔克斯也说，悲剧就是快乐地与过去诀别的手段。事实上，在写完《心》之后，漱石又写了《道草》，受到了当时文坛上自然主义者的好评，说他第一次写出了像小说的小说。其后，他写了《明暗》，在写作过程中死掉了。

这部《明暗》作为最正宗的近代小说，直到今天仍然被高度评价。这太具有讽刺性了。据说漱石上午创作《明暗》，下午写"汉诗"，或许《明暗》对他来说并非最理想的。但是他可能会想，既然还活着，那就只能朝着那个方向努力贯彻了。我们决不能将漱石的作品放在一条以《明暗》为顶点的线性脉络上。在线性脉络的历史中被遮蔽的，就是我说的"历史"。

坂口安吾，其可能性的中心

1

　　我写作《〈日本文化私观〉论》（1975）是在完成《马克思，其可能性的中心》之后。我不记得其间的经纬了，但有一点清晰地记得，那就是：那时候我就想要写《坂口安吾，其可能性的中心》的。我并不是在《马克思，其可能性的中心》写完了才有这个想法的。当想要写"可能性的中心"这个主题的时候，我首先想到的是坂口安吾，而不是马克思。

　　"可能性的中心"这个词出自瓦莱里的《列奥纳多·达·芬奇的方法——序说》（1895）。即，在达·芬奇的作品中，不是作为经验存在，而是作为可能性存在的那种东西，作者称之为"达·芬奇"，或者称之为"达·芬奇，其可能性的中心"。但是我之所以对安吾进行如是思考，是认为他自身就主张"可能性的文学"。因此安吾说，不仅是自然主义式的现实主义，人类所能采用的所有形式都是"现实"的。从这个意义来说，也许现实中可能不会发生、不存在的事情也具有"现实性"。如此一来，也可以说，阅读安吾，不是去寻找他的作品或者传记所记述的事实，而是去寻找他的作品或传记中并没有记录的，但作为可能性又是真实的那种东西。

最近我重新阅读了搁置好久的安吾的全集，认为有意思的并非那些现实主义的"纯文学"，而是历史小说、侦探小说和随笔等。历史小说之类的通常被视为小说家的业余爱好。但就安吾而言，并非如此。说到历史小说，我觉得《织田信长》不错。我经常阅读司马辽太郎的历史小说，但最后还是觉得，他的创作，不就是安吾的延长版吗？

织田信长是16世纪战国时代的武将，近似于西欧绝对王权的拥有者。事实上，经由耶稣会传教士，他对西欧的情势很熟悉。比如，信长在统一全国的过程中，放火烧掉比叡山的延历寺。那是要一扫日本中世纪世界的行为。为此他被信奉旧有价值的部下杀掉，但他仍然堪称日本历史上罕见的人物。而真正理解信长这一特质的，则始自坂口安吾。

比叡山的延历寺是天台宗的总本山，曾经是法然、亲鸾、日莲等镰仓佛教的始祖们修行的场所，因此就这个意义层面而言，也可以说它是日本佛教的总本山。火攻延历寺，这对当时的日本人来说简直是疯狂举动，但凡对佛的报应很介意的正常人都不可能那样去做。这样的事情，只靠合理的精神是做不出来的，必须要有近乎疯狂的强烈的精神。安吾想从那里找到支撑合理精神的非合理的东西。被安吾的视线打开了眼界，并将其更为细致、更为通俗地放大开来的，可以说就是司马辽太郎。然而如今人们已经忘记了那是由安吾打开的视线。

古代史同样如此。安吾强调了如下这一点：在古代的日本列岛，形形色色的外国人——那时并没有所谓"外国人"这个意识——经由海道来到日本。必须在多样性、多元性视角下来看古代日本。特别是，如果不去看日本与朝鲜半岛的关系，是无法理解古代日本的。事实就是这样。如今这已成为常识。也许现在的古代史研究更加严谨、更加注重实证，但我认为，作为一种观念，没有比安吾所说的更好的了。安吾经考察认为，源氏与平家经年累月的抗争就是朝鲜半岛上新罗与百济之间抗争的延长，我还记得他考察过程中的兴奋。但是在那之后，没有历史学家对其作进一步的讨论。大概根本就没有人去阅读安吾。

安吾并非战国时代和古代的研究专家。但是毫无疑问，他发现了专家所没有发现的东西。我惊叹的不仅仅在于他涉足的领域之广博，还在于他能够进行原创性发挥，在他之后人们只能去模仿。他是如何做到这些的呢？于是我就想对他的多彩性或者多才性——就像前面所讲述的，如瓦莱里关于达·芬奇所做的阐释那样——那是就从何而来的这个问题进行一番考察。我想可以把他与埃德加·爱伦·坡（Edgar Allan Po）相提并论，因为实际上瓦莱里也受坡的影响。

安吾还创作过多部"侦探小说"，他还写过《历史侦探方法论》这样的论文。他把看古代日本史的方法用作侦探的破案手段。他从那里去寻找历史学家看不到的认知。但是我想探究的是，为什么他要当"侦探"？不用说，所谓的"侦探"，并非存在于现实中，它是坡所创造的。侦探杜邦就是包括夏洛克·福尔摩斯在内的后来的侦探的原型。侦探与刑事和信用调查所的职员不同，他们是没有固定职业的流浪者，或者是本雅明所说的漫游者（flaneur）。本雅明从坡的"群众之人"中找到了那样的例子，如杜邦那样的侦探也是漫游者。

日本最早的侦探小说是1925年刊载的江户川乱步的《D坂的杀人事件》。不用说，作者的名字就模仿了埃德加·爱伦·坡。但是在此之前，就有以侦探为主人公来讲述故事的小说，那就是夏目漱石的《彼岸过迄》（1912）。漱石小说的主人公大概都是像《从那以后》中那个叫代助的"高等游民"，其中《彼岸过迄》中的主人公（敬太郎）就是典型的漫游者。他认为侦探分为两类：一类是像"警视厅的侦探"那种类型的；还有一类，就是"我只是对人类的研究者，不，人类的特异装置在暗夜中驾驶的情景表示惊叹并且只想远观"的那种类型。

"侦探"只负责追捕罪犯，他并不关心他们犯了何罪。他们只对犯罪的形式感兴趣。抓捕到犯人本身并不重要。因此，毋宁说，只要罪犯优秀就好。在这个意义上，可以说侦探与罪犯是同一类人，或者说侦探的性质更恶劣。罪犯有可能被罪的意识驱使，而侦探则不可能。罪与行为的意义相关联，然而侦探只关心犯罪的形式。在这一点上，与其说侦探以前不存在，不如说实际上即便是今天也不存在。

那么，为什么坡创造出了这样的侦探，并且其后不断涌现侦探的创造者呢？这里我想补充一下，与坡同时诞生的还有一种职业——批评家。学者与报刊的书评家不同。在坡以前也有批评。这和说侦探这个职业自古以来就存在的意义是一样的。在坡那个时代出现的批评家与以往批评家的类型不同。说起来，那是观察"人类的特异装置在暗夜中驾驶的情形"的漫游者。

漱石的时代没有批评家。写批评文字的是小说家。也就是说，小说家就是批评家。如果没有文艺报刊的发展，批评家就不可能存在。漱石也是在其生涯的最后才转向小说家的，此前一直是学者和教师。在这个意义上，可以说能称得上日本最早的批评家是小林秀雄。与大学的文艺学者和哲学家不同的批评家这个社会阶层因小林秀雄而开始形成。小林秀雄强烈意识到受到了坡影响的法国近代批评。在这一点上，坂口安吾也一样。与其说安吾接近的是法国的批评，不如说他更接近坡自身。实际上安吾与坡一样，都创作了包括侦探小说在内的多样性的作品。

2

我想为了考察安吾，要稍微考察一下坡。坡创作了多种多样的作品，不管在哪个领域都迈出了前所未有的崭新的一步。这一说法同样适用于他所创作的推理小说。他已经把像如今的科幻小说等各种题材的作品都写了个遍。其多彩性令人吃惊。然而我认为那些与技巧没有什么关系。那只与一件事有关。

那就是，坡是从有意识地写诗开始他的创作的。写诗在浪漫派时代是靠灵感完成的。在灵感来临之前，沉醉于饮酒、嬉戏；一旦灵感光临，则一气呵成。以前就有诸如此类的天才神话。坡当然不会否定灵感，但是他却尽可能地将灵感产生的神秘过程意识化。我想近代的"批评"就是从那里起步的。即便不是天才，但谁都有经历，不管想写点什么，实际上谁也不知道怎么写。从这个意义上说，写作是盲目的、不透明的。所以将其过程加以意识化很困难。但是企图去那样做则是"批评"的开始。

我反复地说坡"丰富多彩"，并不是因为他精通多个领域，而是在于他对一直以来被视为神秘的诗歌创作过程进行了意识化处理。坡的小说里有一篇叫作《被大漩涡吞没》。船被漩涡吞没而遇难，并且所有被抛到海上的东西又都被卷入漩涡的中心。那时海上漂流的主人公发现了容积大的碎片流动慢的规律，于是他紧紧抱住更大的木片，极力争取漩涡结束之前的时间。果然奏效了！这件事意义非凡。写诗就是在灵感的漩涡中。但是坡不承认被这种漩涡卷走的是诗。语言在漩涡中，被漩涡翻卷流动，并且从中找到规律性，从而使"作品"得以成立，这才是他思考的。

比如，他在发表《大鸦》这首诗大约一年后，写了《构成的哲理》，其中提示《大鸦》的主题、情节、篇幅、叠句等等全部都经过严密的计算。当然实际的文本却并非是精密计算的复制品。设若文本背叛了作者的意图，也只能说那是作者明确地有意识这么去做的。只要诗作是靠灵感完成的，就不会出现那样的情况。因此可以说，通过像坡那样去思考，首次发现了阅读文学作品所包孕的问题，也就是说，批评开始了。

再以坡作品中的《满是X的社论》为例。简单地说，印刷工人要准备社论的活字版，但是却找不到所需的活字。因此他打算暂且用X来补充，之后再修正。但却就这样被印刷了出来。于是读者企图从满是X的社论中寻找点什么。安吾将其称为闹剧，他从最初就很重视这类作品。

　　我在同人杂志上写了《风博士》这部小说。那是散文式的闹剧。我因为喜欢读坡的Xing Paragraph和Bor. Bon之类不知所云的作品，于是也想写出一部。然而这类不知所云的作品在波德莱尔将坡的作品译成法语时也被舍弃了。考虑到这样的写法不可能通行，我就早早地放弃了。不过我打算对波德莱尔发起抗议，于是对他翻译坡时舍弃了此类闹剧却对亚瑟家的没落很当回事儿的鉴赏力加以暗讽，并因此感到满足。那就是我当时的文学精神。我很相信自己的那些落伍者文学。

然而事实上我对自己并没有信心。我应该没有那样的自信。从根本上说我是没有自信的。我只有文章。然而文章也不过尔尔，所以我做梦也不会想到如此粗劣的小说会受到褒奖，让我一跃而成为新进作家。(《二十七岁》)

语言一般首先是与意义相连结的。坡的作品明确宣称，X 即意义被剥夺的记号。它既不是有意义的，也不是无意义的，而是非意义的。安吾想要当作出发点的，是当时不被承认为文学的文学。顺便说一下，他最早写的评论是《论 FARCE》。

因此我认为，安吾并非因阅读受到震撼才接触到法兰西诗人兼评论家的坡的，他与坡的相遇另有路径。那么在这种情况下，还能像此前描述坡那样来描述安吾吗？也就是说，安吾丰富多彩的独创性，来自诗作的意识化这种狭隘的特定经验。我是这样认为的。至于安吾，那种经验虽然与诗作无关，但毕竟与语言有关。

比如，安吾创作了使其在战后一举成名的随笔《堕落论》。"短短半年间，世相全变了。"安吾以此开篇。战友阵亡了，幸存者干起了黑市买卖；当初坚定地送男人上战场的女人们再也不那么坚定无畏了——安吾这么叙述一番之后说："人并没有变。人本来就是如此。变了的只是世相的表象。"他频繁地使用"人"这个词。在其他随笔里，他说："只要有人的发现以及写作欲望，小说自然就能成立。比起小说的写法，人的发现方式和见解更能决定小说的形式，并且在人的发现之上还能具有文学的独创性，所以文学家应该始终把人作为先决条件。"（《寄语新人》，1948）安吾就是这样不断地使用"人"这个词的。

如今像他那样频繁地使用这个词的作家大概没有了吧。"人"这个词，在有些场合也会羞于使用。比如米歇尔·福柯说"人死了"。所谓"人"，也只不过是18世纪到19世纪间才发明的观念。这个意义上的"人"死了，或者说，"主体"死了，"作者"死了，只能这样说。安吾说，知道了"人"，才产生了文学。但是如今的批评家会说，文学本来不就是"语言"吗？与其说是用词语写的，不如应该说是"词语"在写。与此相对，能够看出来安吾主张"人"是第一位的，语言则在其次，见解截然相反。我感觉安吾认为"语言"的体验也来自"人"。

与此相关的事实如下。他为了成为佛教的僧侣，于

1926 年进入东洋大学的印度哲学伦理学科，学习兼修行，结果却得了神经衰弱。后来在雅典·弗兰塞学习法语。这些都是通常的年谱里所写的事实。后来他自己也回忆说："僧侣的学习生涯也只持续了一年半左右。参悟的实体幻灭了。结果少年以梦幻之心欲叩开佛教之门，而幻灭了的我完全没有触及佛教其真正深邃之处。也就是说，我几乎没有触碰到佛教与人之间的联结纽带、高僧们所面临的凡人的苦恼等等问题，只是略微涉及俱舍、唯识、三论等佛教哲学，顿悟到自己所达到的是那种并非特别深远之境，这种幻灭感让我反过来重新追逐少年时代的梦想，重新回到文学。"（《处女作前后的回忆》）

不过这里应该留意的是：首先像他那样的人生经历者实属例外。那个时代的学生一般会选择从事现代文学，或者参与马克思主义运动，而像安吾那样从文学专业转向真正的佛教僧侣者实属罕见。实际上，他所在的印度哲学伦理科，除了他本人，同年级的十五名学生都是寺院的孩子。在某种意义上说，他们最初就是僧侣，而成为僧侣的，只有安吾。安吾曾经以风趣怪异的笔触描写过那里奇异怪诞的教授们。然而最为奇异怪诞的，则是那个勤勉上课、孜孜于学问的学生，坂口安吾本人。

其次应该留意的是：自他生病以来，就专注于学习外语，后来到了精通梵语、巴利语的程度，因此那些此前误解了他的教授们也对他寄予厚望。而安吾已经对佛学失去了兴趣。接着，他又去雅典·弗兰塞，埋头苦学法语和拉丁语[1]。安吾在那里学习法国文学是事实，然而更为重要的在于他学习并精通了外语这件事。其间，他的病也治愈了。事实上，这件事背后潜藏着重要的问题。关于这一点，容后再述。

乍一看，安吾在佛教修行上遭遇了挫折，因而转向了学问。然而事实并非如此。毋宁说如此疯狂地学习外语就近乎佛教的修行。外语具有与母语完全不同的符号体系。首先必须进入其中，必须丢弃自己的思想、意义和欲望。在这个意义上，可以说与佛教的修行相同。不同之处在于：外语永无完成之时。也就是说，它绝对不可能成为母语。

佛教中所谓的"空"，指一切均在关系中，不存在实体。它是知识，是道德，是对构成实体的一切的解构。但是在制度森严的佛教界，那不可能获得彻底的追求。虽说是顿悟，也不过是一定程度的相互了解。可以说，安吾在学习佛教的过程中感到不满，原因也在此。在日本，说起佛教，它就是如母语那样的东西。

---

[1] 安吾对 16 世纪的日本之所以有连历史学家也无法获得的洞见，理由之一，就在于他能够阅读耶稣会传教士留下的拉丁语史料，特别是路易斯·弗洛伊斯（Luis Frois，1532—1597）撰写的各种报告。关于这一点，可以参照《佛教与法西斯主义》（《定本柄谷行人集》5，第 242 页）。

3

安吾在《黥出性命》中描述了耶稣会传教士们和禅宗僧侣公开论争时的场景。当传教士们问什么是佛的时候，禅宗僧侣回答说，佛就是屎橛子。于是传教士们就追问为什么，他们不了解禅宗的问答。"禅的问答有其特有的约定，如果双方间不了解这种约定，无论是跳跃的逻辑还是顿悟，都没有意义。"

据说在论争中败北的禅僧纷纷转向基督教。但是他们转而皈依基督教，并非因为臣服于传教士在逻辑上的合理性，也不是因为基督教教义更为优越。面对回答说"佛就是屎橛子"的禅僧，传教士辩驳道："佛是佛，屎橛子是屎橛子"；但是对于基督教的"三位一体"的教义，禅僧们应该也说过同样的话。即神是神，人是人，为什么人间耶稣是神？但是这时基督教传教士打败禅宗的，并非是教义在逻辑上的合理性，而是他们从相隔几千公里的远方来到远东布道实践的非合理性之力。那种力量是非逻辑的。

话说回来，关于这一点，还有需要补充的地方。第一，并非说佛教中缺乏如基督教那样具有实践性的逻辑。16 世纪，与依附于占统治地位的武士阶级的禅宗不同，净土真宗（一向宗）展开了废弃旧身份、铲除阶级的千年王国式的运动。这对于信长来说，是比任何封建诸侯都要厉害的强敌。他之所以优待耶稣会传教士，也有交易的成分，但主要是因为这股佛教势力最具威胁性。耶稣会之所以传道成功，不仅在于其信仰之强大，更是因为有信长的庇护。比如禅僧在论争中败北转而改变信仰之所以成为可能，也基于上述原因。此外，在信长发动的镇压一向宗的军事战争中，排在队伍最前列的，就是基督教徒的大名。

然而基督教徒的计划却落空了。在一向宗（本愿寺）臣服信长之后，完成天下统一大业的德川家康却禁止基督教传播，与此同时还将佛教纳入行政制度中。后来，佛教就被制度化了。在那样的地方不可能有真正的佛教。然而这件事在立志成为佛教僧侣的安吾那里却是切实的问题。所以他会去称赞放火烧掉比叡山寺院的信长，对驳倒禅宗的耶稣会传道士也很深怀兴趣。但是那未必是对佛教的否定。禅宗里有"遇佛杀佛"这样的说法。在这个意义上，我感觉安吾远离了佛教，才真正成了佛教式的。

在《堕落论》中，他说"要更堕落啊"。这里说的并不是所谓的"颓废堕落"，并且与战后的风潮也没有什么关系。安吾虽然被称为无赖派，给人一种整日里游荡的印象，实际上他是个纯粹的清教徒。既然如此，他为什么提倡堕落呢？不用说，那与通常的意义截然相反。

比如，安吾把战前颓废派的代表性作家永井荷风称为"通俗作家"，批评他一无是处。在1911年大逆事件之后，荷风宣称自己作为知识分子既然无能为力，今后就作为德川时代以来的"戏作者"活着。他一边与浅草妓院的妓女们嬉戏打闹，一边把这些经历写进小说。通过这种颓废堕落来抵抗。在 1930 年代马克思主义运动遭受挫折之后，荷风的这种姿态受到高度评价，他作为大家重新活跃起来。而在安吾看来，荷风一点都不堕落。

> 荷风是个天生就多少有些家族名誉和小钱的人，并且他的处境及其憎恶受他人威胁的心性决定了他的道德底线，他并没有奉献全部的力量，去诚实地思考所谓人是什么、人会去追求什么爱什么这样的问题。岂止如此，在自己的境遇之外还有诸种不同的境遇，有来自这些境遇的思考，这些与他自己的境遇及对它的思考是对立的，就连这样单纯的事实他也没有思考过。（《通俗作家 荷风》）

他说，荷风应该更"堕落"的。对安吾而言，所谓的堕落，就是暴露在他者面前、被他者抛弃。换句话说，就是在关系当中，处于那种绝对性的关系当中。对安吾来说，那就是"人的发现"。他所谓的"人"，无非是与他者关系中的伦理性。

从这里，我们再来尝试一下重新思考安吾所说的"在人的发现之上还能具有文学的独创性"这句话。"人的发现"对他来说，与语言不可分离。毋宁说，那就是"语言的发现"。安吾写道，通过学习外语，他的病治愈了。我以前也曾有这样的经验，如果大脑感到不舒服，去学外语就会好一些。第一，由于每天都在切实地进步，所以有益于精神健康。第二，一学习外语，人就会变傻。因为什么都不考虑。因为思考这件事是靠母语进行的。使用母语，则意义或者是思考优先。使用外语则相反，形式优先。因为语言是关系体系，只要不进入其中就毫无办法。说起来那就是在走向"堕落"，它意味着要绝对地放置到与他者的关系当中。

因此在安吾那里，所谓的"堕落"，无非是彻底放弃自己所具有的意义或者思考。拿安吾战后所写的小说来说，那就是《白痴》。这部小说固然是基于他的女性体验，然而远在那之前，他就从"白痴"起步了，或者说就开始他的"闹剧"了更好一些。

安吾对"堕落"的思考方式与众不同。为了观察这一点，我们以与他同时代的德国的哲学家为例。海德格尔也强调堕落（Verfall——日语译作"堕落"）。在他那里，堕落有如下意味：人的存在本来就与死相关，然而要不断地从此处向日常性逃避。这就是海德格尔所谓的"堕落"。但是毋宁说那样很容易理解，且属于老生常谈。

除此之外，它还涉及安吾的思维中"故乡"这个关键词。安吾对这个词的理解也与通常的看法迥异。他在《文学的故乡》（1941）这篇随笔中，举了夏鲁尔·

派劳的《小红帽》这个例子。与儿童间广为流布的童话不同，去森林中看望外婆的戴着小红帽的女孩被装扮成外婆的狼吃掉了，故事到此结束。于是安吾说：

> 我们猝不及防地被抛弃在了那里，好像此前的约定有误一般，正当我们不知所措时，无意间眼睛又被什么东西撞上了，在噗嗤一声断裂的虚无的空白中，一个非常静谧、透明而又令人悲伤的"故乡"显现其中。（中略）
>
> 没有道德，遭到抛弃，我不认为文学会对此持否定的态度。我以为，毋宁说，文学上的建设性和道德这些所谓的社会性的东西，必须在这个"故乡"之上生成发育。

安吾在这里使用了"遭到抛弃"这个词，那么是什么遭到了抛弃？那个"什么"说起来就是"他者"。是被他者抛弃了。正因为如此，那才是"文学的故乡"。此外，与他者相遇，在安吾那里则是"堕落"。对安吾而言，"故乡"并非是具有亲和性的东西，它意味着被"他者"抛弃。

而另一方面，对海德格尔来说，此在本来就是共同存在（Mitsein），说起来那就是"故乡"。不用说近代哲学，就是苏格拉底以来的哲学，都被海德格尔视作"存在"这一"故乡"的丧失。对他而言，语言就是

"存在之家"。换句话说，海德格尔所说的"语言"，就是母语（mother tongue），就是故乡。而它的丧失则意味着堕落。但是在 1930 年代，从这一意义上的"堕落"向"本真性"的回归，在政治上则意味着与法西斯合作。

我想安吾几乎不知道海德格尔。但是他知道与海德格尔具有亲和性的京都学派的哲学家们。岂止如此，事实上他的《日本文化私观》（1943）一文对京都学派所提倡的"近代的超克"进行了批判。以西田几多郎为代表的京都学派信奉佛教（禅宗以及净土真宗）。在这一点上，能够看到他们携东洋乃至日本在对抗携西洋乃至德国的海德格尔。然而实际上，他们并没有什么不同。也就是说，都处在由堕落向本真性或者"故乡"回归的主题中。不用说，都意味着那一时期他们与各自的法西斯主义保持同调。

而另一方面，对安吾而言，所谓的"故乡"，就是把人"抛弃"。就是暴露在他者面前，又遭到他者抛弃。那就是堕落。堕落因而意味着伦理性。借用批判海德格尔的列维纳斯的语言，安吾把"伦理"放在了所有思考的根本之处。在那种情况下，如果说列维纳斯的思想来自犹太教，那么应该说安吾的思想来自佛教。不用说，他自己绝不会那么说，而我也不会。重要的在于，它处于安吾思想的核心位置，从那里生出了多姿多彩的认识。我把那个核心称作"安吾，其可能性的中心"。

梦的世界——岛尾敏雄

1

我们对于梦一如既往地寄托着神秘的期待。如果不把它叫作梦，那么称它为疯狂抑或是蒙昧的思考也无妨。总之，经由梦来寻找打破僵化的理性、合理性思考的困境的可能性，是自超现实主义以来的普遍倾向。然而这里不也存在错觉吗？比如在梦的世界中，就会产生人类是自由的、可塑的、具有创造性的错觉。不过罗杰·凯约瓦认为那样的看法才是错觉。

> 所谓梦的世界，与一般的想法相反，既不是模糊的，也不是混沌的。梦的世界是残酷的，它清晰而突出。如果我们必须把梦的世界与现实的世界区分开来，我甚至会说，梦的世界虽然很小，但看起来比现实的世界要强烈得多。(《关于梦》)

一般情况下我们所说的梦，应该是醒了之后所想到的，与"梦的世界"本身有本质的不同。那么是不是也一样地不能说它是疯狂或者是蒙昧的思考呢？狂人饱受残酷而清晰的观念折磨，决不会沉浸在不切实际的幻想之中。他居住在比"现实的世界"更为强烈的真实世界当中，并且无法从那个"世界"的桎梏中逃脱。虽然在外人看来是幻听，但对当事人来说，那比任何现实的声音都更清晰，都更具有强迫性。

　　比如迫害妄想症患者去听中伤他的他人的声音，其实，他并不是去"听"别人的声音。如果那是我们外界的现实的声音，那么我们就有可能对其作各种各样的应答，既可以置之不理，也可以进行反驳。但是对于患者来说，他很难跟那种声音保持"距离"。那个声音是个压倒性的实际存在，患者只能活在如此真实的世界中。面对这样一个如此真实的世界，我们称之为疯狂。所以疯狂的"世界"并非是一个富有创造性的空想世界，而是相反，应该说是个远远超越现实的非同寻常的现实世界。或者是模糊不清，或者是近乎残酷地清晰，梦的这种两义性，实际上是因为我们在做梦与梦醒来后再回想它从而构成梦其间的不同引起的。这种两义性，仅想想日常经常说的"像梦一样"这样的表达就很清楚了。比如在小松川事件（1958）中，因杀害高中女生被判处死刑的李珍宇写道："我的头脑中一直留着的问题是：那场体验就像是一场'梦'"。他把现实的体验中所缺乏的与之相匹配的切实感说成是"像梦一样"，这种情况下的"梦"是作为记忆的梦，指的是外人的梦。大概不会有人因为噩梦过于具有切实感一跃而起，所以将现实体验中的模糊感和疏远感说成是"像梦一样"，这并非正确的比喻。总而言之，李珍宇说"像梦一样"，这意味着他并没有感觉到当时那一个一个的瞬间都在活着，而是总是站在那种感觉之外。这不是"梦的世界"的特征，而是远离生之直接性的现实的存在方式。

反过来，当现实过于鲜明和强烈的时候，我们会感到"像梦一样"吧。仰望晴朗的天空，就像是一种非现实感袭来。比如，霍奇纳的《爸爸海明威》告诉我们，在飞机失事时，驾驶飞机的海明威说："嘿，霍奇，我会尽量小心行事的，但我就像活在卡夫卡小说的噩梦里一样。"

在这里，海明威认为现实感的过剩就是现实感的缺乏。这在某种意义上也适用于李珍宇。恐怕由于他的内心在某种程度上是拒绝自己作为在日朝鲜人这一残酷的"现实"的，所以他陷入了全方位的非现实感境地。无论如何，现实感的过剩与缺乏这两种极端的表现都是一致的，我们所说的"像梦一样"无非就是这样的状态。

我们说"做梦"是"见到了梦"①，这种表达是不正确的。我们在梦中什么也见不到。看的话，就是保持"距离"，但是没有距离才是"梦的世界"的特征。不过，我们一醒来就保持距离，看着"梦的世界"，也就是从外面来看。重要之处在于：看这种方式与活着的方式是完全不同的。

小林秀雄说："所谓的观察，全都是事后的观察。不是通过观察才了解，而是因为活着才了解的，抱着这样的心态去观望的话，人生中不可能发生的事情就会发生"(《鼠疫》)。简而言之，我们平常称之为"梦"的东西是"事后的观察"。在梦的世界里，因为我们真的活在梦中，而且活着和对活着的观望这两件事没有任何乖离。虽然那里发生了"没有任何可能发生的事情"，但他却毫不怀疑地接受了。卡夫卡说："真正的现实总是不现实的"，就是在这个意义层面上说的。赋予卡夫卡小说以梦的氛围的，就是对事物的精细描写与清晰的当下性。他所写的不是梦，而是无法保持距离的现实。

关于梦的诸理论一般都不会看到这一点。那就像是从外部观望活着那样，从外部观望着梦的世界，想要去理解它的"意义"。但是如果附加某个保留条件，那么"梦的世界"与"白昼的世界"之间有怎样的不同呢？

---

① 在日语中，做梦是夢を見る，直译就是"见到梦"。——译注

不同之处在于是否能够在二者间保持距离，所以如果距离被剥夺的话，我们就只能感受到"像梦一样"了。

我们模糊地记得梦的氛围，这就是为什么梦的世界能够近乎残酷地清晰的原因。读了卡夫卡的小说，感觉它"像梦一样"，原因也在此。小说中暧昧奇幻的场面完全不给人以梦的气氛，是因为我们知道"梦的世界"是怎么一回事，也就是说，我们从经验上知道这就是所谓的梦与幻想的区别所在。

2

以《梦中的日常》为起点，岛尾敏雄创作了一系列讲述梦的作品。但是实际上这些作品中并不让人感到有梦的氛围。听人谈论所做的梦，我就觉得很扫兴。而我对这些作品的印象就与之接近。无论梦的记忆有多么精密，已经没有梦的氛围了。但这并不局限于梦的记忆。即便是在现实中，现实也从其记忆中消失了。当写下下面一番话时，岛尾指出，不仅仅是梦的记忆，就是"事后的观察"也避免不了睡梦正酣时所留存的整体性。

……或许那并不是"不知道"，而是"忘记了"，当我这么想的时候，有一种可怕的感觉袭来。那个时候确实有意识吗？即使是近乎无意识，如果那个时候有人指点一下的话，或许就能理解了。但是那之后不久，只有那里被孤零零地分隔开来，与周围的一切都失去了联系，我无法理解那意味着什么。（中略）如果仅仅因为那里存在很小的缺陷，就不回头去看自己所作所为出于怎样的考虑、要达到怎样的目的，那岂不一切都成了徒劳？那无论如何也要记住。（《一直等待联系》）

那个时候应该已经明白了，但现在则无法理解了，这篇关于记忆缺失的文章也可以说是在谈论梦的问题。反过来也可以说，当岛尾敏雄谈论的不是梦，实际上是记忆问题的时候，他就触及了"梦的世界"的本质。如果说他的小说中带有梦的氛围的，倒不如说是乍一看上去的现实主义小说，比如《假学生》这部长篇小说就很典型。

木乃伊之吉这个假学生（到最后藏匿了起来）出现在"我"的友人毛利的面前。这个谜一样的男人很快就融入"我"们中间，以其美男子的优势撩拨着我们，说他妹妹是宝塚的明星，要介绍给"我"们，又要为"我"的妹妹找相亲对象。但是就在他让"我"们对他的兴趣达到顶点时，谎言败露，他逃走了。这是这部小说的梗概。假学生木乃的热情行动究竟抱有什么目的，尚不清楚。他突然消失了踪影之后，"我"作了如下的思考：

但我却陷入了一种不安。虽然他对那个巡查坚定地说出了他的身世来历，但仔细一想，我突然意识到没有任何确切的证据和材料。

但是木乃伊之吉究竟是抱着什么样的目的接近我们的呢？

我们从最初就是睡着的，而木乃从最初就是醒着的。他是抱着某种目的接近我们的，这一点毫无疑问，但是我不清楚那个目的是什么。倒不如说获益的是我们，不是吗？

从一开始读这部小说的人，大概会与我一样感到难以理解，那种心情就像是刚从梦中醒来那样懵懂无措。"我"初次见木乃时，觉得他"真是个讨厌的家伙。不能跟这个人打交道"。"我"感到那个男人"与其说是人，不如说是一种色彩，就像是一个紫色的团块钻进了朦胧的房间"。尽管有这样的直观感受，但是同样是在第一次见面中，"我"就已经放弃了怀疑。起因就是"我"认定木乃与"我"的朋友毛利成了好友这件事。那之后，即便是"我"对木乃有所怀疑，毛利却对他深信不疑，或者反过来，"我"们开始互相嫉妒，争着去相信木乃，对木乃的信赖不断加深。最后甚至连"我"的父亲和妹妹都被牵扯了进来。

埴谷雄高在《关于梦》的随笔中指出，在梦意识中，偶然性地接连发生的事件会立刻被接受，并且坚定无疑地发展进行着，他将此一现象命名为"怀疑的丧失"和"无限的肯定"。不仅如此，这一现象也基本上同样发生在"白昼的思考"上，"白昼的思考"也落入了使梦变成梦的自我束缚中。我对这样的见解并不是没有异议，但是在《假学生》的开篇所发生的，正如上面所演示的过程。

也就是说，从一开始就放弃了怀疑，这是全部。后来虽然注意到了缺乏确凿的证据来证明木乃的身世来历，即便不清楚他的目的所在，事态都从最初疑虑的放弃开始就呈现出几何倍数的难以预料的急剧发展。就连他以男色诱惑"我"，"我"都没有拒绝的勇气。因为在"我"放弃了对他的疑虑的同时，就对他采取了绝对被动的立场。木乃对于他让"我"们之间相互竞争这件事是非常清楚的，却也对此无能为力。这个没有任何根据的叫作木乃的男人以绝对的确定性出现在"我"们面前，"我"们被他的话所迷惑，甚至从中感受到快感。这样的话，即使有怀疑，那也只是像凯约瓦说的那样："惊奇（怀疑）也是梦的一部分，包含在梦的自动展开中"。即使醒来后感到茫然，"无论如何回想"也想不起来这一过程。

读完《假学生》后，我们还茫然地停留在无法命名的情绪中，感觉无法将其还原为任何寓意。木乃那奇怪的热情消失了，朦胧地浮现出"紫色的团块"。就这样一边嫌恶一边又不可抗拒着，后来那种外力突然切断了。《假学生》所要表现的主题，在岛尾敏雄的小说中并非第一次出现。比如他最早期的小说《出孤岛记》也写过同样的事情。在那部小说里，"我"作为第二次大战末期的特攻舰队的队长，认为出击命令下只有死，不可能还有其他可能性。然而他的不安在于没有统率队员的自信，唯一支撑他的理由是只要下了"命令"，自己就会先登机。因此，为了让他摆脱与他人关系上的龃龉，"命令"反而成为不可缺少的东西。他期盼它不要来，但又坚信它一定会来，唯有这样才能保持自我。

　　"我"没有站在能够客观地看待这种特攻的愚蠢和无意义的立场上，不能与之保持适当的"距离"。毋宁说命令必然到来这件事赋予了"我"活着的根据。然而由于战败，出击命令突然取消。这时"我"并没有获得解放，而是被投入到了"谜"中。因为"我"一直从属于应该到来的出击令，结果依赖它的时间性突然中断了。出击令中止的那一刻使他获得了自由，而这种自由，就是被处以自由的刑罚（萨特语）。也就是说，是被置于一种没有任何根据的存在状态。

　　《假学生》中的木乃伊之吉也可以说是来自出击令这个形象。那是绝对的约束的同时也是解放。岛尾在《兆》这个短篇小说中将"出击令"抽象化为"来历不明的至上命令"。在这个意义上，大概能从来历不明的木乃这个人物身上看到耶稣基督的寓意。但是这部作品中所描绘的木乃的现实性，已经是既不能还原为体验性事实，也不能丞原为寓意的某种东西①。与其说读者在那里发现了"谜"，不如说是突然被扔到了"谜"中。别说是解开了"谜"，而是开始在"谜"中漂流了。因此《假学生》所赋予的紫色的团块这个印象早已无法还原为任何事实或者寓意。《假学生》正是梦的世界。

3

事实上，以上的文章，我在二十年前开始写作岛尾敏雄论就引用过（收入《意义这个病》）。即便是现在，我的思考基本上也没有改变。特别是在论述岛尾敏雄时，这部《假学生》是不可或缺的这一点上。只是我觉得有几处不同。

第一，书中写木乃伊之吉是个假学生这件事"直到最后被藏匿了起来"。试想，这是一开始就提示的，题目已经表明了。题目是作品的一部分这个自明的事实我

---

① 我在看帕索里尼的电影《定理》（Teorema）（1968）时想起《假学生》的。那部电影里，在意大利的某个布尔乔亚家庭（有主人、妻子、女儿、儿子和保姆）中，突然闯入一名男子，与他们同时生活居住。不久这个家庭的所有成员都被这个男子谜一般的魅力俘获了。但是他突然消失了。后来该家庭的所有成员各自从布尔乔亚式的桎梏中解放出来。尽管我知道这两者并没有联系，但是为什么《假学生》与《定理》如此类似呢？我想可能两者的构思中都有耶稣基督的身影。但是无论是哪部作品都超越了那样的寓意，都赋予了"梦的世界"以现实性。

忘记了。读者多次被暗示：木乃伊之吉这个拥有奇怪名字的人物是个假学生。在开篇处也是这样写的："我完全没有注意到，木乃所做的一切肯定都是有计划的。"

《假学生》直到最后都隐藏了木乃的真实身份，它用的不是惊险和悬疑来吸引读者的那种写法。如果是那样，应该经不起重读的。而我此次重读，虽然说对这部作品已经了如指掌，仍然同样陷入"谜"中。最后一章这样写道："错误是从哪里开始的呢？与木乃伊之吉的交往是从哪里开始陷入纠缠不清的呢？"但是直到最后也没有说明。这和发端一点都不一样。巧妙的是，最后一章是以"新的发端"为题的。从发端开始，"我"就开始不断追问"错误"和"纠缠"是从哪里开始的，比如反复追问"这是怎么回事？"。最后，读者回到了"发端"。

与此相关联，还有一处应该修正。我写上面的岛尾论，是因为当时流行着这样的议论，认为"梦"中的日常性思考看不到那么丰富的可能性。岛尾自身作为一个超现实主义者，曾经有过重视梦的可能性的阶段，所以我反而认为《假学生》那样的作品才真正体现了"梦的世界"的特质。梦总是在醒来之后。所谓的"梦"，只不过是所创作的梦的故事。"梦的世界"，也就是说，在梦的过程中，别说是非现实感，我们是被太过现实的"现实性"所压倒，无法从那里逃脱。

但此时，我把弗洛伊德的《梦的解析》作为"事后的观察"而加以排斥则是错误的。弗洛伊德对于"梦的世界"非常熟悉。实际上，他对声称自己从弗洛伊德那里学到的超现实主义是持否定态度的。因为他所写的梦中缺少了"梦的世界"。现在我要思考的问题是，《假学生》这样的作品，与其说适合用精神分析来解释，不如说与精神分析的过程本身很相似。

为什么说"我"会被木乃欺骗呢？又是如何被骗的呢？当然，那是因为木乃是骗子。但是一般而言，骗子不会单纯地骗人的。比如，如果本人没有迅速得到钱的想法，是不会受骗的。骗子会激发出人平时隐藏的或者是反弹的欲望。对骗子的愤恨中有一半是对自己的愤恨。恨自己不是被骗的愚蠢，而是流露出的无意识的欲望。比如，在这部作品中，不仅仅是"我"，父亲、妹妹都默默地被木乃所透露的家世、财产、名声等所迷惑。

首先，由于征兵迫近，"我"陷入极度痛苦的不安和自我意识无法转动之中，这时，木乃来到了我身边。他属于"我"最讨厌的那种类型。首先是缺乏知性。然而同时让"我"迷惑的也恰恰是这一点。"木乃一个接一个地完成了我所看到的一切，即使在我看来是以一种卑鄙的方式"。可以说木乃就像是来到浮士德身边的梅菲斯托菲利斯。

并且从某种意义上来说，梅菲斯托菲利斯也是如此，不过也可以说木乃就像一名精神分析医生吧。实际上自称是医学生的木乃是要来治疗"我"的病。然而实际情况是，他要对"我"施以男色诱惑，这让"我"十分厌恶，然而"我"却没有拒绝，这一点值得注意。这里暗示了"我"是同性恋的秘密。并且结果是，"我"从有某种心理障碍的症状的湿疹中迅速康复了。

所谓精神分析医生，就是对患者而言的木乃那样的存在。"我"一边抗拒着，一边又被木乃诱惑着，这个过程就是弗洛伊德所谓的"转移"，就是在精神分析的过程中，患者对医生投射了无意识的亲密关系。比如女性患者大多会对医生产生恋情。就在精神分析开始推广之初，这种预想不到的事态在冲击弗洛伊德自身的同时也带来了他的洞见。弗洛伊德说，如果转移不发生，治疗就不会推进。并且如果转移不被解除，治疗就不会结束。

"转移"是将隐藏之物表面化不可缺少的过程。一旦试着去这样想，我们就会感觉到，经由木乃这个媒介，一直以来"我"所采取的生活方式和思维方式突然发生了改变。"我"真的想与我一直讨厌的宝塚女优结婚了。原本思考"结婚"这件事，对于连文学伙伴都排除在外而封闭了心灵的他来说，应该就意味着疾病的治疗吧。

　　……我对结婚非常恐惧，也有一半原因是认定自己没有那样的能力。因为在精神上我也抱着将自己变成木乃伊的想法。

自从遇到木乃，一切都在奇妙的状态下解放了。

我发现了轻盈的自己，也明白自己只不过是个适度富裕的小商人而已。在福冈的寄宿生活中，假装自己是直面悲剧的知识分子中的一个；一回到神户的父亲身边，却又若无其事地肯定身边的一切，装出若无其事的表情。

木乃命名的那个冷毒的红斑也不知不觉间消失了。因此我在福冈虽然感到阴郁绝望，却能够看着太阳满不在乎地走在大街上。（中略）

其实我已经下了一半决心，要娶沙丘卢娜为妻。

从一切"沉重"和"黑暗"中"解放"出来。而木乃伊之吉与"木乃伊"这个词有暗合之处。这意味着，通过将变得像木乃伊一样的自己投射到带有"木乃伊"名字的木乃身上，经此获得"解放'。但是在获得"解放"的同时，"我"也处于最为强烈地依附于木乃的状态。而木乃是个假学生这件事的败露就在那之后不久。那时"我'是这么想的："我透过窗户说着惊慌失措的话，奇妙的是，我明明知道木乃伊之吉一定是个可疑的存在，却感到有一种前所未有的爱情的团块涌上了我的胸口。"

根据弗洛伊德的理论，治疗在"转移"本身被解除时即告完成。这对医生来说很是遗憾，但在患者再也不想见医生的阶段，就意味着治疗完成了。因此医生必须从某个阶段开始就要努力消除这种"转移"关系。收取高昂的治疗费也是其中的一个方法。患者不断地被确认，医生是为了钱而不是为了爱情和善意来为他们治疗的。

木乃是骗子这件事的突然败露，即便不是木乃自己的意图，也可以说是突然消解了"我"的转移。"……我就像是一个被连根拔起的人，觉得世间就是真空，无法做出任何应答，我就像自己的影子那样单薄，唯有木乃留下的伤痕清晰而锐利。"但是"我"的这种丧失，只能是从自己的迷思中所产生的所有表象的"治疗"。

时隔二十年重读《假学生》，我做了上述思考，当然并不是说这是它的最终"意义"。而是相反，这部作品并没有什么最终意义，就如同木乃伊之吉一样，始终是个"谜"。

中上健次与福克纳

　　我在 1965 至 1966 年间大桥健三郎研讨会上阅读了福克纳的作品。那之后基本上没有阅读和研究过福克纳。不过如果我一直对福克纳抱有某种关心的话，倒不如说是因为中上健次。实际上是我劝中上健次去读福克纳，特别是他的《押沙龙，押沙龙!》的，那是在 1960 年代结束的时候。对他来说，这并不是第一次与"福克纳式"的人相遇。当时，中上健次盛赞大江健三郎，特别是他的《万延元年的足球队》，而很明显，这部作品受到了福克纳的影响。但是在读了福克纳不久，中上就宣称，大江并不了解福克纳，"我要成为日本的福克纳"。

　　正如后来所见，中上以南纪州为舞台的系列小说从福克纳那里借力不少，特别是以《枯木滩》为中心的三部曲，如果没有《押沙龙，押沙龙!》就不可能诞生吧。让我感兴趣的是，中上想成为"日本的福克纳"，拉美作家们（马尔克斯、略萨）也有相同的想法。中上阅读马尔克斯等人的作品更晚，因此没有受到他们的影响。但是中上一读他们的作品，马上意识到他们继承了福克纳，在这个意义上，他会觉得他们就像是自己的亲戚吧。比如中上创作《千年欢愉》就是对马尔克斯的《百年孤独》的挑战。

我自己后来没有继续阅读福克纳。因为，这事儿交给了中上健次。当然并不是因为中上一直在阅读福克纳，他只是坚信福克纳所打开的那个世界，是他至死都在追求的。这就不仅仅是"影响"的问题了。福克纳之所以在日本被广为人知，是通过以萨特为代表的法国的批评，因此是从现代派的技法这一观点出发的。如果从这个意义上说，那么在日本受到福克纳的影响而创作作品的作家，在中上以前并不少。

然而如果说中上那里有福克纳影响的话，并不单纯地体现在形式上。话虽如此，也不单纯地体验在与形式相分离的内容上。福克纳的现代主义，内容就是形式，有其必然要求。对此深有感受的，恐怕在日本中上健次就是其中一个。日本编纂出版了《福克纳全集》，并且在不断推进研究，而全集的出版就连美国也没做到。但是我认为福克纳之所以在日本文学中存在，是因为有中上健次这样的作家。不如说福克纳作品的普遍性是通过中上健次来证明的。

中上本人也不断地在思考福克纳的普遍性是经由什么引起的。比如1985年他在福克纳学会上以《繁茂的南方》为题做了讲演。当该讲演稿在杂志上刊载时，中上写了"附记"。其中，对于"福克纳的现代性或者与世界性相贯通"的信息是什么，进行追问。

除了君特·格拉斯，深受福克纳影响的有作为的作家们都是好不容易进入表现领域的区域性作家。从区域分布上来看，有的在亚洲，有的在非洲，有的在拉丁美洲，也就是说，都属于第三世界，这或许是赶民族的潮流。无论如何，他们有近乎野蛮的活力，其叙事大胆地活用血缘、共同体、民间故事、神话，对于传闻、声音之类的物事近乎狂热地喜爱着。

出生于日本、用日语写作的我也想加入他们，成为其中的一员。因此这里就有了一个问题：为什么福克纳会对亚洲、非洲和拉丁美洲的作家产生影响？那是因为从作为福克纳系列小说舞台的美国南部抽离出南方，并且开始将其作为繁茂的南方来考虑。（中略）

从南部抽离出来的南方是各种各样苦闷的象征，不是那种被编入广告歌曲中然后迅速流行开来的南方。所谓的南方，相对于价值齐整的北方来说，是很难确保价值统一的混乱区域。

那个区域看似价值紊乱，实际上有着惊人的细密的价值体系，福克纳持续描述着有着具体方位的南部，也留下了约克纳帕托法神话。（《福克纳，繁茂的南方》，收入《中上健次全集》第一五卷）

口上说，福克纳的世界性在"南方"。这个"南方"

不仅仅意味着美国的南部。然而它也不是南北问题这个意义上的"南方"。毋宁说，它不特指某个具体的空间。说它是北方的某地也无妨，说它在东京新宿二丁目也可以。实际上，在创作《无垠的土地 至上的时间》这部小说的节点上，中上的故乡，他称作"路地"，这个被歧视的部落遭解体而消亡了。他把舞台移到东京，又移到首尔。那个时候他说"路地"在世界之中，而他笔下的"路地"就与刚刚讲述的"南方"是相同的地方。那么这个意义上的"南方"已然不仅仅是特定的地理场所，就是时间上也没有限定，是个抽象性的概念①。不过在我的记忆中，在中上追问之前，还有人进行了同样的追问。

我 1980 年滞留耶鲁大学期间，曾经阅读过在那里任教的苏珊·威利斯的论文《乡村贫民窟的美学》（Social Text，1979）②。她是美国著名的马克思主义批评家

---

① 我在此次演讲（1997）中讲述了关于"南方"的意义，我后来知道，差不多同一时期，意大利思想家葛兰西也以《南方思想》为题对"南方"作过论述。[《南方思想》（『南の思想』）1996 年版，日语译本 2006 年版，讲谈社选书技巧]

② 我 1980 年秋在耶鲁大学比较文学系任研究员，是在那年夏天出版了《日本近代文学的起源》之后。在那本书里，我从漱石开始，就近代小说的装置进行了系谱学式的批判。大概可以说，这和中上健次想在小说中要做的事情是并行的。同一时期，中上滞留韩国，与韩国受迫害的作家金芝河有交往，同时撰写着他的《无垠的土地 至上的时间》。我在 1980 年间多次与苏珊·威利斯和詹姆逊谈到中上健次。遗憾的是，那时还没有中上的英文译著。

弗雷德里克·詹姆逊的夫人，但是对向来的马克思主义者和新批评理论都持批判态度，并且意欲借助沃勒斯坦的世界体系理论重新评价福克纳。沃勒斯坦说，世界资本主义是由中心（core）、半边缘（Semi-Periphery）和边缘（periphery）不同阶层构成的结构体，这就是近代世界体系。威利斯指出，福克纳文学的舞台属于半边缘地带。那是边缘地带因资本制度的渗透而解体从而诞生的世界，它不具有中心地带所确立的市民社会的秩序，并且也不具有边缘地带所具有的传统秩序。因此，这个半边缘地带集合了所有的分裂与矛盾。

威利斯还指出，在半边缘世界，历史与神话（故事）相交错。她批判那些新批评主义的批评家，说他们虽然大多出身于南部，却将交错的历史和神话还原为非历史的原型。此外，她不仅指出福克纳的现代主义扎根于这样的世界，还指出一般而言的 20 世纪超现实主义的描述对象也是半边缘世界。日本倾向于人为现代主义是西方发达国家所产生的文学形式，但是象乔伊斯、卡夫卡、贝克特那样典型的现代主义者，却生长在半边缘世界。现代主义破坏了近代小说，但它并非来自先进的现代社会。比如意大利的未来主义就来源于半边缘世界，因此很容易与法西斯主义合流。如果从这样的角度来思考的话，就能够明白中上所说的"南方"具有半边缘的性质。中上小说中的"路地"（被歧视部落）同样也是半边缘世界，就是威利斯所说的 rural slum。因此它不是特殊的日本式的，具有普遍性。

我要反复地说，中上健次所说的"南方"，不是实际的南方，并且不限定于20世纪。比如在18世纪的英国文学中，斯威夫特和斯坦因是爱尔兰作家。他们的作品创作于19世纪后半期，不用说与第三人称的客观小说（现实主义）没有关系。让人颇感兴趣的是：20世纪初期留学伦敦的夏目漱石最感到有共鸣的，就是他们的文学。但是在当时的英国，18世纪的小说并不被看作是文学。而在受当代法国文学影响的日本也是如此。归国后的漱石模仿斯威夫特和斯坦因，开始创作《我是猫》和《草枕》时，受到了同时代的日本作家们的轻视。他们开始承认漱石，是在漱石创作自然主义小说《道草》的时候。从这个意义上讲，大概从漱石那里也能够找到"南方"。当然，漱石从《道草》开始，一步一步向《明暗》"发展"时，"南方"也就消失了。

夏目漱石这个旧江户居民居住在由萨摩、长州的权力和资本主义统治下的明治东京，一个半边缘化了的社会。可以说明治社会的分裂和矛盾都在那里集中爆发了。就像他所激赏的长塚节的小说《土》一样，漱石并没有忽视这种矛盾在他所不知道的其他地方的爆发。在日本近代文学中，到了明治后期，自然主义占统治地位，但那不可能单纯是法国自然主义的输入。日本的自然主义文学离不开因货币经济渗透而解体的农村的现实。在那样的现实背后也诞生了泉镜花那样的物语。因此，它们在相互对立的同时也相互补充。这一事实也表明，在日本近代文学的起源中，民俗学家柳田国男深度参与了自然主义和物语这两个面向的工作。中上健次也继承了这两方面的文学。在他那里，与其说他将之前被切分的领域统合了起来，不如说是站在这些分离产生的根源上。而福克纳想要在美国南部做的，也是同样的事情。故此，仅仅从福克纳那里借用小说的技法是没有意义的。

我想关于拉丁美洲也同样如此。围绕拉丁美洲社会是资本主义还是封建主义的问题，埃尔内苏·拉克拉乌写了一本书。以前读这本书的时候，我感觉有个遗憾，他不了解关于战前日本资本主义/封建主义的论争，或者说日本的马克思主义者也没有努力地让外界知道它。在这个论争中，讲座派（共产党系）认为封建残存制度统治着日本社会，与此相对，劳农派（后来的社会党系）则认为农村的"封建性"是由于资本主义经济渗透之后出现的。具体地说，讲座派认为在农村，地主统治佃农的状况是封建时代的残留制度，而劳农派则对此予以否定。在德川时代的农村共同体中，本来并不存在佃农。把农民分为地主和佃农始于明治以后，地主权力扩大了，是因为租佃的贫农增加了；与此同时，地主与佃农的关系开始表现为领土与农民的关系了。正是资本主义经济的发展才带来了"封建的"意识。在这个意义上，劳农派的意见基本正确。但是他们也存在谬误，他们错误地认为，产业资本主义的发展将使得落后自然消亡。在这一点上，可以说讲座派抓住了资本主义的发展和危机反而有可能唤起前近代诸种观念这一面向。实际上不仅没有自然消亡，反而归结为了天皇制法西斯主义。

但是这样的问题并不仅仅为日本所固有。在南北战争结束之后的美国南部也是如此。只是，即便在结构上是相同的，但文学上的成就仍然需要依托各自固有的历史背景。在这一点上，对福克纳而言，南北战争是关键；而对中上而言，大逆事件则是关键。明治以后，新宫以熊野的木材为基础促成了产业繁荣和布尔乔亚文化的兴盛，与此同时，也催生了社会主义的发展和部落解放运动。而这并不仅仅是地方性现象。比如，经营木材产业的资产阶级子弟大石诚之助赴美留学，成为医学博士后归国，在新宫不仅开始社会主义运动，援助社会主义者幸德秋水，还在新宫招待他。因此，新宫小组五人以企图暗杀天皇这个荒唐的理由遭到检举，大石被处以死刑。以此大逆事件为契机，新宫所有的町都遭到歧视和压制，产业也停滞了下来。实际上，新宫资产阶级文化没落了，是因为它所依托的木材产业在日本的重工业化过程中衰落了，而大逆事件只是产业衰落的象征。

很有意思的是：新宫的资产阶级文化，不仅造就了时代尖端的现代作家佐藤春夫，而且在大逆事件以后的所谓"隆冬时代"，还造就了所谓"大正文化"这一现象。事实上，大石诚之助的外甥西村伊作将大石的部分遗产拿到东京投资，创办了"文化学院"，而那里则成了大王文化的据点。由此可见，大正人道主义和民主主义是多么脆弱。大逆事件之后的"隆冬时代"看起来好像在东京消失了，实际上在新宫则被全面留存了下来。而进入昭和时代，在天皇法西斯主义发展的时代，不难想象新宫的人们被迫站在怎样的立场。

就像南北战争之后在美国南部剩下大量的穷苦白人和黑人那样，在大逆事件以后的新宫，则剩下穷人与被歧视的部落民。那里不仅没有经济上的发展，社会解放运动也消退了。中上健次就是在那样的地方出生和成长的。就新宫而言，它还重叠着 16 世纪武装暴动及其后遭到彻底镇压这样的历史背景。这些事件发生的时候，日本已经处于近代世界体系（沃勒斯坦语）之中，所以中上传承的并不是什么古代的东西。我开头说中上受到了福克纳的影响，但正如我已经说过的，那种情形并不局限于中上或者日本，而是全球性问题。中上通过福克纳，把南纪州受歧视的部落作为"南方"问题来看待，获得了这样一个视点。否则自然主义就会成为他讲述物语的对象。但是如果说只有一种东西是受福克纳的影响的话，那就是中上在其三部曲《岬》《枯木滩》《无垠的土地 至上的时间》中创造的滨村龙造这个人物形象。这些作品都是以秋幸这个主人公为中心描写的。他是中上健次的小说中最接近作者本人的人物，不过也不妨将这个名为"秋幸"的人物判断为源自"幸德秋水"。如此看来，那么秋幸这个人物不仅是新宫，更是近代日本历史的浓缩。

进一步而言，这三部作品真正的主人公其实是秋幸的生父滨村龙造这个男人。不用说，这个人物在福克纳的笔下也有相同的表现笔法，不同之处在于福克纳只是不断地通过流言蜚语和推测来暗示，并没有直接的描写。但是使这三部作品成为可能的，恰恰是因为有滨村这个男人的存在。以我的管见，秋幸与中上并不像，而滨村与中上自己的生父和养父也都不像。既然与实际存在的人物都不像，那么他们从哪里来？无疑，那种形象是中上从《押沙龙，押沙龙！》的萨德本这个人物中得来的。

萨德本从偏僻原始的边缘共产社会来到奴隶制庄园的半边缘社会。由于受到了农场主的黑人女仆的羞辱，那时他下定决心，要成为大农场的农场主。他最初在海地制定计划要娶农场主的女儿，并且成功地与农场主的女儿结了婚。他知道儿子身上混有黑人的血，于是抛妻弃子，只身到了南方，重新规划人生。他用毒辣的手段不断获得成功，当两个孩子长大后，曾经被抛弃的儿子成为一名大学生，找到了这里。这个大学生儿子与他同父异母的弟弟情谊深厚，又要与同父异母的妹妹结婚。萨德本加以阻止，阻止的原因并非是近亲相奸，而是不愿让女儿与黑人结婚。结果萨德本与第二个妻子所生的儿子杀死了那个大学生儿子，其后不知所踪。就像旧约圣经里的大卫那样，萨德本同时失去了两个儿子。他进而让贫穷白人沃许的女儿为他生儿子，结果生下的是女儿，他就对妻子百般羞辱，结果被沃许所杀。

我认为，中上是借用了萨德本这个人物来塑造滨村龙造的。不过这并不意味着模仿。我以为，不如说通过阅读中上的作品，反而让萨德本是怎样的人物更加让人明晰了。当然二者有不同之处。比如，滨村虽然也希望能生出男孩作为继承人，却并不像萨德本那样执着于白人血统。此外，他自称是 16 世纪武装起义的军事指挥家、杂贺孙市的后裔，倡导要在人世间实现净土的理想，尽管实际上也在做与理想相悖的事儿。但在萨德本身上则没有那样的理想：在奴隶制庄园已经成为不可能的时代，他却想重建奴隶制庄园，这是他唯一想做的。不过仔细看来，就能看出他们有相同的结构。滨村也出生在枯木滩这样的地方，他来到了新宫的"路地"。作为"蝇王"遭到周围人的疏远。后来，他想占有这个新宫的"路地"并让它解体（顺便说一下，让这个"路地"解体的地主佐仓，就是曾经为了部落解放而活动、在大逆事件中被判处死刑者的外甥，大逆事件后，被歧视的部落民对他很冷淡，所以佐仓想要报复他们。与佐仓及其头目滨村形成对峙的秋幸，就是幸德秋水）。

滨村龙造或者萨德本的"计划"乍一看很反动。但是也可以说，他们无意识地执着固守的，就是要再现他们从那里来的偏僻（边缘）共同体，或者是枯木滩那里所具有的东西。悲剧的是：他们试图以一种完全扭曲的形式来实现这一目标。换句话说，就是通过更具有歧视性的手段来实现没有歧视的世界。然而正是这种宿命式的"无知"使"悲剧"成为可能。

我并不认为在现在的日本，福克纳式的或者中上健次式的描述已经变成了现实。在这个意义上，我认为日本的近代文学连同中上一起走向了终焉。但是他所说的"南方"绝对没有消亡，而是到处都有。此外，现在的世界性分工的重组过程，以新的形式催生了中心、半边缘和边缘。从那里产生的文学或许乍看与福克纳式的描述没有什么关系，然而实际上不还是如此吗？我是这么认为的。

翻译家四迷

　　明治以前，很多西洋小说都被翻译了过来。然而那与其叫作翻译，不如叫作改编。也就是说，只需把原文的意思或情节介绍一下就足够了。首次尝试对原作进行忠实的、逐字逐句翻译的，是二叶亭四迷。二叶亭对这种翻译方法有着独到的见解。"翻译外国文学时，只是考虑意义，把重点放在意义上，会有损伤原文之虞。我相信一定要理解原文的韵味，将其移植过来。逗号、句号，一个都不随意丢弃，如果原文有三个逗号、一个句号，译文也必须有一个句号、三个逗号。我就是以这种方式来移植原文的强调风格的"（《我的翻译标准》）。

　　二叶亭不只停留在这种想法上。就如何翻译，他下了很大的功夫进行研究。他认为将拜伦翻译成俄语的茹科夫斯基的方法很好，简而言之，就是"完全打破了原文，随心所欲地创造自己的诗歌形式，只是尝试着翻译出意思"。茹科夫斯基的俄语翻译比以他的英语能力阅读的拜伦更为出色。他本来也想那么做，却做不到。"要问为什么，那是因为茹科夫斯基有着一流的笔力，即便破坏了原文也能够将诗思赋予新的形式；然而我觉得自己没有那样的笔力"，所以他就采用了逐字逐句翻译的方法。不过他的这番充满自嘲的回忆并不能不折不扣地相信。

比如森鸥外的翻译方法就是茹科夫斯基式的。对原作自行加以创作，这是对森鸥外的定评。相较之下，二叶亭的翻译"实在难读，佶屈聱牙的，生硬，不管费了多大的力气，结果总是很糟糕，因此总是遭到世人的恶评，尽管偶有赞美的声音，总体而言还是非难的声音更多"，二叶亭如是说。然而事实上他的翻译，尤其是屠格涅夫的《私会》等的翻译影响很大。

另一方面，他自己的小说《浮云》采用的是言文一致写成的，虽然后来被誉为是日本最早的近代小说，但在当时几乎没有什么影响。二叶亭后来自己也丧失了创作的热情。他再次拿起笔写小说，是二十年之后，在他去世的前一年。那么，为什么不是他的小说，而是翻译造成了影响？那是因为，他的小说继承了德川时代的俗语小说的文体，而翻译则是俄语原著的逐字翻译。

中村光夫这么评价说："这种方法在他自己看来也未必成功，当时的作家之间不予以评价，但他将原作者丰富的感受性原封不动地移植过来，那种特殊的笔致给青年人带来了清新的印象。对于习惯了传统文章感觉的人看来，他的文风显得有些生硬，缺乏匀称之美，但是为那些年轻的感受性暗示了新的表现手法之途径"（《现代日本文学全集》别卷一，筑摩书房）。

但我们不能把这些看成是偶然的结果。他说自己日语不好，所以放弃了巧妙地传达原作意思的创造性翻译，只不过是向来的自嘲的说法。他发自内心地想否定那种方法。人们注意到了二叶亭的翻译的独特性，以及其影响之巨大，但是并没有注意到他的认识。关于这一点，我认为本雅明在他的题为《翻译者的使命》的随笔中所阐述的内容具有启发性。19世纪荷尔德林翻译索福克勒斯被认为是逐字翻译的一个极端糟糕的例子，但是本雅明却很拥护这种译法，他还引用鲁道夫·潘维兹的话这样说：

> 我国的翻译，甚至那些最好的译作，都是从错误的原则出发的。这些译作并不是要把德语印度语化、希腊语化或者英语化，而是使印度语、希腊语和英语德语化。相较于对外国语作品的精神的敬畏，对自己国家语言的用法所抱的敬畏感要更强烈。……翻译家的原则性谬误在于他始终想保持自己国家语言的偶然状态，而不是让自己国家的语言受到外国语的激烈撼动。翻译家特别是在翻译与自己的语言相距很远的语言时，必须回到语言本身最终的要素上来，将语言、意象、声音联结为一体。翻译家必须通过外语来拓宽深化自己国家的语言。

（鲁道夫·潘维兹：《欧洲文化的危机》，1917）

这种主张很显然完全颠覆了二叶亭所参考的茹科夫斯基的翻译方法。本雅明自己找到了应该逐字翻译的根据。文学文本是语言形式本身带来的东西，绝不会被还原成某种意义。本雅明将其称为"纯语言"（die reine Sprache）。因此本雅明说：

所谓纯语言，自身不再意指或表达任何东西，但作为非表现性的创造性的语言，又以所有语言为意图。在这种纯语言中，所有的传达、意义和意图最终都将消灭，汇聚到一个语言层。然后从这个语言层出发，翻译的自由被确认获得了一个新的高度和正当性。这种自由并非来自所要传达的意义，因为从这种意义中解放出来正是忠实翻译的任务。毋宁说，因为纯语言这个缘故，翻译的自由证明了将翻译的语言作为根据其自身的真实性。翻译家的使命，就是要在自己的语言中将纯语言从另外一种语言的魔咒中解放出来，通过再创造将囚禁于一部作品中的语言解放出来。为了这个使命，翻译家要打破自身语言衰败的障碍。就因为如此，路德、沃斯、荷尔德林和格奥尔格拓宽了德语的界限。（内村博信译）

路德用德国俗语将《圣经》翻译过来，于是他的翻译成了标准的德语，这是众所周知的。费希特说，德语与其他不纯的语言不同，是唯一可以比肩希腊语的源语言。他主张德语的独创性，却忘记了德语也是经由翻译形成的。不仅德语如此，近代民族的语言都是经由翻译形成的。然而重要的是，为什么路德的翻译对德语的形成具有强烈的影响力。本雅明发现，路德的《圣经》之所以具有影响力，当然是因为逐字翻译。而迫使路德进行逐字的忠实翻译的，则是他对《圣经》这个神圣文本的信仰（faith）。

　　而这同样可以用来解释二叶亭逐字翻译的理由。二叶亭说："由于我对文学怀有强烈的尊敬，由于屠格涅夫在创作时就抱着非常神圣的感情，所以在翻译时也必须抱有同样神圣的感情，必须一字一句地翻译，我相信非常有必要"，"屠格涅夫就是屠格涅夫，果戈里就是果戈里，去体会各自的诗的构思，严格说来，行走坐卧间都要尽可能地去贴近原作者的心身，必须忠实地移植他们的诗的构思。这实际上是翻译中根本的必要条件"。

　　从这样的观点出发来看，二叶亭的逐字翻译不仅传达了意思，而且在日语中从各自的作品中解救了所囚禁的"纯语言"。他认为比起日语，俄语更容易理解，这并不夸张。毋宁说，正因为是外语，才能感受到不能还原到意义的"纯语言"。而另一方面，他的逐字翻译，正是"让自己国家的语言受到外国语的激烈撼动"。那些年轻人，比如像国木田独步那样的作家，是比其他任何人都为二叶亭的屠格涅夫的翻译更受震撼的作家。而此前的翻译，或者用日语进行的各种组合，都是"始终想保持自己国家语言的偶然状态"，所以没有二叶亭的翻译所给予的清新。

然而问题是，日本近代文学却沿着二叶亭所翻译的屠格涅夫的方向发展着。实际上这与他的《浮云》没有产生影响这件事是有关联的。我前面论述过，二叶亭的屠格涅夫翻译正因为是逐字翻译才产生了影响。但是二叶亭逐字翻译的并非只有屠格涅夫。他还逐字翻译了果戈里和高尔基。值得注意的是，二叶亭所翻译的果戈里在某种意义上与他自己创作的《浮云》的文体很相似。如果再往前追溯的话，可以说与式亭三马那样的江户作家（滑稽本）相似。

二叶亭四迷虽然翻译了屠格涅夫，但是谈不上喜欢他。四迷的资质很明显属于果戈里、陀思妥耶夫斯基一脉的。然而他的翻译产生影响的并不是果戈里，却只是在屠格涅夫这个脉络上。这意味着什么呢？它意味着：明治日本的作家们首先想用日语实现现实主义小说，而不是与江户小说有关的讽刺性小说。

这与同时期的日本画家遇到的问题相似。在法国19世纪中叶摄影出现时，以肖像画为生的画家就很难生存了。以几何学上的透视法为特质的近代绘画实际上与摄影是同一原理，也就是说，近代绘画是以照相机和摄像机为基础的。当摄影出现的时候，近代绘画就失去了它存在的理由。因此印象派画家们就想去做摄影无法办到的事情。那个时候，他们与日本的浮世绘相遇了。然而吊诡的是，那之后不久，明治日本人却把印象派以前的西洋绘画当作范式来接受。费诺罗萨和冈仓天心都想要从日本传统美术中去寻找超越西洋近代美术的地方，结果冈仓却被西洋派赶出了他所创立的美术学校。那个时候，国木田独步受到二叶亭所翻译的屠格涅夫的文体影响，用它创作的《武藏野》面世了。

不论近代小说的特质是什么，都有现实主义的成分。小说之所以被视为艺术，是当它通过虚构来把握"真相"的时候。因此，虽然是虚构的，却不能不让人感受到它的真实性。仅仅有"物语"（讲故事）是不行的。即便是英国的小说，早期笛福也是那样，所写的不是"物语"而是事实，这就是那个时候的小说创作的形式。结果像《疫病流行记》那样的小说甚至被误认为是史实。今日的电视等媒体会特意告知"此故事纯属虚构"，而初期的小说则相反。明明写的是故事，看起来却是真实的，这就是小说家的工夫。这是与绘画并行的问题。

潘诺夫斯基从对象和把握对象的形式这两个角度来看待绘画的现实主义所带来的问题。说到对象方面，它从宗教的历史主题转变为以平凡的人或风景为主题。说到形式（象征形式），它采用的是几何学上的透视法，就是通过从固定的一点透视的图法，赋予二维空间以景深的形式。实际上可以说小说的现实主义也同样如此。

对象方面就更不用说了。简单地说，就是主题转移到了普通的人和风景上面。但是这种转变潜藏着心理上的巨大颠倒。关于这一点，我曾经在《日本近代文学的起源》中，用国木田独步的《忘不了的人们》为例做过阐释。所谓"忘不了"，并不是说所"忘却的"是重要的东西，而是虽然微不足道，却让人难忘，比如风景。

而另一方面，就形式层面而言，他所带来的现实主义叙述方式的变化是：叙述者虽然有，但看起来却好像不存在。如果有不断移动的叙述者，没有固定的一点，没有时间透视法，那么"当下性"或"景深"就会消失。那种叙述手法的完成形态就是"第三人称客观描写"。这在法国成立于19世纪中叶；在俄罗斯可以说是由屠格涅夫确立的，而屠格涅夫的作品是由二叶亭翻译成日语的。

然而在同一时期的俄罗斯，反而有拒绝这样的现实主义的作家，那就是果戈里与被称为从果戈里的"外套"下走出来的陀思妥耶夫斯基。他们的作品是文艺复兴式的小说，如巴赫金所强调的，他们的作品中保持着"狂欢化的世界感觉"。说到英国，那就是18世纪的斯威夫特和劳伦斯·斯坦因。巴赫金认为，英国的前浪漫派斯坦因以主观形式恢复了"狂欢化的世界感觉"。这让我想到漱石不喜欢笛福，而是很赞赏斯威夫特和斯坦因。这样一来，对果戈里有亲近感的二叶亭四迷和对劳伦斯·斯坦因有亲近感的夏目漱石悄悄地产生了共鸣，就并非不可思议了。这种"狂欢化的世界感觉"与其说与江户的戏作相似，不如说根本上植根于"俳谐"这一日本传统。

但是，当西方人开始怀疑几何学的透视法，并在日本的浮世绘中找到了摆脱它的钥匙时，日本人却反过来试图用油画来实现现实主义绘画的梦想，这种悖论同样反映在近代文学方面。因此二叶亭对屠格涅夫的翻译是有影响的，而他翻译的果戈里则遭到了冷遇；与此同时，他创作的《浮云》也没有受到重视。即便过了很长时间之后，《浮云》被评价为第一部现代小说时，它也不被认为是"文艺复兴式的"，而被公认为是带有江户小说古旧气息的过渡性作品。

二叶亭四迷本人终生都没有改变他的立场。比如晚年受漱石的约请，在《朝日新闻》上连载的《平凡》，他就是以如下这番话开篇的：

那么，题目是……题目是什么呢？这个家伙很久以前就让我很厌倦了……。想到最后，战战兢兢，平凡！只限于平凡。平凡之人用平凡之笔叙述平凡的半生，就用"平凡"这个题目了，决不动摇，这个题目是已经达到极致了。

接下来就是写作方法了，这不是下功夫就解决的事儿。最近流行着一种什么自然主义，说的是不管作者经历如何愚蠢荒唐贸然之事，都不加任何技巧、任何修饰一五一十地写出来，像牛的口水那样唠唠不休，冗长无味。流行这样的东西倒是不错，我当然也随波逐流。

那么，题目就叫《平凡》，写得像牛的口水一样冗长乏味。

以第三人称为客观的叙述者，同时又和登场人物融为一体，这首先是从第一人称小说开始的。因为在第一人称小说中，叙述者和登场人物相互融合。然而，在时隔二十年后写的小说中，他保留了与"我"不同的叙述者（作者）。而最后，这部自传体小说变成了戏作。"我是二叶亭。这部手稿是我逛夜店时买下的，本来也没打算买，里面有几页被撕掉了，意思不连贯，就像电话中正说着话，还没说几句，电话被切断了，但是也没有办法。"二叶亭把在他翻译的屠格涅夫的延长上所发展的日本近代文学的主流，即自然主义小说称为"牛的口水"。也就是说，他自己一直处在《浮云》或者果戈里的延长线上。

追记：本稿是 2004 年 3 月 26、27 日在哥伦比亚大学举办的 "Translation Matters：East Asian Literatures in Transnational Perspective"（"翻译问题：跨国视角下的

东亚文学")这个学会上发表的论文，是在"Translation as the Origin of Modern Japanese Literature"(《翻译作为日本近代文学的起源》) 这篇稿子的基础之上修改完成的。

文学的衰灭

　　我在 1970 年代后半期写了《日本近代文学的起源》。在那本书里，我试图阐明，作为自然而又不证自明的东西被接受的近代文学，在一定程度上是一种历史性的装置，最多可以追溯到 19 世纪后半期在法国所确立的历史性的装置。对近代文学的不证自明性持怀疑态度者很少。我注意到夏目漱石是怀疑近代文学的自明性的，他想在《文学论》中提出这一点。为此，我在《日本近代文学的起源》的开篇处提及了漱石及其《文学论》。只是，其中实际上还有我个人的理由。我构思《日本近代文学的起源》，是 1975 年在耶鲁大学教授明治文学的时候。那时我三十四岁。某一天我突然意识到，夏目漱石在伦敦构思《文学论》时也是三十四岁。那一刻所感受到的平静的兴奋我永远都难以忘怀。

　　但是在当时的日本，理论家漱石是被人轻视的。那被认为是小说家漱石的前奏。更不用说在美国，哪有什么人会关注漱石的《文学论》？与那样的时期相比，今天在美国能够举行关于漱石《文学论》的研讨会，这着实令人吃惊，也的确可喜可贺。然而遗憾的是，我从这件事里却感受不到大的喜悦。这容我稍后再述。简而言之，二三十年间，文学的位置发生了根本的改变。

我在《日本近代文学的起源》中论述，漱石的事业不仅在西洋、就是在日本也都处在孤立状态。而他必须对此加以改变。漱石的理论野心，与他在伦敦时死于结核的至交俳人正冈子规是一样的。同时，他们的理论野心与其自身的创作难以割裂。换句话说，他们都试图将从俳句与俳句间孕育的散文（写生文）作为理论根据。说到写生文，很容易被误解为现实主义，实则相反，它恰恰是对现实主义的批判。写生文除了没有情节之外，还具有俳谐所固有的讽刺特征。因此，比如像漱石的《我是猫》那样的作品正是典型的写生文，而它的首次刊载，就是在子规所创办的俳句杂志《杜鹃》上。

正冈子规在《俳谐大要》（明治二十八年）中就试图以俳句为理论根据。他并不是从将俳句看作源自俳谐连歌的漫长传统这个历史出发，而是从对其形式的考察开始。他说：'俳句是文学的一部分。文学是美术的一部分。所以美的标准就是文学的标准。文学的标准就是俳句的标准。即无论是绘画、雕刻、音乐、演剧，还是诗歌小说，皆应以同一标准加以评论'（《俳谐大要》第一）。他所说的是，传统俳句无论多么精妙和难以解释，都必须作为艺术（美）的一部分加以普遍考察。

俳句是非常短的诗，这赋予了子规诗学以普遍性。比如坡在《诗的原理》中阐述了作为诗其"短"的特征，这意味着，诗之所以是诗，必须从形式而不是内容上来判断。而以最短的俳句为焦点的子规，在诗之所以是诗的维度上，必须考察的同样不是内容，而是形式。

漱石的《文学论》可以说在许多方面都继承了死去的挚友的意志，并试图将其发展得规模更大。漱石采取的行动，例如辞去东京帝国大学教职、进入朝日新闻社这一事件吸引了世人的眼光，但如果考虑到子规曾经在日本新闻社活动，就并不会感到特别惊讶了。虽然在漱石的著述中，他对子规之死只字不提，但在他的内心活着一个死者，他难以忘怀。在《文学论》中，漱石就何谓文学进行了撒网式的追问，其时他的内心就潜藏着把与子规一起思考的特定的文学——俳句和写生文——作为普遍基础的意图。

漱石的随笔，在某种"精神态度"中找到了写生文的一个特质："写生文作家对人事的态度不是贵人看贱人的态度，（中略）不是男人看女人、女人看男人的态度，而是大人看小孩的态度，父母对儿童的态度"（《写生文》）。但这并非俳谐固有的特殊的态度，因为在对"幽默"的探讨中，弗洛伊德认为它与"精神态度"完全一样。弗洛伊德认为，所谓的幽默，就是面对痛苦的自我（孩子），超我（父母）安慰并鼓励说，那种事儿不算什么。

漱石说，写生文并不是从西洋输入的舶来品，而是由俳句独自发展而来。"（写生文学作家的）态度是，（写生文）完全是从俳句中蜕变而来的。它不是随着泰西的潮流漂到横滨的舶来品。据我之浅薄所知，闻名于世的西方杰作中，未曾见到以这种态度写出来的"（《写生文》）。但是漱石又立刻补充说，能够发现狄更斯的《匹克威克外传》、菲尔丁的《泛姆·琼斯》、塞万提斯的《堂吉诃德》等作品"多少都持这种态度"。然而不用说，在斯坦因的《特里斯特拉姆·尚迪》和《伤感的贾尼》中有与这种写生文最接近的"态度"，但不知为什么，漱石在此没有提及。

漱石很早就在斯坦因那里找到了类似写生文的态度，这一点毋庸置疑。斯坦因的作品脱离了19世纪后半期所确立的文学规范，这在后来的现代主义谱系中得到了高度评价，但漱石在伦敦时并非如此。而且漱石从源自俳句的写生文与斯坦因的小说（早早就破坏掉18世纪刚成立的小说）那里发现了并行性，他的这种想法并非偶然。

在这一点上，巴赫金关于斯坦因的讨论值得注意。巴赫金在论述拉伯雷时，从拉伯雷的身上发现了"怪诞现实主义"。其主要特质是：降格，下落，将高位之物、精神的、理想的、抽象的东西全部转移到物质的、肉体的层面。而使其确立起来的则是民众的笑声。在他的思考中，像拉伯雷那样的文艺复兴文学中所具有的"民众狂欢化的世界感觉"后来就衰退了。但是，它在以主观的形式恢复。巴赫金说，那就是斯坦因的《特里斯特拉姆·尚迪》。

由于西欧市场经济的渗透，农业共同体解体，在那样的区域，"怪诞现实主义"很难恢复。巴赫金认为，虽然劳伦斯·斯坦因的作品在恢复"拉伯雷式的世界感觉"，那只是以"向新时代主观语言的独特转移"的形式进行。他说，在那里，"笑被缩小，采取幽默、反语、讽刺的形式"。结果斯坦因的文学被普遍视为"个人世界感觉的表现形式"，或过敏的自我意识的表现。不过巴赫金却承认：虽然斯坦因作品里有主观化的东西，它仍然在恢复"拉伯雷式的、塞万提斯式的世界感觉"。

然而，那样的文学在 19 世纪的英国和法国都被当作文学的支流，遭到了否定。另一方面，使那种感觉恢复的，还有 19 世纪前半期俄国的果戈里。陀思妥耶夫斯基，用他自己的话来说，正是从果戈里的"外套"下钻出来的。巴赫金认为，之所以说陀思妥耶夫斯基的小说与主观的、注重心理描写的近代小说在性质上有着根本不同，就因为前者保持了"狂欢化的世界感觉"。果戈里的作品常常与超现实主义相提并论。然而超现实主义只不过是现实主义的产物。果戈里所发现的怪诞主义，来自 19 世纪共同体顽强地存续着的俄罗斯的社会落后性。而这一点同样适用于描述漱石，以及中国的鲁迅，或者是像马尔克斯那样的拉丁美洲作家。这可以说是各国"不均衡发展"的表现。只是与西方现代主义之后出现的鲁迅和马尔克斯相比，漱石所经历的困难，是他自己必须在理论上予以正当化。

漱石说写生文"脱胎于俳句"，并非仅仅指俳人子规开创了写生文这一事实。写生文的源泉不仅有近世的俳句，更可以上溯到俳谐连歌。也就是说，写生文所具有的"世界感觉"来自"俳谐式之物"。而这就是巴赫金所谓的"狂欢化的世界感觉"。

连歌的历史如下。它可以上溯到古代的和歌。上层贵族文化人很喜欢和歌的情趣，连续吟咏和歌，并对其形式加以改造，使其不断洗练，就产生了连歌。而另一方面，连歌从产生之初就具有滑稽趣味，连歌的发展也伴随着不断大众化的过程。于是到了 15 世纪末出现了《竹马狂吟集》这样的俳谐连歌集，到了室町时代末期又出现了山崎宗鉴的《犬筑波集》那样的作品。从中世纪世界解体的室町时代到战国时代，连歌的滑稽性经历了激进化的过程。根据巴赫金的说法，"民众笑的文化"在中世纪解体的文艺复兴时期变成了"自由的、批判的历史意识的形式"。

此外，巴赫金还说，"16 世纪笑谑到达其历史的顶峰，在顶峰的峰尖就是拉伯雷的小说。那以后，自普雷伊阿德（La Pléiade）开始就急转直下。笑谑失去了与世界观展望的本质性联系，与否定并且是教条式的否定相结合，仅仅局限于私人或者私人性的领域，丧失了历史的意味"，也可以说 16 世纪日本的俳谐的情形同样如此。

连歌与德川体制具有同构性。想要对连歌进行革新的是芭蕉。芭蕉试图让俳句独立出来。芭蕉想通过否定连歌的行会共同体，来恢复"俳谐式的谐谑"。经由芭蕉改良创造的俳句世称"蕉风"，但是它后来又陷入了另一种类型化中。明治二十年代，子规开始否定蕉风，排斥连句。然而意味深长的是，毋宁说子规的革新与芭蕉否定连歌创造俳句时的情形非常类似。在子规之前所谓的"蕉风"，只不过是仰望大师的封闭性集团以及"预定和谐"性的精神。子规一定是否定那样的集团的。他所追求的是具有"俳谐式的谐谑"的写生，而不是作为"现实主义"的写生。但是芭蕉团体内曾经发生的事，又在子规的团体内重演。比如在子规死后，掌门人高浜虚子体系得以确立。之后，写生文成了现实主义的了。另一方面，"俳谐式的谐谑"在子规的盟友漱石的写生文那里得到了延续。此外，可以说从 18 世纪的英国文学那里找到了漱石创作的俳谐连歌和写生文所具有的"狂欢化的世界感觉"。漱石的《文学论》虽然在当时的近代文学中完全处在支流的位置，但是他想要找到它的价值，于是就去写了。

但是在这么说的同时，我必须坦白一个事实。某种事物能看到它的起源，是在它即将结束的时候。三十年前，我在写《日本近代文学的起源》的时候，就感到了日本近代文学的终焉。但是，那不是文学的终焉，而是另一种文学可能性的孕育。实际上，在近代文学的主流形态中，依然有很多人在创作被排除在主流形态之外的小说。如果举例子，可以举出中上健次、津岛佑子、村上龙、村上春树、高桥源一郎等。这些人被叫作后现代主义。但是对我来说，在某种意义上，这些似乎是漱石试图给出理由的那种类型的文学的再生（文艺复兴）。他们的确回到了文艺复兴式的文学。在观察这种同时代文学的动向时，我撰写了《日本近代文学的起源》。

而到了1990年代，那样的文学骤然走向衰落，开始丧失了知性的冲击力。在某种意义上，可以说中上健次之死（1992年）象征着作为总体的近代文学之死。那已经不再是另一种可能性。只能是终焉。当然，文学可能还会继续，也许还会繁荣。但是它已经不再是我所关心的文学了。实际上我与文学的缘分已经断了。也许是我的错，但都没关系。我奉行不喜欢就不做主义。并且我还有其他想要做的事情。仅仅如此。

但是为了出版全五卷的"定本"著作集，从2003年开始，我被迫要去面对自己撰写的《日本近代文学的起源》。修改稿子并不乏味无趣，我非常喜欢去做，但是却失去了以前写作时的兴奋，就感觉像是在写遗书一样。那时，我重读了漱石为《文学论》写的序文，注意到了我以前虽然引用了却并没有留心的话。漱石是这样写的：

> 余将在此彻底阐明何谓文学之问题，同时想在逾一年间进行此问题第一期的研究。
>
> 余乃蛰居寓中，将一切文学书收诸箱底，余相信读文学书以求知文学为何物，是犹以血洗血的手段而已。余誓欲心理地考察文学以有何必要而生于此世，而发达，而颓废，余誓欲社会地究明文学以有何必要而存在，而隆兴，而衰灭也。

此次重读，吸引我注意的是"衰灭"这样的词。这让我开始怀疑自己一直以来对漱石的《文学论》的见解。也许漱石的头脑里也在思考文学之终焉这个问题吧？他上面的一番话，让我想起了正冈子规的俳句和短歌灭亡之说。创造了新俳句的子规同时主张俳句要灭亡，这很奇妙。子规将俳句灭亡的理由解释为它们是短诗，从声音的排列组合来看是有限的。不用说，这种想法是不对的。因为他所谓的排列组合的数字是天文学上的，然而对于人类的历史而言事实上是无限的。

但是子规想说的是，用漱石的话来说，俳句是以某种"心理的"或者"社会的"因素终焉的。可以说漱石与子规有类似的立场。他们不相信文学是永恒的。注意到这一点，我重新认识到，我至少有义务去思考"近代文学之终焉"这个问题。

　　追记：本文是在 2005 年 3 月 14 日在加州大学洛杉矶分校召开的"Rethinking Soseki's Theory of Literature"（"重新思考漱石的《文学论》"）学会上发表的论文的基础上完成的。

初刊・底本一覧

I

※《亚历山大四重奏》的辩证法

『アレクサンドリア・カルテット』の弁証法

初出《季刊世界文学》第七号，1967 年

底本『思想はいかに可能か』二四　インスクリプト

※漱石试论——意识与自然

漱石試論——意識と自然

初出「＜意識＞」と「＜自然＞」——漱石試論

『群像』1969 年 6 月号

底本「意識と自然」『増補　漱石論集成』2001 年
平凡社ウイブラリー

※意义这种病——麦克白论

意味という病——マクベス論

初出「マクベス論——悲劇を病む人間」『文藝』1973 年 3 月号

底本「マクベス論——意味に憑かれた人間」『意味という病』1989 年、講談社文藝文庫

※历史与自然——森鸥外论

歴史と自然——森鴎外論

初出「歴史と自然——鴎外の歴史小説」『新潮』1974 年 3 月号

底本「歴史と自然——鴎外の歴史小説」『意味という病』1989 年、講談社文藝文庫

※关于坂口安吾的《日本文化私观》

坂口安吾『日本文化私観』について

初出「現実について——『日本文化私観』論」『文藝』1975 年 5 月号

「自然について——続『日本文化私観』論」『文藝』1975 年 7 月号

底本「『日本文化私観』論」『坂口安吾と中上健次』2006 年、講談社文藝文庫

※关于历史——武田泰淳

歴史について——武田泰淳

初出「歴史について——武田泰淳」『季刊芸術』

1977 年冬号

　　底本「歴史について——武田泰淳」『マルクスその可能性の中心』1990 年講談社学術文庫

Ⅱ

　　※漱石的多样性

　　漱石の多様性

　　初出　川口市立前川図書館主催による講演、1985 年 2 月

　　底本　「漱石の多様性」『増補　漱石論集成』2001 年、平凡社ライブラリー

　　※坂口安吾，其可能性的中心

　　坂口安吾その可能性の中心

　　初出　日本近代文学会主催による講演、1988 年 9 月

　　ж收录时有大幅改动。

　　※梦的世界——岛尾敏雄

　　夢の世界——島尾敏雄

　　初出　「「謎」としてとどまるもの」島尾敏雄『贋学生』解説、1990 年、講談社文藝文庫

　　ж收录时有大幅改动。

※中上健次与福克纳

中上健次とフォークナー

初出　紀伊国ホールで行われたフォークナー生誕
100 年記念講演会、1997 年 12 月

※ 单行本初次收录。

※翻译家四迷

翻訳者の四迷

初出　コロンビア大学で行われた学会 Translation
Matters East Asian Literatures in Translational Perspective 発
表論文、2004 年 3 月

※ 收录时有大幅改动。

※文学的衰灭

文学の衰滅

初出　カリフォニア大学ロサンジェルス校で行わ
れた学会 "Rethinking Soseki's Theory of Literature" 発表
論文 2005 年 3 月

※ 收录时有大幅改动。

译后记

柄谷行人：移动的文学批评

作为一部让柄谷行人蜚声国际的著作，《日本近代文学的起源》（以下简称《起源》）的里程碑意义在于：它揭示了近代文学作为制度或曰装置的事实，起源、现代、文学、国家等术语隐藏着的不易觉察的意识形态建构遭到了曝光，它让日本看到自身文学制度与扩张期帝国政治社会制度的紧密缠绕；同时对西方学界也是一次重大的理论干预，对由西方制造、影响西方乃至全球意识的"现代"概念提出了根本质疑；也迫使中韩等东亚诸国重新思考我们的现代性概念背后的预设与强制因素，反思我们身处其中的知识制度。随着 1970 年代日本社会不断后现代化，尤其是 1989 年东西方冷战的结束，柄谷行人围绕后现代主体之"无根性"进行一系列的哲学考察，《马克思，其可能性的中心》（1974）、《内省与溯行》（1980）、《作为隐喻的建筑》（1981）、《语言·数·货币》（1983）、《探究 I》（1986）、《探究Ⅱ》（1989）等考察成果试图反复打破理性的、有秩序的结构体，阐明人类无法拥有任何完全坚固的"知"（"知"在日语中包含知识、智慧两种含义）的真相，提炼出挑战秩序的"他者"，直面由自我与他者之间的视差所暴露的现实。这位对后现代政治情势持批判态度的思想家，吊诡地成了后现代思想家的代表。1989年之后，柄谷行人走向康德，从批判与怀疑走向积极的理念建构。在新左翼活动家和知识人伴随"五五体制"——自1955年出现的一种政治格局，即长期维持自民党为执政党、社会党为最大在野党的稳定两党政治状态——的崩塌而右转的20世纪末，柄谷行人独创出批判资本主义制度的"资本—民族—国家"三位一体说；与此同时，他对纯粹的学院左翼也充满警惕，提出从"交换模式"出发，主张从消费领域抵抗资本主义世界市场的统合，有力地补充扩大了马克思的"生产模式"无法涵盖的层面。

然而柄谷行人并不曾堕入文字与概念的游戏。早在1960年，他就以学生身份，参加了第一次的反日美安保运动。他将"Association"作为对抗理念，于2000年组织NAM（New Associationist Movement）运动，以区域性生产和消费对抗大财团资本。2011年东日本发生大地震，柄谷发表了一篇《站在震后的废墟之上》，后又走上街头，参加反核游行。伴随着一系列极富探索意义的社会主义实践，柄谷行人作为行动着的思想家、哲学家的面目愈发清晰，差点儿让我们忘记他还是一位文学批评家。哪怕是那本冠有"文学"之名的成名作，也应归为思想史一类吧，更何况柄谷本人多次声明要远离文学。

事实上，柄谷行人的学问生涯并没有离开过文学。就像当日本出现了"马克思送葬派"时柄谷开始重返马克思那样，在意识到文学的终结时，他去探讨文学的起源，在文艺批评已死的情境下，他以文艺批评家的身份亮相。从1972年《畏惧的人》到2021年新出炉的《柄谷行人对话篇1 1970—1983》，他已经出版了近20种文学批评著作。其中岩波书店2016年出版的《定本柄谷行人文学论集》（以下简称《文学论集》）涵盖了柄谷自起步阶段以来的大半文学批评生涯，柄谷语言风格、方法论和思想的演变清晰可见。由于该书的第一部分收录了柄谷的硕士论文《〈亚历山大四重奏〉的辩证法》（1967）、获奖论文《漱石试论——意识与自然》（1969）以及1970年代的四篇论文，可以说该书成为了解柄谷思想源点最权威的版本。第二部分收录作者自1985至2005年的文艺批评六篇。该书拔除各种思想预设的"文本先行"的解读方式，通过对达莱尔、莎士比亚、森鸥外、夏目漱石、二叶亭四迷、坂口安吾、岛尾敏雄和中上健次等人的文本解读，得出一些"可能性的中心"，与柄谷同时代的其他思想哲学著作构成了互文性，也与他不同时期的相关论述形成了参差对照。他的批评生涯并不存在所谓的"转向",貌似有个从"早期柄谷"到"后期柄谷"的转变。如果用"移动"来概括更合适,这与柄谷在1990年代末期提出的批评方法——"跨越性批判"(transcritic)更吻合,这个词包含"超越"(transcendental)与"横断"(transversal)两义,这种强调结构的纵向的"超越式批判"与强调解构的横向的"横断式批判"几乎跨越了柄谷的整个学术生涯,在其思想出发的源点时即已显露端倪。不曾阅读过柄谷的读者,不妨从《文学论集》出发,再向他的其他著作迈进。

《起源》的起源

《文学论集》不注重文学史分期,也不谈派别流变,并且结构松散,但每一个叙述对象的选取,都意味着柄谷行人对一种封闭的"内面"结构的拒斥。能够发挥这种拒斥作用的,就是柄谷选择的文艺复兴式文学。现代文学的特性是内部性,要排斥现代内部性的形态,柄谷行人从夏目漱石的身上发现了这种可能性。夏目漱石对英语文学的选择和多样性文体的尝试,是对垄断日本文坛的法国文学地位的挑战。柄谷行人以夏目漱石之例,表明其对文学史线性进程观念的否定。据此就能够明白柄谷选择英语文学/达莱尔作为硕士论文研究对象的理由了。因此尽管此书以柄谷行人的硕士论文开篇,它仍然是在漱石研究的延长线上。不用说,后来的《意义这种病——麦克白论》也是在漱石研究的延长线上思考完成的。而本书的终篇《文学的衰灭》，同样以漱石为中心，是《起源》一书中《文类之死灭》的延伸。《起源》以漱石始以漱石终，因此柄谷在一次访谈中声称《起源》写的就是一种漱石论。在这种意义上，如果说《文学论集》的前半部是《起源》的起源，也不为过。

柄谷行人早期的文学批评之所以值得关注，在于他回应了时代的提问。站在二战废墟上的日本在美国的扶植下，经济获得了高速发展，社会上洋溢着将"理想"（既是社会主义的，同时拥有美国式的物质富裕）化为现实的高昂气氛。嗣后的 1970 年代初，随着联合赤军事件的爆发（先是联合赤军在山岳基地发生集团性的滥施死刑与杀人，后是联合赤军在浅间山庄与警方机动队发生枪机战），新左翼运动以悲剧告终，曾经在个体的实存中发挥着强劲功效的意识形态退潮，丧失了维系实存之基础的社会语境，人们感到迷惘无助。日本的社会学家见田宗介描述那一时期日本人的生活被赋予的特征，是"到处漂浮游荡着那种替现实'除臭'的'虚构'的言说、表现及生活的技法"（见田宗介《现代日本的感觉与思想》）。《漱石试论——意识与自然》《意义这种病——麦克白论》都是对"伦理问题"与"存在问题"乖离的回应。他从存在论视角阅读漱石的小说的同时，超越存在论的是：在辨析到自我（主体）与世界（客体）的二分对抗时，柄谷感受到了"他者"

的威胁。因此他试图讨论，造成所谓'自然'与"规范"之差异的背后，是怎样的制度性因素及其随意性。到了1975年，柄谷又继续深化这个课题，出版了第二部文学评论集《意义这种病》，指出存在问题脱离伦理问题，不断威胁主体成为一种"疾病"，柄谷执着于根源性问题的探讨，引入三角关系、迟到、替换等概念，来解构制度性因素。

柄谷行人在清理"源头"时发现了诸多的颠倒、混乱，然而他又始终去探究是否"有一个实存的自我"。这同样源自存在主义的思维方式，以及漱石给他的灵感。漱石从小被父母送到他人处抚养，柄谷从漱石对养父母的情感体验那里看到了"源头"的非自然。从《道草》的开篇"健三从遥远的地方归来"那一句中，柄谷就读出了"我从哪里来，我是谁，我要到哪里去"的追问。当健三得知自己的"源头"是被赋予了意义的时候，他发觉这个"意义"是"毫无理由地生存着的存在感"，意义世界坍塌了，那个非自然的"源头"仍然在给健三带来无穷无尽的麻烦。在《道草》里，他说"一个人的出生，必须换取另一个人的死亡"；在《关于历史——武田泰淳》里，柄谷认为死亡的本质是从生者的结构中剥离出来，使某种关系体系变为另一种关系体系，这些思考都具有结构主义的特征。如果说这个时候柄谷还在结构主义与解构主义之间徘徊，到了《起源》里，他不再那么犹豫了。对风景、

"言文一致"的语言政策、内心、告白、疾病、儿童、宗教等一切完整史观的范畴——加以解构。由于权力保证了所有的"不合法",当这些"不合法"合法之后,那些使它们变得不合法的源头却被遗忘或者遮盖了,柄谷重拾记忆,解构起来令人有披荆斩棘之快。

"让想象力取得权力"

进入 1984 年之后,尽管日本社会的后现代化在加剧,人们仍然因存在与社会之间的绝对性乖离而备受折磨,然而"意义这种病"似乎不再能够困扰柄谷行人了。他放弃了构筑体系的企图,舍弃其批评中的内面性,回复到对外在世界的关心,开始强调世俗批评的意义,于是有了跨越十年的理论探索成果《探究I》、《探究II》和《探究III》。在《柄谷行人谈政治》一书中,柄谷行人说自己的转变与当时日本流行的法国哲学风潮有关。法国哲学风潮之所以流行,是因为法国的现代思想是一种政治挫折的表现,现实中无法实现,于是就转到观念世界中进行革命。柄谷还引用 1968 年巴黎五月革命时变成标语的厕所涂鸦"让想象力取得权力",来表明因为现实的挫败,而将希望寄托于语言的力量上。这看似是消极退隐,实则是另一种形式的野心。柄谷所追随的马克思曾经这样说过:"哲学家们并没有改变世界,他们只是改变了对世界的解释而已",而法国的思想家对此加以引申认为:如果改变了对世界的解释,那么世界也会跟着改变。故如何解读"文本"就成了一件有意义的重要事情。《文学论集》中收录的 1985 年之后的文学批评，就是从语言论和风格论的视角来考察的。

因为政治上的挫折和无力感从而转向观念论，这种例子在日本近代史上并不鲜见。如冈仓天心与和辻哲郎的东洋美学，作为黑格尔历史哲学的转世，由此导致的"近代的超克"（战时助长大东亚思想形成的京都学派和日本浪曼派）的诞生。柄谷行人反省，他一直误以为对"近代的超克"论持批判态度的坂口安吾的《日本文化私观》写于战后，不敢相信竟然有人在战时就有如此具有破坏力的思想和彻底的反思批判。柄谷引出"文学的故乡"来解读坂口安吾，他认为在安吾那里，文学不属于任何秩序，它意味着用文字来表达崇高和恐怖，因为无论崇高还是恐怖都难以接近，但同时又令人怀念，灵魂不可避免地被吸引回到那里，那种"文学的故乡"是暴露在他者面前、遭到他者抛弃的，最后又是悦纳异己的。坂口安吾的"故乡"与欧洲浪漫派的"故乡"不同，与海德格尔的"故乡"完全异质，后者的"故乡"就是母语（mother tongue），不包含任何异己的成分，故而能够与法西斯保持同调。至于安吾的佛教徒经历为什么会引起柄谷的注意，那是因为安吾以其不屈不挠的进取心试图去寻找幻影般的过去，结果并没有成为一名僧侣。而那些试图在佛教艺术中寻找到"东方"精髓的人，从冈仓天心到和辻哲郎，只是在"虚无之地"（西田几多郎语）的国家发现了佛教雕像和寺庙建筑的褪色之美，本着"虚无原则"吸收了西方。那本来是虚幻的中世纪的古堡，没有活的精神，然而在他们眼里却成了乡愁的换喻，而这些以文化同一性为基础的无关政治的美的东西，恰恰是安吾所要摒弃的。安吾吸引柄谷的地方还在于，并不因为安吾是个小说家，在柄谷眼里，安吾的作品有哲学、历史、心理学，等等，柄谷将其统称为"文学"。所以当他说文学终结的时候，不要以为那就是我们也经常喊的"文学已死"，他说的只是作为制度/装置的"现代文学"。柄谷说他依然对文学充满信心，指的是任何勇于打破秩序框架的东西，是那种打破使我们认为某种东西就是"文学"的认知结构，是反抗近代文学制度的形式，比如漱石和安吾多样化的文体，比如森鸥外那奇特的"史料体"小说，比如二叶亭四迷那"始终想保持自己国家语言的偶然状态"的硬译，又比如武田泰淳，像索绪尔对待语言学那样把历史放到空间中来理解的《史记》，再比如中上健次的"物语"，等等。

至于生于战后的中上健次，他与柄谷本书所涉的其他对象都不同，是曾经与柄谷并肩作战的战友。中上健次出生于受歧视迫害的部落中宫，成年后边从事货物装卸工作边写作。在柄谷的推荐下开始阅读福克纳，中上自此以同样被歧视的部落"小巷"为舞台，创作了与福克纳南方小镇小说声息相通的系列小说，成了"日本的福克纳"。柄谷从中上那里感受到知性的冲击力，为了召开支持中上健次的集会，而开始创办《批评空间》杂志。他变得非常实践化，意欲从文本中寻找"第三条道路"。就在他与现实激烈地短兵相接的时候，中上健次病逝。这给他带来极大的震动。在他看来，"中上之死象征着作为总体的近代文学之死，那已经不再是另一种可能性。只能是终焉。"他因而宣布自己与文学的缘分已尽。据说，中上的笔迹过度饱和，每个字看起来都像随时会爆炸那样。他代表日本近现代史上被歧视的"部落"格斗着，他登上历史舞台，被柄谷作为"事件"，与坂口安吾一齐被置放在日本充满惰性的知性传统的对立面。正是在这个意义上，柄谷才哀痛至深。

感受他者的疼痛

柄谷行人近乎执拗地去寻找被排除的偶然性，并且向各式各样的偶然性开放，拒绝被绝对的权力绑架，反抗不合理。反抗不合理，包含着在与他者的遭遇中恢复自身意义的行为，而自身意义的恢复，用柄谷行人的话说，"是以在无神的世界作为神的代理的他者为前提的伦理行为"（《意义这种病——麦克白论》）。借用柄谷在《文学论集》中对坂口安吾的评价，可以说柄谷同样把具有他者视野的"伦理"放置在了他全部思考的根本之处，并且从这个核心位置生出了多姿多彩的认知。仍然借用柄谷的思维模式——他探讨了"马克思，其可能性的中心""坂口安吾，其可能性的中心"——可以称那个核心为"柄谷行人，其可能性的中心"。

柄谷行人的硕士论文，反复强调艺术通过面对他者、自我否定来实现自我的维持。作为本书关键词的"自然"，皆因他者视线的注视，合目的性的预期遭到了打破，在漱石那里表现为存在论的不安，它成了安吾那令人战栗的故乡，也成就了鸥外面对史料时的随心所欲。柄谷也会用拒斥自我的"现实"来指代他者，并且说那就是康德所谓的"物自体"。到了 1990 年代末，柄谷在他的演讲《作为他者的物自体》中，又进一步阐释说，物自体是自由而主观的他者，"对我们来说他者始终是一种不透明的状态，这个不透明性就是他者的他者性。"因此他者不是理性认知的对象，而是关乎实践性的伦理。于是柄谷将康德的认知与罗素的提问关联起来，去思考：我们如何才能感知他者的疼痛呢？柄谷行人这时援引了维特根斯坦的实用主义。维特根斯坦说，当有人被火烫伤时，在问自己是否能感知他者的疼痛之前，我们就先跑过去帮他。因此，感知他者首先是一种实践性的伦理问题。到了柄谷写《伦理 21》的 21世纪初期，他再次将康德与马克思作了连结，强调"伦理"乃主体/他者关系，更是自由与实践。康德所说的不只把他人视为手段，也要把他人视为目的被柄谷反复引用，指出前者扣合结构主义主体观，后者则是解构主义的左翼出路。哪怕自由意志不存在，它只是结构的产物，只要把自己当作自由意志的主体，去承担选择的后果，那么我们就是自由的。经由柄谷对康德和维特根斯坦实践伦理的推衍，感知他人的疼痛就转为实践的方针了。再回到柄谷思想的源点。他那时更着眼于理解强迫人的结构性之物的无法穿透性。森鸥外所要拒绝的，就是对事件持穿透性的观点。柄谷继而谈到马克思颠覆黑格尔的意义，以为并不在于用唯物论代替了唯心论，马克思否定的恰恰是黑格尔对历史的穿透性理解。柄谷认为，那种结构性的东西不为肉眼所见，只是作为束缚人的力量暧昧地呈现出来。人们却无所知。人们的确很无知。但是谁又能逃脱无知呢？

然而我们知道，自由只存在于我们的行动中——这是柄谷给我们的启示。

在中央编译出版社寻找本书的译者时，2018 年该社出版的五卷本《柄谷行人文集》的主编赵京华教授嘱咐我来翻译。我怀着对柄谷行人的无限好奇，诚惶诚恐了三十秒，就下定决心接受这个挑战。因为在此前对柄谷行人的阅读中，我就在似懂非懂之间享受着巨大的知的冲击，那种冲击，虽然无法用语言清晰地描述，但我以为它比"非懂"的那一部分更有价值。为什么阅读柄谷行人？在我这里已经不再是个问题。我想我要学会破除自己思维的惰性，去思考，当不同学科的形式主义取代了对现象的认知时，我们应该如何挑战与突破它所设定的框架。翻译完这本书，我感觉自己伫立在一片思想的废墟，同时又仿佛获得了一股神奇的力量。

　　我翻译此书时的年龄，远远超过了柄谷行人思想形成的起点的年龄。然而毫无疑问，他是个了不起的天才。他一出道就像一个玩杂技的高手，构思展开的方式非常惊险，招招打破常规，最后却总能平稳落地。被惊出一身冷汗的我唯有一遍又一遍地品味咀嚼。他的语言，字斟句炼，精赅而又蕴藉。翻译过程中每每对含义把握不了之时，我就去请教好友陈朝辉。他从来都不曾吝啬自己的时间，耐心讲解。在去年5月全部翻译完毕后，赵京华教授和刘晓丽教授分别帮我进行了校对。他们以各自的专业优势给了我诸多指教，这是我将始终铭记在心的。因为身边有这样踏实、温暖而又乐于无私奉献的前辈、同道人，我才有勇气将拙译分享给中国学界关注柄谷行人的读者。在等待出版的一年间，我又反复多次阅读和修改了译文。责编景淑娥老师也提出了诸多中肯的意见，对译文质量进行了严格把关。我怕把握不了柄谷的思想，本想草草地写一篇译后记交差了事的。然而每当这样想的时候，我的脑海里就浮现出好友葛东升看了一本意趣横生的书，却因为译后记写得特别糟糕而气愤地将其撕下来团成纸团扔掉的那个画面。为了我的译后记不被撕掉，于是我一次又一次地去接近柄谷行人。

　　我想现在，我可以暂时离开柄谷行人先生，休息片刻了。

陈　言

2021 年 6 月 28 日